日本文学における古典と近代

島内裕子

日本文学における古典と近代（'18）

装丁・ブックデザイン：畑中　猛

s-53

まえがき

古代から現代に至るまで、さまざまな作品が生み出され、読み継がれてきた日本文学の世界を、総体として把握するためには、どのような視点を設定すればよいのだろうか。短期的な視座から見れば、次々と立ち顕れる文学作品は、それぞれに新しい。それは時代の変化と連動し、ある場合には、文学の変化が、時代を先取りすることさえある。ただし、文学作品を直接の対象とする考察は、個々の作品が含み込む多様性と重層性の解明を基盤とする必要があるから、作品を成立順に配列して論を進めるだけでは不十分であろう。

個体としての作品が次第に蓄積して、作品群としての相貌を顕してくるようになると、それらを遠望する地点から、巨視的な視座に立つことが可能になってくる。そこで見えてくる、幾筋もの文学的な系譜の筋目を解きほぐし、相互関連を見極めることも、日本文学を総体として把握するための重要な視点となってくるだろう。

そのような観点から本書は、ある作品が誕生し、時代の変化を超えて読み継がれることによって、文学的な達成が後世の人々に認識されて「古典」となり、その古典が、新たな時代、すなわち「近代」を刃り拓く基盤として、実際にどのように機能したのかという展開性に着目した。本書を『日本文学における古典と近代』と題したゆえんである。

したがって、本書では、各章ごとに、時代の流れに沿って、あるジャンルの作品を概観しつつ、後世に続く文学の系譜も視野に入れて、日本文学の総体を把握することに努めた。構成としては、各章ごとに、ジャンル別にできるだけ多くの作品名を取り上げて、原文の引用は最小限に留めた。日本文学の「構成素」たる個々の作品を、統合して理解することを優先させたからである。各章で取り上げた作品を、各自で読んでいただくことが、発展学習となるが、それに先立って、まずは、日本文学の総体を巨視的に把握していただきたい。

各章の配列は、あるジャンルの始発を見極めるところから、文学の系譜の消長を辿《たど》ることが可能となるという認識のもとに、ほぼ各ジャンルの出現順とした。たとえば、紀行文が盛んに書かれ、重要な文学ジャンルとなるのは中世以後であるが、六章に「紀行文学」、七章に「物語」という配列になっているのは、ジャンルの出現順とジャンルの隆盛は、時代的に一致しない場合も多いことを示している。

本書で、ジャンル別に文学を概観する方法を採用したことによって、文学ジャンルという概念の根本に関わる重要な認識も浮上してくる。すなわち、個々の文学作品が持つ、多様性と重層性を実感する時、ジャンルによる作品分類の有効性が検証されるであろう。ある作品が、複数の章で取り上げられることによって、文学作品の多面性が明確になる。たとえば物語の中に評論や紀行文の要素が含まれていること、あるいは、ある作品の中に、さまざまな先行文学が含まれていること、これらに注目することは、文学作品への理解を格段に深化させるであろう。

本書によって、いつの時代にも「古典と近代」が融合して、多様で重層的な文学創造が継続してきたことを、学んでいただければ幸いである。

平成二十九年六月

島内　裕子

目次

1 生成する文学と、その眺望

《目標・ポイント》 これから日本文学史について考えるに当たって、「文学史」の不思議さ、魅力、むずかしさを述べる。文学史が、「蓄積・集約・浸透」のダイナミズムで活性化されてきた事実を踏まえ、優れた「集約力」を持った作品を「基準作」に据えて、文学史を構想することの大切さを述べる。
《キーワード》 文学史、編年体、ジャンル、蓄積・集約・浸透、基準作

1．文学史の不思議

＊編年体とジャンル別

これから「日本文学における古典と近代」と題して、日本文学の魅力を考えてゆきたい。その際に、日本文学の古代から近現代までの膨大な作品の蓄積を前にして、どのように全体像や変遷を把握し、どのように記述するかが、重要な課題となるだろう。

たとえば、『文学史年表』を手に取ってみる。すると、ある年に書かれたり、出版されたりした作品名が、「年代順＝編年体」で並んでいる。これは、その作品が、新たに「日本文学史」に加わったスタート・ラインを示すものである。

また、文学史の中には、「物語」や「和歌」などのジャンル別に、解説するものが多い。その場

合にも、ジャンルの中では、時代順に説明してゆくスタイルが普通である。

本書は、基本姿勢として、「ジャンル別」の「編年体」記述スタイルに従う。ただし、時には、新しい時代から古代へと、時間をさかのぼって説明する場合もある。それは、文学史の不思議と、深く関わっている。

＊新作だけが、文化を作るのではない

文学史の不思議の第一は、ある人物が生きているのと同時代に書かれた作品だけが、その時代の文学状況、ひいては文化状況を代表するのではない、ということである。たとえば、二〇一〇年代の文学史を「編年体」と「ジャンル別」に記述するとすれば、現存する文学者たちの「新作」を紹介することになる。

けれども、二〇一〇年代で、最も広く、あるいは深く読まれている作品としては、明治時代の夏目漱石《そうせき》や森鷗外《おうがい》であったり、大正時代の芥川龍之介《あくたがわりゅうのすけ》や白樺派《しらかばは》であったり、昭和時代の太宰治《だざいおさむ》や三島由紀夫であるかもしれない。彼らの作品は、明治・大正・昭和に発表された時点で、「文学史年表」に一回きりの記載をされるが、その後、毎年毎年、新たな読者を獲得し、場合によっては、その年に書かれた新作よりも大きな影響を現代日本に及ぼしていることもあるだろう。それらは、「近代の古典」と呼ばれて、今の時代を生き続ける。

毎年、多くの歌集が出版されているが、今日、最も多くの読者を獲得している歌集は、たとえば、百年以上前に刊行された斎藤茂吉の『赤光《しゃっこう》』（一九一三年）かもしれない。

それと同様のことが、近代以前には、もっと大規模に起きていた。『古今和歌集』の成立は九〇五年、『伊勢物語』の成立はおそらく十世紀後半、『源氏物語』の成立は十一世紀の初頭である。したがって、文学史年表には、その年代のところに一度だけ記載される。しかし、近代以前に最も読まれ続けた歌集は、『古今和歌集』だった。最も広く読まれた散文は、『源氏物語』であり、それに次いで『伊勢物語』があった。「古今・伊勢・源氏」は、平安時代に成立しているから、文学としての登場の時期が早かった。その後、かなり遅れて鎌倉時代末期に書かれた『徒然草《つれづれぐさ》』も含めると、これらの作品は、読者を維持し続けた点で、「現代文学」でもあったのである。

文学史年表からだけではわからない、「読み継がれてきた古典」の意義を、本書では大切にしたい。したがって、なるべく多くの作品に言及するけれども、多くの読者を維持し続けた古典は、繰り返し言及することになろう。

＊新しい作品によって、古い作品が変わる

文学史の不思議さのもう一つに、後の時代の作品が、古い時代の作品に影響を与えるということがある。時間を巻き戻すことは不可能なはずで、常識では、古い時代の作品が、新しい時代の作品に影響を与えるのであって、その逆は、まずありえない。ところが、文学の世界では、このような逆転現象が、往々にして起こりうる。具体的に述べよう。

『徒然草』は、兼好という文学者によって、十四世紀前半に成立したと考えられる。執筆しながら、兼好がどのような意図（主題・メッセージ）を込めたか、それについては研究者たちが、さまざまな学説を提唱している。ところが、『徒然草』という作品は、書かれてから百年間、忘却されていた。つまり、実質的には、誰の目も惹《ひ》かなかった。正徹《しょうてつ》という歌人が記した歌論書『正徹物語』（一四四八年頃）で、『徒然草』は物事に対して、独自の視点を有する芸術性に富んだ書物であるとして、その素晴らしさが認定された。文学史年表は、この年を『正徹物語』の成立した年としてのみ記載するが、『徒然草』が明確に認識された年としては記載しない。そこまでの記述は、年表には書ききれない。

やがて、『徒然草』は、応仁の乱（一四六七年）を背景として、「無常観」の文学として、連歌師たちによって読まれた。そして、江戸時代に入る前後で、教訓書として読まれ、それに基づく新しい作品が続々と書かれた。こうなると、『徒然草』の本質は、「人生教訓」や「政治教訓」、あるいは「日常教訓」などに変化する。

古典は、古典なるがゆえに、多くの読者から読まれる。読者たちは、今を生きる自分たちに最も必要とされる主題を、古典の中から探し求め、それを見出《みいだ》す。時代背景や価値観の変遷によって、古典文学の主題自体が、変容してゆくことになる。『徒然草』は、その作品を深く読んだ後世の読者に影響を与えるが、影響を与えた側の古典自体が、刻々と相貌を変えてゆくのである。さらに具体例を挙げてみよう。

『源氏物語』に関して言えば、本居宣長《もとおりのりなが》の『玉《たま》の小櫛《おぐし》』（一七九六年）が、『源氏物語』の本質を大きく変えた。「もののあはれ」という主題の提示は、十一世紀初頭に『源氏物語』を書いた紫式部の意図と同じだったかどうか、つまりこの読み方が、最終的な解答であるかどうかは、判定が困難である。けれども、宣長によって新しい『源氏物語』が誕生したのだと考えるのが、文学史の面白さである。宣長の登場で、『源氏物語』の本質は、確実に変貌したのである。

もう一例だけ挙げれば、『伊勢物語』では「女」としか書かれていない登場人物が、室町時代の謡曲『井筒』で舞台化されると、「紀有常《きのありつね》の女《むすめ》」という実名が挙がっている。これによって、『伊勢物語』第二十三段（筒井筒）の読み方も変わってくる。

本書では、このような作品理解の変遷にも留意しながら、文学史の面白さに迫ってゆきたい。

＊引用した作品が、原典を凌駕する

文学史の不思議さの三つ目として、先行する作品を取り込んだ後の時代の作品の方が、かえって有名になって、人口《じんこう》に膾炙《かいしゃ》することがある。たとえば、『枕草子《まくらのそうし》』の「香炉峰《こうろほう》の雪」の場面を想起してみよう。香炉峰の雪は、白楽天（白居易）が詠んだ漢詩の一部で、『白氏文集《はくしもんじゅう》』に収められている。けれども、私たちが「香炉峰の雪」と聞いて最初に連想するのは、『枕草子』で語られる清少納言と中宮定子《ていし》との機知に富んだやりとりであり、その名場面を絵画化した美術作品である。そのうえで、『枕草子』の名場面の基になった漢詩ということで、『白氏文集』にも関心を持つ。むろん、引用・摂取した側と、引用・摂取された側とが拮抗《きっこう》しているからこそ、日本文学史でも屈指の名場面となりえたのではあるけれども。

また、「禅智内供《ぜんちないぐ》」という人名を聞いて、現代人が連想するのは、まず芥川龍之介の小説『鼻』であろう。『今昔《こんじゃく》物語集』や『宇治拾遺物語』に登場する「禅智内供」（禅珍内供）は、芥川の小説の元になった人物として、人々に意識されている。

逆に言えば、原典を凌駕《りょうが》するような作品が現れた瞬間に、古典は現代文学として新生し、蘇生するのである。古典とは、現代文学となってはじめて、その文学的な命脈が保証される。

＊『とはずがたり』という現代文学

文学史の不思議の第四として、「遅れてきた古典」がある。たとえば、後深草院二条《ごふかくさいんにじょう》という女性が書いた日記『とはずがたり』は、波乱に満ちた人生を生きた女性による、恋愛と求道の日々を描いた作として、現代でも人気が高い。十四世紀の初頭の成立だと考えられている。けれども、この作品が「発見」されたのは、六百年以上も後の昭和十三年のことだった。つまり、『とはずがたり』は、昭和文学だったのである。

また、菅原孝標女《すがわらのたかすえのむすめ》が著した『更級日記《さらしなにっき》』は、現存する写本の原本に、綴じ違えがあったため、正しい順序で読むことが不可能だった。大正十三年に、この綴じ違えが発見されて正しい順序に戻ったので、『更級日記』は人々に感動をもたらす名作に生まれ変わった。『更級日記』は十一世紀に書かれたが、大正文学でもあったのである。

このような不思議さに満ちた文学史は、それゆえの魅力を持っている。

2．文学史のダイナミズム

＊蓄積・集約・浸透

私は『日本文学概論』（放送大学教育振興会、二〇一二年）において、「蓄積」「集約」「浸透」というプロセスが、文学史のダイナミズムをもたらしていることに注目した。

「蓄積」とは、和歌であれ、散文であれ、数多くの作品が書かれ、集積することである。読者から見れば、同時代文学として、さまざまに個性的な作品を楽しむ段階である。

「集約」とは、膨大に蓄積された過去の作品群の中から、未来を作り出すエネルギーを秘めた作品や表現をピックアップして、再編集する創造的行為である。「アンソロジー」の成立が、最もわかりやすい具体例である。膨大な和歌から選び抜かれた約千首の和歌を、四季の秩序と恋のプロセスに従って整然と配列して、『古今和歌集』は成立した。この和歌のアンソロジーは、勅撰《ちょくせん》和歌集であることと、その集約力によって、永く和歌の玉座に君臨した。

また、『古今和歌集』から『新勅撰和歌集』までの勅撰和歌集や、膨大な個人歌集（私家集《しかしゅう》）の中から、百首の名歌を選んだ『小倉百人一首』は、藤原定家の集約力によって、後世への和歌の浸透に、大きく貢献した。

アンソロジーだけではない。『源氏物語』は、それ以前の和歌や物語や歴史や仏典や漢詩文を「集約」して、光源氏の一生を紡ぎ上げた。この物語の中には、それ以前の「文化」のほとんどすべてが凝縮されている。この物語の誕生が、その後の文学史の、最も強力な推進力となった。

そして、藤原定家から始まった『源氏物語』の本格的な研究は、江戸時代初期に北村季吟《きぎん》が著した注釈書である『湖月抄《こげつしょう》』（一六七三年成立、一六七五年刊行）の中に集約され、当時の読者に、わかりやすい形で提供された。

「浸透」は、蓄積された文学伝統が、優れた文化力を持った人物によって集約された後で、それが多くの人々の間に行き渡ってゆくプロセスである。たとえば、『湖月抄』を読むことは、『源氏物語』に集約されている蓄積を、後世の読者が我がものとすることと同じ意味であった。

現在は、過去と未来の「結び目」に位置している。過去の「蓄積」を「集約」し、未来に向かって「浸透」させてゆく役割を、それぞれの時代の文学作品は担っている。その試みが成功した作品が、文学史や文化史の「分岐点」となって、新しい文化を作り出す原動力となるのである。

＊集約としての文学史

優れた文学史の書物は、日本文学や日本文化の結節点にして分岐点を形成することがある。

ここに、ドナルド・キーン『日本の文学』という本がある。日本における初版は、筑摩書房から一九六三年に刊行され、後に中公文庫に入った。ちなみに、原題は『JAPANESE LITERATURE』

で、一九五三年にロンドンで刊行されている。日本語への翻訳は吉田健一が担当し、解説は三島由紀夫が書いた。吉田も三島も、戦後文学を牽引《けんいん》した文学者である。

『日本の文学』は、「緒言」「I　序章」「II　日本の詩」「III　日本の劇」「IV　日本の小説」「V　欧米の影響を受けた日本の文学」から成る。この後に、「海外の万葉集」「近松とシェークスピア」「近松と欧米の読者」「啄木《たくぼく》の日記と芸術」「日本と太宰治と『斜陽』」という小論が付いている。

『日本の文学』の日本語訳が刊行された一九六〇年代は、高度経済成長の波に乗って、日本文学が「世界文学」を目指して飛翔し始めた時期である。ドナルド・キーンの英語訳によって、三島由紀夫の『近代能楽集』『宴《うたげ》のあと』、安部公房『友達』、太宰治『人間失格』『斜陽』、さらには『徒然草』、『おくのほそ道』などが、世界に向けて発信されていったのである。

キーンの『日本の文学』は、約二百ページのコンパクトな著作だが、日本文学の本質を、詩・劇・小説の三つのジャンルに「集約」した点に特色がある。しかも、世界文学を踏まえて、キーンは、日本の文学の集約を図った。ここが、キーンの新機軸だった。解説を書いた三島由紀夫も、翻訳した吉田健一も、改めて「日本文学と世界文学」について考える重要なヒントを、ここから得ることになった。

キーンは、『源氏物語』とプルースト、さらにはロココの画家ワットオを詩的に響映させながら、日本文学を論じている。三島の解説は、その意義を読み取った。藤原定家を論じるキーンによって、『新古今和歌集』とマラルメの詩論の橋渡しがなされたのだ、とも三島は感じている。

世界的な観点から日本文学を集約するという試みが初めて明確になされ、ここから日本文学の新たな展開、すなわち世界文学への登壇が始まった。評論による「集約」の有効性とダイナミズムを示したのが、この『日本の文学』なのだった。

ところで、三島由紀夫は解説で、キーンの森鷗外への評価が厳しいと、不満を漏らしている。また、自分でも日本文化のダイナミズムを集約する評論を書きたいと思った三島は、『日本文学小史』という文学史を書き始めたが、未完に終わった。キーンとも交流のあった小西甚一《じんいち》は、『日本文藝史』（全五巻）を完成させた。ある書物が、新たな書物の誕生を促す。ドナルド・キーンの『日本の文学』は、彼の周囲の文学者や研究者たちに、文学の波紋を広げていったのである。

＊新しい文学史を拓く

日本文学には、『古事記』以来、千三百年以上の蓄積がある。そして、繰り返し「集約」されることで、過去を踏まえた未来の創出が試みられてきた。近代以降は、「文学全集」という形態での集約がたびたびなされた。また、長編評論として、伊藤整《せい》の『日本文壇史』（全十八巻、一九五三～七三）などの試みもあった。亀井勝一郎《かついちろう》の『日本人の精神史（日本人の精神史研究）』（全四部、第一部　古代知識階級の形成、第二部　王朝の求道と色好み、第三部　中世の生死と宗教観、第四部　室町芸術と民衆の心、一九六〇～六六）も、当初は六部構想であったので未完に終わったが、精神史という観点から日本文化の集約を企図していた。

それでは、本書『日本文学における古典と近代』の特色は、どこに求められるだろうか。主として、以下の三点にとりわけ意を用いた。まず第一に、「蓄積」「集約」「浸透」を繰り返してきた日本文学のダイナミズムに迫ろうとした。

第二の特色として、最も文学のダイナミズムに富んでいる『源氏物語』と『徒然草』とを、ダブル・スタンダード、いわば「二重焦点」の基準作として設定した点を挙げたい。本書で、随所に

『源氏物語』と『徒然草』が顔を出すのは、この二つの古典中の古典の「集約力」を活用して、新たな文学史の集約を試みているからである。『日本文学における古典と近代』と銘打ったのも、古典の近代への浸透力を見極めたいからであって、まさにその浸透力こそ、『源氏物語』と『徒然草』の本質だと考えられる。

また、第三の特色として、第十五章で、吉田健一という文学者の集約力を、現時点での日本文学における達成域を象徴するものとして位置づけた点がある。本書は客観的な記述を心懸けるけれども、「文学史」は「文学」の一ジャンルであって、客観的な「歴史」ではない。そこに、文学史の構想を通して、新しい文学状況を切り拓く希望も生まれてくる。

3. ジャンル認識を検証する

＊ジャンル区分の有効性と重層性

第二章からは、具体的に文学史の集約を試みる。「まえがき」でも述べたことではあるが、「ジャンル」はあくまで便宜的な分類である。というのは、優れた作品は、ジャンルすら集約しているからである。つまり、一つの作品が多面的に、複数のジャンルを内在させているのである。

ここで早速、先に挙げた二つの基準作を持ち出すことになるが、『源氏物語』は「物語」であるが、「和歌」を含んでいるし、登場人物たちが「漢詩」や、催馬楽《さいばら》などの「歌謡」を口誦《くちず》さむ場面も少なくない。紫式部の生きている時代よりも過去の「歴史」を扱っているし、過去の宮中で行われた儀式を巧みに取り込んでいる。また、光源氏は須磨・明石をさすらっている間に、「絵日記」を書き残していた。その光源氏の須磨・明石流離を始め、玉鬘《たまかずら》の筑紫へのさすらいや、浮舟《うきふね》の東国からの上京など、「紀行」の要素もふんだんに含まれる。また、末摘花《すえつむはな》や源典侍《げんのないしのすけ》など、滑稽な人物が登場する部分には、「説話」的な面白さが横溢《おういつ》している。

『徒然草』も同様である。この作品は「随筆」に含まれると目されてきたが、「物語的」な要素も、「和歌的」な要素も、「説話的」な要素も濃厚に含み込んでいる。「紀行的」な章段もあるし、「漢詩文」や「歌謡」の教養にも溢《あふ》れているし、土大根《つちおおね》が活躍する章段などには「軍記的」な側面さえもある。また、「日記的」な側面も見受けられる。

むろん、特定のジャンルに、ぴったり収まる作品もあるが、収まりきれない作品の方が多い。だからと言って、ジャンルによる分類が無効だということにはならない。けれども、特定の作品を特定のジャンルにだけ当てはめて、それでよしとする「分類のための分類」が目的となり、結論となる文学史であれば、それは大いに批判されてしかるべきだろう。

以上に述べたように、本書は、作品におけるジャンルの重層性に着目して、記述を進めている。

＊統合と列挙

本書は、拙著『日本文学概論』において跡づけた、「蓄積」「集約」「浸透」という文学生成のプロセスを、さらに一歩進めたいと念願している。蓄積と集約を繋《つな》ぐものとして、「統合」という観点を取り入れた結果として、本書の記述がある。この点も、本書の目指すものとして特筆できるだろう。

蓄積した文学作品群を集約するためには、その蓄積自体を認識し、その蓄積の全体像を把握する統合力が必要となる。つまり、本書によって、今を生きる私たちが、文学史の総体をどのように把握するかという、新たな文学史の構想を立ち上げてゆきたいのである。

複数のジャンルを合わせ持っている作品は、複数のジャンルを統合し、集約しようとしている。その統合集約力は、どこから来ているのか。そして、どこまで集約できたのか。そこから、どのようなジャンルの作品へと「浸透」していったのか。そこを凝視することから、文学の本質に迫りうる視点が見つかるのではないか。その点については、本書で語り尽くせないかもしれないが、問題提起を行いたい。

ところで、さまざまなものを統合するためには、ある一括《くく》りの枠組みが必要であり、その枠組みが、文学の場合、ジャンルということになる。そして、ジャンルという概念が機能するためには、それに当てはまる事例が、ある程度多いことも大切で、いろいろな具体例があってこそ、ジャンルの性格が際立《きわだ》つ。したがって、本書では、各章ごとに作品名をなるべく多く挙げることに努めた。作品名の列挙によって、そこから、実際の作品を読むための手掛かりとしていただきたい。思えば、『枕草子』に、数々の列挙章段があるが、それらはたとえ単語の羅列だけであっても、不思議な広がりを読者の心にもたらす。そのような、文学の律動に満ちた記述を心懸けたいと思う。

＊本書の章立て

目次に示したように、本書は、「漢詩文」「和歌」「歌謡」「日記」「紀行文学」「物語」「随筆」「歴史文学」「説話」「軍記」「劇」「連歌と俳諧」「近代の詩歌」「近代の文学と、そのゆくえ」という章立てである。この配列は、「まえがき」で「ほぼ各ジャンルの出現順」としたように、厳密なものではない。厳密を期すならば、章番号を付けずに、横一線で、並列に並べるべきかもしれない。

私が、本書の構想を考えるに当たって、『徒然草』の配列を意識していたことも事実である。『徒然草』は、最初に「序段」があって、その後に二百四十三の章段があるが、厳密な配列意識は存在しない。けれども、いくつかの連続する章段を一括りにすることは試みられている。芭蕉《ばしょう》の弟子の各務支考《かがみしこう》が著した『つれづれの讃《さん》』という『徒然草』の注釈書では、大きく五十一の章に区切り直している。たとえば、第三十八段から第四十二段までは、「生死到来」というタイトルで五つの段がまとめられているし、第六十一段から第七十三段までは、「不信不疑」というタイトルで十三の段が一括されている。ただし、大きく再編された五十一の新しい区切りでも、『徒然草』の編纂《へんさん》意識を明確に解明するところまでは、到達できなかった。この区切り方が、『徒然草』の章段区分として踏襲されなかったゆえんである。それでいて、『つれづれの讃』が指摘しているような意識の流れで、見事に把握できる箇所もある。配列の難しさもそこにある。

本書は、各章それぞれが、「文学の系譜」を体現するべく記述したが、系譜の結節点と分岐点に留意することは、文学の全体像を把握するための重要な鍵であろう。たとえば、第二章の「漢詩文」であるが、我が国で漢詩が盛んになったのは、王朝女流文学が全盛に向かう以前と、天下泰平がもたらされた江戸時代だった。このことが何を意味するかは、第三章以後で、他のジャンルの消長を考える際の留意点となるだろう。

＊古典と近代

本書は、八世紀から二十一世紀に至る日本文学を、大きな視野から眺望して、幾筋もの文学の系譜が現代まで続いていることを記述してゆくが、その中で、ジャンルの交替という現象に気づかされると思う。しかしながら、文学の系譜自体は、決して消滅するわけではなく、たとえ姿は変えても、新たな文学が生み出されてゆく。ジャンルを超えて、あるいはジャンルを住み替えて、文学の系譜が進んでゆく。ある作品が存在感を高めて古典となり、その古典に触発されて、新たな作品が次々と生まれる時、新しい時代が切り拓かれる。「古典」と「近代」は、別々のものではなく、古典が近代を生み出し、近代が古典を認定する。そのような相互作用を、文学の流れの中に見出したい。

「近代」という言葉は、歴史区分のうえでは、明治維新後から昭和二十年までの時期を指すことが一般的であろうが、「現代」「当世」という意味で古くから使われてきた。日本文学の全体像を、一続きのものとして認識し、その中で、いつの時代にも「近代」があり、その近代が古典と繋がることで新しい文学を生み出していったことを描き出したいと思う。

＊自分にとっての「基準作」

賀茂真淵《かものまぶち》のような国学者たちは、『源氏物語』と『古今和歌集』を基準作から降壇させ、『万葉集』を日本文化の基準作に据えようとした。ただし、真淵の弟子の本居宣長は、あくまで『源氏物語』と『新古今和歌集』を基準作として、「もののあはれ」をキーワードにする文学史を構想した。近代に入ると、短歌では、写実とロマンとが激突する。小説の世界でも、自然主義と反自然主義とが対立する。一人一人が自分なりの基準作と文学観を持って、対峙《たいじ》しているのである。

文学の全体像を眺望する過程で、これまでの自分自身の読書体験が、どのような文学の系譜に位置づけられ、自分自身の基準作が何であるかも、おのずと浮かび上がってくるだろう。そのような文学の楽しみと奥深さを実感していただければ、幸いである。

引用本文と、主な参考文献

・島内裕子『日本文学概論』（放送大学教育振興会、二〇一二年）で、「蓄積・集約・浸透」のダイナミズムを、方法論として設定した。

発展学習の手引き

・本章では、ドナルド・キーン『日本の文学』、三島由紀夫『日本文学小史』、小西甚一『日本文藝史』、伊藤整の『日本文壇史』、亀井勝一郎の『日本人の精神史（日本人の精神史研究）』などを紹介したが、そのほかにも文学史をめぐる書物は多い。折口信夫《しのぶ》や丸谷才一や加藤周一など、独自の文学史を展開した文学者もいる。国文学者の著した文学史、評論家の著した文学史、小説家の著した文学史など、幅広い読書によって、自分の問題意識が共振する文学史を見つけてみよう。

2 漢詩文

《目標・ポイント》我が国の文学における漢詩文の流れを、古代から近代まで辿《たど》る。平安時代と江戸時代に二つのピークがあることを確認すると同時に、平安時代の漢詩文が後の時代の文学に及ぼした影響への理解を深める。

《キーワード》『懐風藻』、勅撰漢詩集、『和漢朗詠集』、『本朝文粋』、五山文学、江戸漢詩、近代の漢詩文

1．漢詩文と日本文学

＊『枕草子』に描かれた平安貴族の教養

清少納言の『枕草子』を読んでいると、漢詩句をめぐる男性貴族と宮廷女房の知的な会話が随所に見られる。たとえば、「竹」をめぐる興味深いやりとりがある。「五月《さつき》ばかりに、月もなく、いと暗き夜《よ》」という書き出しの段である。

中宮定子《ていし》が「職《しき》の御曹司《みぞうし》」におられた頃、月もない暗い夜に、殿上人たちが大勢でやってきて、簾《す》の下から清涼殿の前に植えてある竹を折って差し入れた。清少納言が、とっさに、「この君にこそ」（おや、誰かと思ったら、お出でになったのは、この君だったのね）と口にするや、男たちは彼女の機知に驚嘆して退散した。

この背景には、「晋《しん》の騎兵参軍王子猷《わうしいう》、栽《う》ゑて此《こ》の君《きみ》と称す」という詩句がある。書聖として有名な王羲之《おうぎし》の子である王子猷は、竹を愛して、竹のことを「此の君」と呼んだ。これは、藤原篤茂《あつしげ》の「修竹冬青」という漢詩の序に書かれている一節である。打てば響くような清少納言の対応は、「竹」の異名としての「此の君」という言葉を知っていたからであり、そのことに殿上人たちが驚いたのである。互いに、この詩句を知っていたからこそ生まれた、一場面である。このように、一条天皇の宮廷では、漢詩文の知識を共有する男女の知的会話が繰り広げられていた。

『枕草子』とほぼ同時代の『和漢朗詠集《わかんろうえいしゅう》』や、さらにそれから半世紀ほど後の『本朝文粋《ほんちょうもんずい》』にも、この篤茂の名句が収められている。ただし、『枕草子』の成立の方が、『和漢朗詠集』や『本朝文粋』といった漢詩句のアンソロジーよりも早いので、当時の知識人たちに共通の名句だったのであろう。

＊漢詩から和歌へ

紀貫之が書いた『古今和歌集』（九〇五年）の仮名序に、和歌には「六種《むくさ》」（そえ歌・かぞえ歌・なずらえ歌・たとえ歌・ただこと歌・いわい歌という六種類の分類）があると書かれている。これは、漢詩の分類基準に「六義《りくぎ》」（風《ふう》・賦《ふ》・比《ひ》・興《きょう》・雅《が》・頌《しょう》という六種類の分類）があるとされていることを、和歌に応用したものである。和歌の理論である「歌学」は、漢詩の理論を取り入れることから始まった。

理論だけではない。和歌を詠むことも、発想や言葉を漢詩から受け取り、日本風に変容することから始まった。大江千里《おおえのちさと》の「照りもせず曇りも果《は》てぬ春の夜《よ》の朧月夜《おぼろづきよ》に如《し》く物ぞ無《な》き」は、『白氏《はくし》文集《もんじゅう》』の「明ならず、暗ならず、朧朧《ろうろう》たる月」をほとんどそのまま翻訳したものである。「如《し》く」

（及ぶ、匹敵する、の意）という漢文訓読体が和歌で詠まれることは珍しい。

ただし、『源氏物語』花宴巻《はなのえん》で、朧月夜という女性がこの千里の歌を口ずさむ時には、「朧月夜に似る物ぞ無き」と、柔らかく言い換えられていることに注目したい。漢詩文を取り入れるに際して、一旦、日本の文学風土の中で十分に咀嚼《そしゃく》したうえでなければ、日本文学にしっかりと根付くことはなかった。この点に注意を払うことは、とても重要であると思う。

2. 勅撰漢詩集の成立

＊漢詩の格調と生命力

大和言葉を用いて平仮名で書かれる和歌が、女性の文学だったとすれば、漢詩文は、男性知識人が力を注ぐ文学ジャンルだった。ところで、本書では、各時代の各ジャンルを広範に取り上げながら日本文学の豊かな命脈に触れることを目指している。時代の変化と共に、文学ジャンルも、文学の担い手たちも自《おの》ずと変化してゆくが、その中にあってなお、普遍性を持つ面に光を当てつつ、文学によって新たに切り拓かれ、人々によって共感され続けてきたものを見詰めてゆきたい。

平安時代前期の文学と言えば、まずは漢詩文が表舞台に立っていた。「学問の神様」と仰がれる菅原道真《すがわらのみちざね》は、『菅家文草《かんけぶんそう》』『菅家後集《かんけこうしゅう》』という漢詩集を残した。道真が失脚して大宰府に左遷される途中、明石の駅で詠んだ漢詩、「駅長莫驚時変改、一栄一落是春秋」（駅長驚くなかれ、時の変改を、一栄一落、是《こ》れ、春秋）は、平安時代後期の歴史物語『大鏡《おおかがみ》』にも引用されている。

漢詩文の凝縮した硬質な響きからくる格調は、平安時代前期が過ぎ、文学の中心が和歌や物語になっても、失せることはなかった。それらの表現の素晴らしさを実感する人々が、いつの時代にも、絶えることがなかったからである。道真のこの漢詩の一節は、みずからの身に降りかかった人生の変転を深く刻み、人生の辛苦に直面した人々の心を支える言葉となって、生き続けている。

＊最初の漢詩集『懐風藻』と民黒人

我が国最初の漢詩集は、奈良時代に編纂《へんさん》された『懐風藻《かいふうそう》』（七五一年）である。約百二十首の漢詩を収めるが、その中に「隠士民黒人《たみのくろひと》」の漢詩が二首（「幽棲《ゆうせい》」「独《ひと》り山中に坐す」）入っている。彼は、我が国の「隠遁《いんとん》文学」の系譜を考える際に、重要な人物である。民黒人は、江戸時代の儒学者・林読耕斎《どっこうさい》（林羅山の四男）の『本朝遯史《ほんちょうとんし》』の冒頭に登場し、読耕斎と同時代の学僧・元政《げんせい》の『扶桑隠《ふそういん》逸伝《いつでん》』では三番目に登場している。読耕斎は、「ああ、黒人が幽棲、いづれの所の山ぞや」とまで書いており、その場所が特定できるのならば、自分もそこへ赴きたいという口吻《こうふん》である。読耕斎の兄である林鵞峰《がほう》の『本朝一人一首《ほんちょういちにんいっしゅ》』でも、黒人の「幽棲」の詩を紹介した後で、「嗚呼《ああ》、黒人は何《なん》人《びと》ぞ哉《や》。（中略）其の幽棲、何処《いづれのところ》に在る乎《や》。（中略）『懐風藻』微《な》かつせば、則《すなは》ち誰《たれ》か上世に、此《こ》の人《ひと》有《あ》ることを知らん、と」と記している。黒人は、『懐風藻』に二首の漢詩が収められたことによって、江戸時代の知識人たちに、隠遁への憧れを掻き立てたのである。彼らにとって、『懐風藻』は、決して過去のものではなく、いつでも頁を開けば、今を生きる自分たちにとって、人生の先達と相《あい》まみえることのできる「文学の通路」であった。

＊三つの勅撰漢詩集

奈良時代の『懐風藻』は、編者未詳であったが、平安時代に入ると、立て続けに勅撰の漢詩集が編纂された。嵯峨《さが》天皇の撰進による『凌雲集《りょううんしゅう》』（凌雲新集）（八一四年）と『文華秀麗集《ぶんかしゅうれいしゅう》』（八一八年）、淳和《じゅんな》天皇の撰進による『経国集《けいこくしゅう》』（八二七年）である。

勅撰漢詩集を編纂する際の理念となったのは、魏《ぎ》の文帝《ぶんてい》（曹丕《そうひ》）の「典論論文《てんろんろんぶん》」の「文章は経国の大業にして、不朽の盛事なり」（『晋書』・宣帝記）という一節である。これは『源氏物語』などの我が国の文学に大きな影響を与えた中国の『文選《もんぜん》』にも収められており、最初の勅撰漢詩集『凌雲集』の序に掲げられている。この一句によって、文学が国家の基盤となるという「文章経国」理念が現前した。『経国集』という書名もここから来ている。

『凌雲集』から、上毛野穎人《かみつけののえひと》の「春日帰田直疏《しゅんじつきでんちょくそ》」を引用して、平安時代初期の漢詩に触れてみよう。これは、天皇に、自分の窮状を直訴した漢詩である。

禄《ろく》を干《もと》めて終《つひ》に験《しるし》無《な》し。田《でん》に帰つて弊門《へいもん》に入る。
庭荒れて、唯《ただ》、壁立《へきりつ》。籬《まがき》、失つて、独《ひと》り花存《ぞん》ず。
手を空《むな》しうして、飢《うゑ》、方《まさ》に至り、頭《かうべ》を低《た》れて、日、已《すで》に昏《く》る。
世途《せいと》、此《か》くの如《ごと》く苦し。何処《いづれのところ》にか春恩《しゅんおん》に遇《あ》はん。

林鵞峰は『本朝一人一首』で、撰者は、いったいどういう意図で、この一首を選んだのだろうか、と不審がっている。勅撰漢詩集であるから当然であるが、天皇に奏覧される。この詩を読んだ天皇は、上毛野穎人に救いの手を差し伸べたのだろうか、それとも、天皇の逆鱗《げきりん》に触れたのだろうかと、鵞峰は思いやる。鵞峰のコメントには、「古《いにしへ》自《よ》り、才子、時に遇《あ》はざる者、多矣《おほし》」とある。

ところで、この評言は、『徒然草』の第二百十一段と、深く関連していると思われる。

万《よろづ》の事は、頼《たの》むべからず。愚かなる人は、深く物を頼む故《ゆゑ》に、恨み、怒《いか》る事有《あ》り。勢《いきほ》ひ有《あ》りとて、頼むべからず、強き者、先《ま》づ滅ぶ。財《たから》多しとて、頼むべからず、時の間《ま》に、失《うしな》ひ易《やす》し。才《ざえ》有《あ》りとて、頼むべからず、孔子《こうし》も、時に遇《あ》はず。徳《とく》有《あ》りとて、頼むべからず、顔回《がんくわい》も、不幸《ふかう》なりき。君の寵《ちょう》をも、頼むべからず、誅《ちゅう》を受くる事、速《すみ》やかなり。奴《やっこ》従へりとて、頼むべからず、背《そむ》き走る事有《あ》り。人の志《こころざし》をも、頼むべからず、必ず、変《へん》ず。約《やく》をも、頼むべからず、信《しん》有《あ》る事、少《すくな》し。（下略）

鵞峰の父である林羅山は、『徒然草』の優れた注釈書である『野槌《のづち》』を著している。彼は、徳川家康没後に、自分が不遇になったという心境を、この段の解釈に投影している。だからこそ、羅山の三男である鵞峰が「才子、時に遇《あ》はざる者、多矣《おほし》」と書く時、『徒然草』第二百十一段と共に、父である羅山の思い出も脳裏をよぎっていたのではないだろうか。

日本文学はすでに千三百年の蓄積がある。一つ一つの作品は、時代精神を反映しつつ、個性的である。けれども、不思議なことに、ある作品、あるいは、ある文学者に注目すると、時代を隔てていても、どこかしら繋《つな》がりが感じられるさまざまな「人と作品」が、自然と自分自身の心の中に寄り集まってくる。その体験が大切であり、そうであってこそ、作者名と作品名を記載した文学史年表から、人間が作り出してきた文学の世界が、実感と共に立ち上がってくるのである。

＊漢故事の影響力

『文華秀麗集』巻中・詠史に、良岑安世《よしみねのやすよ》の「賦《ふ》して、『季札《きさつ》』を得たり」という漢詩が載る。安世は、六歌仙として知られる歌人・良岑宗貞《むねさだ》（僧正遍昭《そうじょうへんじょう》）の父親である。「季札」は、信義を重んじた中国の人で、心の中で宝剣を譲るつもりでいた人が、既に亡くなっていたので、その人の墓に宝剣を掛《か》けて去った、というエピソードで知られる。『蒙求《もうぎゅう》』に「季札剣《けん》を挂《か》く」というタイトルで入り、鎌倉時代の教訓説話集『十訓抄《じっきんしょう》』や『太平記』などでも、繰り返し言及される故事である。

もう一つ、漢故事を紹介しよう。先ほど触れた曹丕にまつわるエピソードである。曹丕には、曹植《そうしょく》という弟がいて、詩人としての才能は兄の曹丕を凌駕《りょうが》していた。この兄弟は、『三国志』で有名な曹操《そうそう》の子である。弟の曹植は、兄の曹丕から、七歩歩むうちに詩を作らなければ死罪だと言われ、「七歩の詩」を作った。その詩は、「豆を煮るに豆萁《まめがら》を燃やせば、豆は釜中に在りて泣く。本《もと》、是《こ》れ、同根に生ぜしに、相煎《あひに》ること、何ぞ太《はなは》だ急なる」というものだった。『徒然草』第六十九段で、性空上人《しょうくうしょうにん》が豆と豆がらの会話を聞き取ったとあるが、ここには曹丕と曹植の関係が踏まえられているとする解釈もある。漢詩文は、日本文学のさまざまな場面に浸透している。

3.『和漢朗詠集』と『本朝文粋』

*『和漢朗詠集』

『和漢朗詠集』は、藤原公任《きんとう》が編纂した和歌と漢詩のアンソロジーである。一〇一三年頃の成立かと考えられているので、公任が紫式部に向かって、「このわたりに、若紫や候《さぶら》ふ」と語りかけた一〇〇八年には、まだ成立していなかった。つまり、紫式部が『源氏物語』を書いている時に、『和漢朗詠集』に入っている漢詩句を引用したとしても、直接に『和漢朗詠集』の中から探して引用したわけではないのである。先にも述べたように、『枕草子』の場合も事情は同様である。『源氏物語』よりもさらに早い時期に成立している『枕草子』は、当然のことだが、『和漢朗詠集』以前の作品である。『枕草子』に出てくる漢詩句の多くは、『和漢朗詠集』に出てくる。けれども、それは清少納言が『和漢朗詠集』を通して知ったのではなく、当時の教養人たちが共通して知っていた名句だったということなのである。

『和漢朗詠集』の上巻は四季で、下巻は雑である。例えば、下巻の「山水《さんすい》」の項には、漢詩句が十首、和歌が一首載る。漢詩の最初に置かれているのは、次の詩句である。

泰山《たいざん》は、土壌を譲らず。故《ゆゑ》に、能《よ》く、其《そ》の高きを成《な》す
河海は、細流を厭《いと》はず。故に、能く、其の深きを成す。

秦の始皇帝に仕えた宰相の李斯《りし》の詩句である。『古今著聞集《ここんちょもんじゅう》』や『十訓抄』にも引用されているが、『源氏物語』の代表的な注釈書のタイトルの由来にもなっている。四辻善成《よつつじよしなり》の『河海抄《かかいしょう》』と、三条西実隆《さんじょうにしさねたか》の『細流抄《さいりゅうしょう》』である。どんな小さな細部にでもこだわり、徹底的に探究することが、巨大な学問となって結実する。そのことを象徴する注釈書の書名として、この李斯の漢詩から、古典学者たちは「河海」と「細流」を取り出したのである。

＊『本朝文粋』

『本朝文粋』は、唐の時代の名文を選んだ『唐文粋《とうもんずい》』に倣《なら》って、藤原明衡《あきひら》（九八九頃〜一〇六六）が平安朝の我が国の漢詩人の中から、代表的な漢詩文を選んだものである。

兼明《かねあきら》親王（前中書王《さきのちゅうしょおう》）の『兎裘賦《ときゅうのふ》』と『池亭記《ちていき》』、慶滋保胤《よししげのやすたね》の『池亭記』、菅原道真の『書斎《しょさい》記《き》』などの住居記・閑居記が含まれているが、これらは『方丈記』に代表される、中世の草庵文学

の源流となった。

菅原道真『書斎記』は、「方《はう》、纔《わづ》かに一丈余《いちぢやうよ》」（たった一丈四方）の「一つの局《つぼね》」（部屋）に、「書籍を運び」入れて、ここで読書に耽《ふけ》ったという。鴨長明は、『方丈記』の中で、自分が隠棲した日野山の「方丈の庵」（一丈四方の草庵）を、「広さはわづかに方丈、高さは七尺がうちなり」と書いている。この表現は、道真の『書斎記』を連想させる。また、方丈の庵には、愛読書も持ち込んでいるから、この庵は長明にとって、書斎の機能も有する場所だった。

兼明親王は、醍醐《だいご》天皇の皇子で、『源氏物語』の光源氏の「准拠《じゅんきょ》」とされる源高明《たかあきら》の異母弟に当たる。自らも臣籍降下して源を名告ったが、左大臣の職を奪われて、中務卿《なかつかさきょう》という閑職に追いやられる目的で、皇族に復帰させられた。中務卿のことを「中書王」と言う。この政争は、藤原兼通《かねみち》と兼家《かねいえ》の兄弟が不仲であったことが、原因している。『蜻蛉日記《かげろうにっき》』の作者を妻の一人とし、道隆や道長の父でもある兼家は、後に権力を握るに到るが、兄の兼通に押されていた時期があった。この争いの余波を、兼明親王は受けたのである。その不満から嵯峨に隠遁《いんとん》する心境が、『兎裘賦《ときゅうのふ》』で吐露されている。

政争で命を奪われた者は多い。都で暮らすことほど、危険な人生はない。『兎裘賦』に出てくる「凡《およ》そ、人の世にあること、殆《あやふ》きこと、花の上の露の如《ごと》く、空《おほぞら》の中の雲の如《ごと》し」という危機感は、鴨長明が「五大災厄」を体験することで、立派な屋敷を建てることの空しさや、人生の基盤の脆《ぜい》弱《じゃく》さを痛感したことの先蹤《せんしょう》となっている。

同じく兼明親王の『池亭記』も、敷地内の池に面した亭（「池亭」）を作り、「筆硯一両」や「絃歌十数」を携えて、この亭で心の安らぎを得たと記され、『方丈記』に影響を与えている。

『本朝文粋』に収められた慶滋保胤『池亭記』もまた、兼明親王の『池亭記』と共に、鴨長明『方丈記』に大きな影響を及ぼしたことが、先学の研究で明らかになっている。東の京（左京）の繁栄と比べて、西の京（右京）は荒廃しているが、東の京での暮らしは、危険と不安に満ちているので、保胤は西の京に家を作って住むことにした。池の西に阿弥陀仏を安置する「小堂《しょうどう》」を建て、池の東に書籍を納める「小閣《しょうかく》」を建て、池の北に妻子を住まわせる「低屋《ていおく》」を建てた。『方丈記』に比べれば都の中の大きな敷地での住まいではあるが、心の安らぎを求めての隠遁の日々が実現されており、鴨長明が求めた草庵での心の安らぎと満足の先蹤が、確かにここには書かれている。

『本朝文粋』に継いで、平安時代末期には、『本朝続文粋《ほんちょうぞくもんずい》』も纏《まと》められた。

以上、平安時代までの漢詩文を概観した。これらの漢詩文は、和文・和歌にも大いに取り入れられて、日本文学の土壌を豊かにした。その背景には、『和漢朗詠集』や『本朝文粋』のような、漢詩文のエッセンスを収めた、アンソロジーが纏められたことが大きい。

4．五山文学と江戸漢詩

＊五山文学

室町時代には、禅僧たちが漢詩文を担った。京都五山・鎌倉五山などと呼ばれる禅宗の寺院を中心として、「五山文学」が栄えた。義堂周信《ぎどうしゅうしん》・絶海中津《ぜっかいちゅうしん》・春屋妙葩《しゅんおくみょうは》などが代表者である。一休《いっきゅう》宗純《そうじゅん》の『狂雲集』も、有名である。一休の「文明中の乱を」という詩を引用しておく。

咸陽《かんやう》は一火にして、眼前は原となりぬ。／金殿も、幾多《いくた》の珠玉の門も、廃址《はいし》は、日に瘦《や》せて、秋興に似たれば、／春風も、桃李も、黄昏《くわうこん》なり易《やす》し。

応仁元年（一四六七年）に勃発した応仁の乱の戦火は、瞬《また》く間に都を焼野が原へと変えてしまった。戦乱を避けて元号が「文明」と改元されても、戦火は止《や》まず、秦《しん》の始皇帝が造営した咸陽《かんよう》が滅亡して炎に包まれたような光景が、眼前に広がっている。豪華な宮殿も、華麗な大邸宅も、すべて灰燼に帰した。荒廃した都は、春なのに、まるで秋のように寂しい。そよ吹く春風も、美しい桃や李《すもも》の花も、誰も目に留めないうちに、黄昏の夕闇の中に消えてゆく……。

まるで、「国破れて山河あり」の世界である。応仁の乱のもたらした荒廃は、和歌でも詠まれている。「汝《なれ》や知る都は野辺の夕雲雀《ゆふひばり》上《あ》がるを見ても落つる涙は」（『応仁記《おうにんき》』）。

同じ荒廃の情景を詠んでも、平仮名の三十一文字からなる和歌の流れるような抒情と比較すると、今挙げた漢字二十八文字からなる七言絶句の漢詩は、荒涼感・寂寥感・虚無感などを、重層的に一首の中に込めている。和歌と漢詩の世界のそれぞれの特質として、留意したい。

＊石川丈山

朱子学が奨励された江戸時代には、優れた漢詩人が輩出した。平安時代と匹敵するほど、漢詩文が全盛を迎えた。その中から、四人を取り上げたい。

石川丈山《いしかわじょうざん》（一五八三～一六七二）は、徳川家康に仕える武士であったが、京都に隠棲し、詩仙堂を営んだ。漢詩が隆盛になった江戸時代の初期を代表する漢詩人である。詩仙堂には、狩野探幽が描いた、李白《りはく》や杜甫《とほ》など三十六人の漢詩人たちの肖像画が掲げられていた。「帰鴉《きあ》」という詩を引用する。

日日《にちにち》、夕陽《せきやう》に及べば、／群《むら》がり飛んで、閃閃《せんせん》たるは、
一碁に、白、全《また》く、輸《ま》けたるか、／満紙に、墨、漫《みだ》りに、点《てん》じたるか。

夕方になると、毎日のように、空に群がって飛ぶのが、鴉《からす》である。碁盤の上で、白石が全滅して、すべての白石が取り去られて黒石だけが残っているようにも見え、白い紙の全体に黒い墨を散らしたようにも見える。機知の詩である。『枕草子』の冒頭の、「秋は、夕暮《ゆふぐれ》。夕陽《ゆふひ》、華《はな》やかに差《さ》して、山際《やまぎは》、いと近《ちか》く成《な》りたるに、烏《からす》の寝所《ねどころ》へ行くとて、三《み》つ、四《よ》つ、二《ふた》つなど、飛《と》び行くさへ、哀《あは》れなり」とあるのは、「三つ、四つ、二つ」だから「哀れ」と感じるのであって、空を埋め尽くすほどに飛んでいる鴉の群れに呆れているのが、丈山の「帰鴉」である。

＊菅茶山
菅茶山《かんちやざん》（一七四八～一八二七）は、備後《びんご》の人で、黄葉夕陽村舎《こうようせきようそんしゃ》という私塾を開いた。北条霞亭《ほうじょうかてい》が茶山の姪を妻としたことから、森鷗外の史伝『北条霞亭』に何度も登場する。また、富士川英郎『菅茶山』は、すぐれた評伝文学である。これらの本を通して、江戸時代の漢詩人の生涯や作品に触れていただきたい。

＊頼山陽
頼山陽《らいさんよう》（一七八〇～一八三二）に、「読書」という題で詠まれた八首の漢詩があり、読書の楽しみをテーマとしている。その中から、印象的な詩句を抜き出してみよう。

「如《し》かず、還《また》、書を読まんには／人あり、我が心を獲《う》」。「遙遙《えうえう》たり、千載の人。／乃《すなは》ち顔色を

観《み》るが如《ごと》し」。「方《まさ》に、古人と語らん」。「燈《ひ》を挑《かか》げて、汗青《かんせい》を閲《けみ》すれば、／歴歴として、眉に列《つら》なるが如し」。

これらが、『徒然草』の第十三段の、「一人《ひとり》、燈火《ともしび》の下《もと》に、文《ふみ》を広げて、見ぬ世の人を友とするぞ、こよなう慰む業《わざ》なる」と関連することは、明らかだろう。『徒然草』が「読書人」としての生き方を称揚したように、頼山陽もまた「読書」の喜びを漢詩で詠んだのである。

頼山陽については、中村真一郎『頼山陽とその時代（上・中・下）』がある。書名の通り、江戸後期の知識人が二百名以上も登場する長編評論である。

＊広瀬淡窓

九州の日田《ひた》の「咸宜園《かんぎえん》」で教育に当たった広瀬淡窓《たんそう》（一七八二〜一八五六）は、その初期に『徒然草』を漢詩に詠んでいる。「読徒然草六首」の中から、四首目を引用したい。

四更、山、月を吐き／微雲、細弦を綴る／幽光、殊に窈窕／何ぞ必ずしも團圓を賞せん／艶花、風雨を経て／容態、転《うた》た憐むべし／請ふ看よ、婉孌《えんれん》たる蝶／猶、残芳を抱きて眠るを／吾、詩を学ぶ者に告ぐ／斯の語、即ち妙詮／開天、豈《あに》美ならずや／中晩、相ひ捐《す》つるなかれ

この漢詩の八句までは、古来有名な「花は盛りに、月は隈無《くまな》きをのみ、見るものかは」という第百三十七段の冒頭部分を取り上げている。しかし、艶やかな花が風雨に打たれ、美しい蝶が残花に止まっているという情景は、第百三十七段の本文には書かれていない。色彩感覚と嗅覚に訴える表

現は、『徒然草』を一歩進めたとさえ言える。

ところが、その直後から思いがけない展開を示し、読者の意表を衝《つ》く。盛唐の「開天」（開元・天宝期）の詩もすばらしいが、それだけではなく「中晩」つまり中唐・晩唐の詩もすばらしい、と言うのである。この点について、幕末から明治初期まで生きた国学者の近藤芳樹（一八〇一～八〇）の『寄居歌談《ごうなのうたがたり》』に言及がある。この詩が『徒然草』の「花は盛りに、月は隈無きをのみ、見るものかは」に基づいて詠まれていること、盛唐以外の中唐・晩唐も捨てがたいと言っているのは心憎いこと、『徒然草』のこの箇所は和風文化の極致であるのに、漢詩人にすばらしいと言われたのは、まことに憎らしいではないか、ということなどが、書かれている。

「読徒然草六首」を読んだ国学者たちが、『徒然草』の精髄をめぐって先を越されたと悔しがっているのは、それだけこの詩に淡窓の独自な批評眼が発揮されていることの証しであるが、国学者たちもまた、この漢詩の主旨をよく理解したということである。

江戸時代の漢詩文について、ひとつ付け加えたいのは、先に『懐風藻』や『凌雲集』のところで触れた『本朝一人一首』の役割である。『本朝一人一首』によって、江戸時代の人々は、漢詩文のエッセンスを林鵞峰の解説付きで読むことが可能になった。江戸時代の初期にこのようなアンソロジーが纏められたことの意義は大きい。

5．近代の漢詩文

*森鷗外

江戸時代は、漢詩文の時代と言ってもよいほど、優れた漢詩人を輩出した。藩校や私塾で、漢学の素養を身につけた知識人は、自らも漢詩を創作できるだけの力を持っていた。それが、明治時代になってからの文学基盤となって、近代文学を牽引した。

森鷗外《おうがい》（一八六二〜一九二二）も、漢詩を残している。その中で、『源氏物語』横笛《よこぶえ》巻を詠んだ漢詩が注目される。

一脈、相思《あひ》ふも、情、尚《なほ》、牽《ひ》かる。／空門、何ぞ耐《た》へん、嬋娟《せんけん》を寄するに。
緇衣《しい》、翻《ひるがへ》つて化《か》し、金衣、去る。／又、到らん、阿郎《あらう》、禅榻《ぜんたふ》の辺《へん》。

この詩は、横笛巻の朱雀院《すざくいん》と女三《おんなさん》の宮《みや》の父娘が詠み交わした二首の贈答歌を、一首の漢詩として構成したものだと思われる。

世を別れ入《い》りなむ道は遅《おく》るとも同じ所を君も尋ねよ（朱雀院）
憂《う》き世《よ》にはあらぬ所のゆかしくて背《そむ》く山路《やまぢ》に思ひこそ入《い》れ（女三の宮）

父は、娘には厳しい出家生活は耐えられないだろうから、俗世に留まって、極楽での再会を待とう、と詠む。娘は、お父様と同じように、出家して山寺で修行したいのです、と返す。鷗外の漢詩は、二首を合成したと考えて初めて理解できる。漢詩創作の背景に、鷗外の『源氏物語』の教養が活《い》かされている。漢詩文と平安時代以来の物語や和歌は、渾然《こんぜん》一体となって、近代文学者の心の内に息づいている。そのことが、近代文学を生み出す一つの原動力となった。「古典と近代」という問題意識によって、浮かび上がってくる実例として紹介した。

＊夏目漱石・中島敦、そして漢詩文のゆくえ

夏目漱石《そうせき》（一八六七～一九一六）は、親友の正岡子規との交遊から俳句を好んだが、漢詩も残している。「則天去私」の心境を、「無題」という、たくさんの漢詩で詠んでいる。『漱石全集』に収められた漱石の漢詩に、ぜひ触れていただきたい。漱石文学の根源が垣間見られると思う。

また、漢学者の一族に生まれた中島敦《あつし》（一九〇九～四二）は、身についた漢学の素養を活かして、『李陵』『山月記』『弟子』などの中国に題材を取った作品を発表した。これらは中島敦の作品の中でも、現代人に広く読まれ続けている。中島文学の気韻と格調に触れると共に、翻って『懐風藻』以来の漢詩文や漢詩人にも目を向けることが、日本文学における漢詩文的なるものの水脈を、自らの胸の内に甦らせることに繋がるであろう。

本章で挙げたさまざまな漢詩文は、日頃の読書の中では、あまり馴染《なじ》みがないかも知れないが、時代を隔てて繋がり合う文学世界の広がりの、一端なりとも摑《つか》み取っていただければ、そこから自分自身の文学観が形成されてゆくと思う。

引用本文と、主な参考文献

・『懐風藻・文華秀麗集』『五山文学集・江戸漢詩集』は、『日本古典文学大系』(岩波書店)に拠《よ》った。
・『和漢朗詠集』は、『日本古典文学大系』と『新編日本古典文学全集』(小学館)の双方を参考にした。
・『本朝文粋』『本朝一人一首』『菅茶山・頼山陽詩集』は、『新日本古典文学大系』(岩波書店)を参考にした。
・森鷗外の漢詩は、『鷗外歴史文学集・第十二巻』(岩波書店)に拠ったが、解釈は大きく改めた。
・以上のいずれも、ルビや送り仮名、解釈を改めた箇所がある。

発展学習の手引き

・日本漢詩のアンソロジーとして、『日本漢詩人選集』(全十三巻、研文出版)、『江戸漢詩選』(全五巻、岩波書店)などが出版されている。これらによって、さらに広くさまざまな漢詩人の作品に触れることができる。
・本章では取り上げられなかったが、荻生《おぎゅう》徂徠《そらい》や柏木如亭《じょてい》など、江戸時代の漢詩人にも触れてみよう。
・広瀬淡窓と『徒然草』については、島内裕子『徒然草文化圏の生成と展開』(二〇〇九年、笠間書院)に収めた論文「広瀬淡窓と徒然草」を参照していただければ、幸いである。

3 和歌

《目標・ポイント》「五七五七七」の短詩形文学である和歌の歴史を、古代から近世まで通観する。『万葉集』、『古今和歌集』、『新古今和歌集』、『玉葉和歌集』と『風雅和歌集』という和歌史の四つのピークを中心に解説する。私家集・私撰集の意義にも触れる。

《キーワード》『万葉集』、三代集、八代集、二十一代集、『古今和歌集』、『新古今和歌集』、『玉葉和歌集』、『風雅和歌集』

1.「五七五七七」の魅力

＊和歌と日本文学

文学は、韻文と散文とに大別される。大和言葉で歌われる和歌は、漢詩に遅れて隆盛に向かった。前章で見てきたように、日本文学においては、まず最初に、漢詩集がまとめられたのであった。近代短歌や現代短歌は、漢音やカタカナ書きの外来語を自由に用いて詠まれるが、江戸時代までの和歌は、原則として大和言葉だけで詠まれた。「原則として」と言ったのは、例外として音読みする仏教語が用いられることがあったし、「いろは」の各字などを歌の最初に置いて読むときに、大和言葉に少ない「り」「れ」などは、漢音にならざるをえなかったからである。

大和言葉の美しい和歌は、平仮名で書かれる物語である『伊勢物語』や『源氏物語』などの散文にも取り入れられて、日本文学の中心となった。現在でも新年に宮中で行われる「歌会始《うたかいはじめ》」は、天皇・皇族・専門歌人（選者）の歌や、広く公募した歌が披講《ひこう》される。新聞や総合雑誌にも「短歌・俳句欄」があり、そこに読者たちが投稿し、撰者《せんじゃ》たちによって選ばれた作品が紙上や誌上に掲載される。和歌は、近代になって短歌という名称が一般化したが、現代人にとって、実際に自分が創作する文学領域として、身近なものであり続けていると言えよう。

＊さまざまな歌体

これほど「五七五七七」の短歌形式が日本人に愛されるようになった理由は、よくわかっていない。短歌（五七五七七）のほかに、「五七」を三回以上繰り返して、最後に「七」を加える長歌は、『万葉集』と、江戸時代の国学者に多い。上田秋成《あきなり》や橘守部《たちばなもりべ》も長歌の作品を残しているし、近代歌人の窪田空穂《くぼたうつぼ》にも長歌がある。

旋頭歌《せどうか》は、「五七七五七七」である。『古今和歌集』の「雑体《ざったい》」（ざってい）にある「うち渡す／遠《をち》近人《かたびと》に／物申す我《われ》／そのそこに／白く咲けるは／何《なに》の花ぞも」は、『源氏物語』の夕顔《ゆうがお》巻に引歌《ひきうた》されていることで有名である。近代でも、芥川《あくたがわ》龍《りゅう》之《の》介《すけ》が詠んだ旋頭歌が、彼の全集に収められている。そのほか、「五七五七七七」の仏足石歌《ぶっそくせきか》、「五七七」の片歌《かたうた》もある。

このように、長歌・短歌・旋頭歌・仏足石歌・片歌というように、さまざまなスタイルがあるが、これらは五音と七音を、基本としている。明治時代に盛んに作られた新体詩《しんたいし》でも、「汽笛一声新橋を／はや我《わが》汽車は離れたり」のように、「七五調」が圧倒的に多かった。ただし、唱歌の「兎追ひし／かの山」は「六四調」であるし、「菜の花畑に／入日薄れ」は「八六調」であるなど、五音と七音に限らない韻律も生み出された。ちなみに、新年の歌会始の披講や『小倉百人一首』の読み上げでも、初句や第三句、第五句などは、語尾を長く伸ばして読むので、実質的には六音や八音と考えることもできる。

ともあれ、音数としては「五七五七七」の短歌形式が、日本人に広く愛されて現代に至っている。平安時代の和歌では、平仮名表記が多かったので、「五七五七七」という音数は、三十一音であると同時に、平仮名の文字数で言えば三十一文字なので、和歌のことを「みそひと文字」とも言う。この場合、「文字」というのは、平仮名で数えた字数のことである。

＊**『万葉集』**

『万葉集』は、現存する最古の和歌集であるが、勅撰和歌集には数えられない。七世紀前半から八世紀半ばまでの約四千五百首を含む。編者も未詳である。

国学者の賀茂真淵《かものまぶち》（一六九七〜一七六九）は、『万葉集』の男性的で雄渾《ゆうこん》な歌風を「ますらをぶり」（益荒男振り・丈夫風）と呼び、『古今和歌集』の女性的で優美な「たをやめぶり」（手弱女振り）と区別した。『万葉集』も『古今和歌集』も、さまざまな和歌が収められており、その内容も表現も多彩であるが、賀茂真淵は、それぞれの歌集を一言に集約したのである。この二分法はその後、現代に至るまで、よく知られている。

正岡子規は、『歌よみに与ふる書』で、それまで日本文学の根幹だった『古今和歌集』を激しく攻撃し、『万葉集』を基盤とする短歌革新を唱えた。「写生」を唱えた子規の教えは、近代短歌の主流となった『アララギ』という結社に伝えられた。近代短歌が、『万葉集』を基本理念とするのは、『古今和歌集』と『源氏物語』が形成してきた文化観と文学観に、真っ向から反対するものだった。

子規にとって、それらの古典は、近代を切り拓くために否定されるべきものだったのだろう。ただし、本書では、「古典と近代」を対立概念としてではなく、古典の存在が、近代を生み出す基盤として機能し続けてきたことに、日本文学の一つの大きな特色を見出《みいだ》したいと考えている。

ところで、『万葉集』の時代には、まだ平仮名が発明されていなかった。したがって、和歌を表記するに際して、漢字を用いた。これが「万葉仮名《まんようがな》」である。

世間乎《よのなかを》　宇之等夜佐之等《うしとやさしと》　於母倍杼母《おもへども》　飛立可禰都《とびたちかねつ》　鳥尓之安良禰婆《とりにしあらねば》

山上憶良《おくら》の「貧窮問答歌《びんぐうもんどうか》」（ヒンキュウモンドウカ、とも）の反歌であるが、「世間」を「よのなか」、「飛立」を「とびたち」と訓《よ》ませるのは、漢字の意味を利用している。「宇」を「う」、「於」を「お」と訓ませるのは、漢字の発音を利用している。このような万葉仮名の解読作業は、平安時代から始まったが、飛躍的に研究が進んだのは江戸時代に国学が盛んになった結果である。

なお、平安時代に、「宇」「之」「於」「禰」「安」「良」という漢字は、それぞれ「う」「し」「お」「ね」「あ」「ら」という平仮名の基になっている。

2．『古今和歌集』と『新古今和歌集』

*三代集と八代集

九〇五年に、醍醐《だいご》天皇の勅命で『古今和歌集』が編纂されたのは、日本文化の大きな画期となった。ここに、勅撰和歌集の時代の扉が開かれた。『古今和歌集』では、約千百首の収録歌を、春（上下）・夏・秋（上下）・冬・賀・離別・羇旅《きりょ》・物名・恋（一〜五）・哀傷・雑（上下）・雑体・大歌所御歌の二十巻に分類している。これを「部立《ぶだて》」と言う。人間と自然の営みを、整然と秩序立てて配列した『古今和歌集』は、その後の『伊勢物語』や『源氏物語』を生み出す基盤となり、そのことが、ひいては永く日本文化の生成と展開を促したと言っても決して過言ではない。

撰者の一人である紀貫之《きのつらゆき》が書いた仮名序《かなじょ》も、和歌の理念を述べた名文として、永く愛読された。「大和歌《やまとうた》は、人の心を種として、万《よろづ》の言《こと》の葉《は》とぞなれりける」、「力をも入れずして天神地祇《あめつち》を動かし、目に見えぬ鬼神《おにがみ》をも哀れと思はせ、男女《をとこをんな》の仲をも和《やは》らげ、猛《たけ》き武士《もののふ》の心をも慰むるは歌なり」という部分は、特に有名である。

「心の種」は、誰もが歌人になりうると説いた橘守部《たちばなもりべ》（一七八一〜一八四九）の和歌入門書『心の種』というタイトルの由来ともなったし、柳沢吉保《やなぎさわよしやす》が駒込に造園した六義園《りくぎえん》という和歌の庭園にある「心種《しんしゅ》の松」という名所の由来ともなっている。「力をも入れずして」以下の部分は、和歌の徳（効能）を説く歌徳《かとく》説話を生み出した。

花の色は移りけりな徒《いたづら》に我が身世にふるながめせしまに（小野小町）

この歌は、作者である小野小町の名前と一体化してよく知られた、『古今和歌集』の名歌であるが、「ふる」が「経《ふ》る」と「降る」、「ながめ」が「長雨《ながめ》」と「眺め」の掛詞《かけことば》である。春という季節の推移、桜の花の色の移ろい、そして自分の命（若さ）の衰えが、絶妙に重ね合わされている。世界（気候と植物）と人間の真実を総体的に浮かび上がらせる技法として、出色である。

『源氏物語』の若菜《わかな》下巻で、柏木《かしわぎ》が女三《おんなさん》の宮《みや》と密通してしまう緊迫した場面でも、「賢《さか》しく思ひ静《しづ》むる心も失《う》せて、何処《いづち》も何処《いづち》も、率《ゐ》て隠し奉《たてまつ》りて、我が身も世に経《ふ》る様《さま》ならず、跡《あと》絶《た》えて止《や》みなばや、とまで思ひ乱れぬ」とあり、小町の和歌が引歌されている。若さを失いつつも生きながらえている小町の女心の嘆きが、これまでの幸福をすべて失って別人のように落魄《らくはく》したとしても、女三の宮との愛を貫きたい、という柏木の恋心に昇華している。紫式部の引用力の見事さが光る。

和歌集として最も早く成立した『万葉集』の研究・評価は、江戸時代中期まで遅れた。その大きな理由は、『古今和歌集』『伊勢物語』『源氏物語』という平安文学によって、日本文化の根幹が形成されたからである。平安時代以前の「古代の発見」は、江戸時代の中期までは必要とされなかった。すなわち、平安文化を基盤とする古典の世界によっては、対応しきれないと人々が感じるようになった、江戸時代中期以降の時代の変化の中で、「古代」が注目され、新しい文化基盤をそこに見出し、文学を変革しようとする機運が高まったのである。

本書は、「日本文学における古典と近代」というテーマ自体を、そのまま書名としている。このテーマに込めた問題意識は、古典は江戸時代まで、近代は明治時代以後、という歴史上の時代区分を超えることである。そして、文化基盤としての古典文学と、それを更新しようとする精神とのせめぎ合いの中から、近代が生まれたこと、そしてその近代が次第に古典化してゆく時、さらなる近代が必要とされ、新たな文学・文化が生み出されたという精神のダイナミズムを、明確に描き出したいと願っている。約言すれば、古典が近代を生み出すのであり、文化基盤としての文学の近代化のためには、古典が必要だったということである。

『古今和歌集』に継いで編纂された『後撰《ごせん》和歌集』（九五一年下命）・『拾遺《しゅうい》和歌集』（一〇〇五～〇七

年頃成立）を、合わせて「三代集《さんだいしゅう》」と言う。藤原定家の『詠歌大概《えいがのたいがい》（詠歌之大概）』には、「情《こころ》は新しきを以《もっ》て先《さき》となし（人のいまだ詠《えい》ぜざるの心を求めて、これを詠ぜよ）、詞《ことば》は旧《ふる》きを以て用《もち》ゆべし（詞は三代集の先達《せんだつ》の用ゆる所を出《い》づべからず。新古今の古人の歌は同じくこれを用ゆべし）」とある。なお、カッコの中の文章は、割注《わりちゅう》である。

歌の心は、誰も詠んだことのないような新しい発想がよいが、言葉は「三代集」の和歌で用いられた伝統のある言葉だけを用いるべきである。ただし、『新古今和歌集』に入っている三代集の時代の歌人の歌の言葉も用いてもよい、と割注にある。

紫式部が『源氏物語』を執筆したのは一〇〇八年前後であるから、紫式部が『源氏物語』を書く際に意識していた勅撰集は、「三代集」ということになる。

三代集と、その後に編纂された『後拾遺和歌集』（一〇八六年成立）・『金葉《きんよう》和歌集』（一一二七年成立）・『詞花《しか》和歌集』（一一五一〜五四年頃成立）・『千載《せんざい》和歌集』（一一八八年成立）・『新古今和歌集』（一二〇五年成立）を合わせて、「八代集《はちだいしゅう》」と言う。時代は、鎌倉時代に入っていた。

『新古今和歌集』の撰者の一人である藤原定家には、八代集から秀歌を選んだ『八代抄』があり、このうちの約九割が『小倉百人一首』にも選ばれている。江戸時代の和学者で、古典文学の注釈を多数著した北村季吟《きぎん》には『八代集抄《はちだいしゅうしょう》』があり、八代集は、和歌を学ぶ人々の必読書だった。

＊『新古今和歌集』の歌風

定家は「本歌取《ほんかど》り」という技法を確立させた。自分の詠む和歌の中に、よく知られた古歌を取り込むことで、その歌の内容量（情報量）を倍増させることができる。『古今和歌集』の和歌にも、「掛詞」の技法があったが、定家はさらに本歌取りを加えて、一首の和歌を一編の物語の世界に接近させた。『新古今和歌集』の世界が、象徴的・唯美的・技巧的・人工的・言語遊戯的と言われ、それに批判的な人には、現実遊離と見えるゆえんである。
和歌に取り込まれる古歌は「本歌」であるが、物語や漢詩文、さらには故事などを取り込むこともあり、それらの場合には「本説《ほんせつ》」（ホンゼツ、とも）と言う。定家の代表作として知られ、「三夕《さんせき》の歌」の一つでもある歌は、『源氏物語』を本説としている。

見渡せば花も紅葉も無《な》かりけり浦の苫屋《とまや》の秋の夕暮
（本説）「遙々《はるばる》と、物《もの》の滞《とどこほ》りなき海面《うみづら》なるに、なかなか春秋《はるあき》の花紅葉《はなもみぢ》の盛りなるよりは、ただ、そこはかとなう繁《しげ》れる蔭《かげ》ども、艶《なま》めかしきに、（明石《あかし》巻）

室町時代の文化人で、歌人としても著名な三条西実隆《さんじょうにしさねたか》が著した『源氏物語』の注釈書『細流抄《さいりゅうしょう》』に、この本説が指摘されている。岡倉天心《てんしん》が茶道の本質を解説した『茶の本』（英文、一九〇六年）にも、この「見渡せば」の和歌が千利休《せんのりきゅう》が求めた茶道の精神だと述べられている。
光源氏が、華やかな都での恋愛生活を捨て、政治権力からも離れて、孤独な「侘《わ》び住まい」をしている須磨《すま》・明石の日々が、茶道の精神に近いからには、光源氏が須磨で暮らした閑居の幻影が、遠く、茶室へと変容していったのかもしれない。

＊中世の古今伝授

『千載和歌集』の撰者である藤原俊成《しゅんぜい》と、『新古今和歌集』の撰者である定家の父子は、御子左《みこひだり》家《け》と呼ばれる和歌の家を全盛に導いた。定家の子が為家《ためいえ》で、その為家の子の世代で、御子左家は、二条・京極・冷泉《れいぜい》の三家に別れた。今日も残っているのは、冷泉家のみである。

二条家は、御子左家の歌学の正統を任じたが、やがて断絶した。けれども、為家の孫に当たる二条為世《ためよ》門下の四天王の筆頭だった頓阿《とんあ》（トンナ、とも）が、二条家の歌学の継承者となった。ちなみに、この四天王の一人に、『徒然草』の著者・兼好《けんこう》がいる。

頓阿の子孫も、経賢《きょうけん》・尭尋《ぎょうじん》・尭孝《ぎょうこう》と、二条家の歌学を継承した。この尭孝に学んだ東常縁《とうのつねより》が、一四七一年、連歌師の宗祇《そうぎ》に、二条家歌学の正統を伝えたのが、「古今伝授」の始まりだとされる。古今伝授は、宗祇から三条西実隆《さんじょうにしさねたか》や牡丹花肖柏《ぼたんかしょうはく》などに伝えられ、三条西家は三代にわたって古今伝授を継承し、『源氏物語』研究と中世歌学、そして香道の権威となった。三条西家から、細川幽《ゆう》斎《さい》を経て、江戸時代にも古今伝授は繋がってゆく。『葉隠《はがくれ》』を口述した山本常朝《つねとも》が仕えた鍋島光茂《みつしげ》や、徳川綱吉の側用人《そばようにん》で六義園を造営した柳沢吉保も、古今伝授を受けている。

これだけの権威を誇った古今伝授は、近代になって、いともやすやすと否定された。正岡子規は『歌よみに与ふる書』で、古今伝授の源流である藤原定家を、絵師の狩野探幽《かのうたんゆう》と同一視し、「定家に傑作なく探幽にも傑作なし」と切り捨てた。「定家以後歌の門閥を生じ、探幽以後画の門閥を生じ、両家とも門閥を生じたる後は歌も画も全く腐敗致候《いたしさうらふ》」と断罪している。この「歌の門閥」が、古今伝授を指している。

『日本国語大辞典』が、「古今伝授」の項目で、その一般的な説明をしたあとで、「後には一般に秘伝、極意の伝授や、大げさで内容に乏しい教えのたとえにも用いられた」と記す先蹤《せんしょう》が、この子規の批判だった。中世や近世の和歌を、どう見るか。「誰でもが和歌を詠める」ことの裏返しとしての「類型性」を、どう評価するか。この点に、文学史の構想力が問われるだろう。ただし、個性と類型を対立概念とするのではなく、類型を様式の異名として把握する視点が大切ではないと考える。この点については、本書の中で徐々に思索を深めてゆきたい。

3．十三代集と二十一代集

＊『新古今和歌集』以後の勅撰和歌集

勅撰和歌集の最後は、二十一番目の『新続《しんしょく》古今和歌集』である（一四三九年完成）。その仮名序と真名序を書いたのは一条兼良《かねら》（カネヨシ、とも）であるが、彼は『源氏物語』の注釈書『花鳥余《かちょうよ》情《せい》』や、『伊勢物語』の注釈書である『愚見抄《ぐけんしょう》』などの著作がある文化人だった。

八代集の後、九番目の『新勅撰和歌集』から最後の『新続古今和歌集』までを、「十三代集《じゅうさんだいしゅう》」と言う。そして、八代集と十三代集を合わせた勅撰和歌集の全体を、「二十一代集《にじゅういちだいしゅう》」と言う。これ以後、勅撰和歌集は編纂されていない。

十三代集とは、九番目の『新勅撰和歌集』から後《あと》の十三の勅撰和歌集を言うのであって、最初の『古今和歌集』から数えて十三番目の『新後撰《しんごせん》和歌集』までを指すのではない。森鷗外に「十三代集と百錬抄《ひゃくれんしょう》と」という短文がある（初出は『めざまし草《ぐさ》』明治二十九年十月、『鷗外全集』第二十三巻所収）。その中で、ある人の「鎌倉時代の散文」という論文に、『古今和歌集』から十三番目の『新後撰和歌集』までを十三代集だと書いていることを批判し、「八代集十三代集のわかちを知らぬにもあらざるべし」と訝《いぶか》しんでいる。九番目から後が十三代集というのは文学的な常識のはずであるのに、このような間違いが流布している現状を憂いている。また、同じ論文で、鴨長明の『無名《むみょう》抄《しょう》』を『無明抄』と誤植したり、歴史書である『百錬抄』を歌学書としているのを指摘して、「歌道の書に百錬抄といふは未《いま》だ聞及《ききおよ》ばず」と揶揄《やゆ》している。これらの鷗外の指摘は、近代になって、次第に古典に対する知識が薄れてきていることに対する警鐘であろう。

＊『玉葉和歌集』と『風雅和歌集』

十三代集の中で高い評価を受けているのが、十四番目の『玉葉《ぎょくよう》和歌集』（一三一二年成立）と、十七番目の『風雅《ふうが》和歌集』（一三四九年頃成立）である。『玉葉和歌集』の撰者は、京極為兼《きょうごくためかね》（タメカヌ、とも）。御子左家が「二条・京極・冷泉」に分裂したうちの「京極」である。為兼の歌の弟子が伏見院《ふしみいん》であり、その伏見院の孫が光厳院《こうごんいん》である。伏見院も光厳院も、持明院統《じみょういんとう》（北朝）に属し、後醍醐天皇たちの大覚寺統《だいかくじとう》（南朝）と対立していた。伏見院の中宮が永福門院《えいふくもんいん》（ヨウフクモンイン、とも）である。

伏見院と永福門院が切り拓いた歌風は、「玉葉・風雅調」と呼ばれる。叙景歌として優れており、『万葉集』・『古今和歌集』・『新古今和歌集』に継ぐ、和歌史の四番目の高峰であるという評価が、近代の折口信夫《おりくちしのぶ》（釈迢空《しゃくちょうくう》）によってなされている。

山本《やまもと》の鳥の声より明け初《そ》めて花もむらむら色ぞ見えゆく（永福門院）

山風に脆《もろ》き一葉《ひとは》はかつ落ちて梢《こずゑ》秋なる蜩《ひぐらし》の声（伏見院）

『玉葉和歌集』から春と秋の叙景歌を挙げた。ちなみに、俳句の歳時記でも、「蜩」は秋の季語である。「山本の」の歌は、三島由紀夫が愛好した和歌としても知られる。

＊『集外三十六歌仙』

『新続古今和歌集』の完成が一四三九年であり、古今伝授の始まりが一四七一年であることは、既に述べた。ということは、宗祇以後の古今伝授の系譜に連なる歌人や連歌師たちは、最後の勅撰和歌集に間に合わなかったことになる。中世を代表する大歌人の一人と言われる正徹《しょうてつ》（一三八一～一四五九）は、勅撰和歌集に入り得た時代の歌人だが、歌道の流派の対立によって、入ることができなかった。

勅撰和歌集に歌が選ばれることを「入集《にっしゅう》」と言い、入集した歌人のことを「勅撰歌人」と言う。勅撰歌人となることは、歌人にとってこの上もない名誉だった。正徹は、文学史に百年近く埋没していた『徒然草』の真価を発見したほどの文学者だったが、勅撰歌人の栄誉は得られなかった。『集外三十六歌仙《しゅうがいさんじゅうろっかせん》』は、江戸時代の初めに後水尾院《ごみずのおいん》が選んだとされるアンソロジーであるが、宗祇以下、三十六人の「集外歌人」（非・勅撰歌人）を顕彰したものである。江戸琳派《りんぱ》の酒井抱一《さかいほういつ》が肖像を描いた「集外三十六歌仙図画帖」（姫路市立美術館蔵）が、現存している。

4．私家集と私撰集

＊私家集

これまで勅撰和歌集を中心として、和歌史を辿ってきた。和歌を集めた歌集には、特定の歌人の詠んだ歌を集めたものも多く、それらを「私家集《しかしゅう》」と総称している。その中には、歌人が他の人物と和歌を贈答したものも交じっている。

歌人が自ら編纂したものを「自撰《じせん》私家集」と言い、別人が編纂したものを「他撰《たせん》私家集」と言う。藤原公任《きんとう》が選んだ「三十六歌仙」の和歌を集めた『三十六人家集』（『貫之集』『小町集』『業平集』などの総称）は、「他撰私家集」である。恋人の平資盛《すけもり》を源平争乱で失った悲劇を背景に持つ『建《けん》礼門院《れいもんいん》右《う》京《きょうの》大《だい》夫《ぶ》集《しゅう》』は、本人による自撰私家集である。『兼好法師集』も、自撰私家集である。自撰私家集は、勅撰和歌集を選ぶ際の資料として編纂されることが多い。

＊私撰集

勅撰和歌集は、天皇・上皇が国家事業として編纂を命じたものであるが、そうでない和歌のアンソロジーを「私撰集《しせんしゅう》」と言う。『万葉集』も、『小倉百人一首』も、私撰集である。私撰集の中で、『源氏物語』などに多くの和歌が引用されているのが、『古今和歌六帖《こきんわかろくじょう》』である。撰者は紀貫之・紀貫之の女《むすめ》・源 順《みなもとのしたごう》などの諸説があるが、不明である。ただし、『源氏物語』より以前に成立したことは確実である。『万葉集』からも、多数の和歌が選ばれている。

『源氏物語』の桐壺《きりつぼ》巻に、娘の桐壺更衣《こうい》を失った母親（母北の方）の嘆きが、切々と語られる場面がある。彼女は、「壽《いのちなが》さの、いと辛《つら》う、思ひ給《たま》へ知らるるに、松の思はむ事だに恥《は》づかしう、思ひ給へ侍《はべ》れば」と語って、涙をぬぐった。ここには、『荘子《そうじ》』の「壽《いのちなが》ければ、則《すなは》ち、辱《はづかしめ》多し」と、『古今和歌六帖』の「いかでなほ有《あ》りと知らせじ高砂《たかさご》の松の思はむ事も恥《は》づかし」とが引用されているのである。このように、『古今和歌六帖』の歌は、『源氏物語』の随所に引用（引歌《ひきうた》）され、場面構成や人物造型に奥行をもたらしている。

＊和歌から短歌へ

明治時代にも、大和言葉を用いる和歌は詠まれ続けた。いわゆる「旧派和歌」である。「旧派」という言い方は、決して時代遅れという意味ではない。和歌の類型性は、多くの人々が感動できる共通古典として機能してきた。けれども、個性やオリジナリティを重視する近代短歌が成立し、盛んになった。

近代短歌は、和歌とどのように異なっているのか。そして、現代短歌は、なぜ古典和歌と違っていなければならないのか。それは「近代精神」の行き過ぎではないのか。そのような、さまざまな疑問も浮かび上がってくる。これらについては、第十四章で考えることとしたい。

引用本文と、主な参考文献

・『私家集大成』（七巻八冊、明治書院・一九七三～七六）
・『新編国歌大観』CD-ROM（角川書店・二〇〇三年）・『新編国歌大観』DVD-ROM（角川学芸出版・二〇一二年）
・『和歌文学大辞典』（古典ライブラリー・二〇一四年）

発展学習の手引き

・『新編国歌大観』は、CD-ROMやDVD-ROMだけでなく、書物の単行本もあり、全国の主要図書館で読むことができる。検索する際には、CD-ROMやDVD-ROMが便利だが、ぜひ、単行本も閲覧していただきたい。日本文学において「和歌」というジャンルの占めている重さが、ずっしりと伝わってくるだろう。
・『新編国歌大観』のどの部分でもよいから、本文を読んでいただきたい。膨大な数の和歌の中から、「わたしのお気に入りの和歌」を見つけてゆけば、自分だけの「私撰集」を作ることができるし、そこから今まで気づかなかったような、自分自身の和歌観が、可視化されてくるだろう。

4　歌謡

《目標・ポイント》 歌謡という文学ジャンルのさまざまな形態を、日本文学史の中に辿りながら、その表現や音韻のリズムの魅力に触れると共に、歌謡の歌詞と他の文学ジャンルの作品表現との関連性にも注目する。

《キーワード》 神楽歌、催馬楽、今様、早歌、『閑吟集』、『田植草紙』、『松の葉』、『山家鳥虫歌』

1．古代の歌謡

＊歌うこと

「歌」の語源は明らかではないが、「打つ」あるいは「愬《うった》う（訴う）」だとする説がある。その一方で、『岩波古語辞典』は、「拍子を打つ」のウチの古い名詞形ウタと、ウタ（歌）とは起源が別であり、歌（ウタ）は、「自分の気持をまっすぐに表現する意」だと解説している。

心の深い領域から湧き上がってくる根源的な思いが、「歌」である。歌は、心の叫びであるため、リズムやメロディーを伴うことがある。そこで、「愬《うった》う」だけでなく「打つ」との近接性も指摘されるのだろう。

恋歌は異性への訴えであり、雨乞いの歌などは神の心を打とうとして詠まれるものだろう。そして、音声を伴って朗詠されるときに、歌の力は最大限に発揮される。

＊記紀歌謡

『古事記』や『日本書紀』には、歌謡も載っている。古代歌謡・記紀歌謡などと言われる。『古事記』のヤマトタケルの辞世の歌を、一首紹介しよう。父の景行《けいこう》天皇に愛されず、各地を転戦し続けたヤマトタケルの悲しい心が、美しい郷里を偲《しの》ぶ望郷の歌として結晶している。

倭《やまと》は　国の真秀《まほ》ろば　たたなづく青垣《あをがき》　山隠《やまごも》れる　倭《やまと》し美《うるは》し

「四七九六八」の音律であるが、さらに細分化すれば、「四三四五四六四四」となる。遠征の旅の途上、伊吹山で体調を崩したヤマトタケルは、故郷の大和の美しい山なみを偲びつつ、この歌を詠み、亡《な》くなった。「真秀ろば」は最も素晴らしい所、「青垣」は、青い垣根のように続いている美しい山々、という意味。また、「倭《やまと》は　国のまほろば　たたなづく青垣山《あをがきやま》　隠《こも》れる　倭《やまと》し美《うるは》し」という区切り方もある。「青垣山」を一続きの言葉としている。ちなみに、三島由紀夫には、ヤマトタケルを描いた『青垣山の物語』という小説がある。

「青垣」および「青垣山」という言葉は、記紀歌謡と『万葉集』の後はほとんど歌われず、江戸時代に国学が隆盛になってから、短歌や長歌で復活した古語である。

＊『琴歌譜』

古代歌謡としては『琴歌譜《きんかふ》』もある。九世紀初頭の成立と考えられている。二十一首が掲載されている。歌詞は万葉仮名、歌声の長短緩急も記され、和琴《わごん》の奏法も書かれている。一首紹介するが、万葉仮名ではなく、通常の表記で紹介する。

少女《をとめ》ども　少女さびすと　唐玉《からたま》を　袂《たもと》にまきて　少女さびすも

この歌は、『万葉集』の長歌の一部とも似ている。宮中の神事に奉仕する少女（乙女）を描いた『源氏物語』少女《おとめ》巻などの注釈書では、二句目が「少女さびすも」という表現で、参考歌として指摘されているほか、多くの歌学書にも取り上げられ、軍記物語の『源平盛衰記《げんぺいじょうすいき》』でも使われている。「少女さぶ」とは、少女らしい振る舞いをする、という意味である。反対語は、「男さぶ」である。

2. 王朝の歌謡

＊神楽歌

『枕草子』に、「歌は」という段がある。

歌《うた》は、杉立《すぎた》てる門《かど》。神楽歌《かぐらうた》も、をかし。今様《いまやう》は、長《なが》くて、曲付《くせづ》きたる。風俗《ふぞく》、良《よ》く歌《うた》ひたる。

「節回しを付けて歌う和歌や歌謡と言えば、『杉立《すぎた》てる門《かど》』。神楽歌《かぐらうた》も、趣深い。七五調の今様《いまよう》は、長くて、節回《ふしまわ》しが付いているのがよい。東国の歌謡である風俗歌《ふぞくうた》を、上手に歌ったのもよい」という意味である。清少納言は、神社の社頭だけでなく、宮中で催される神楽を聴いた体験があったのだろう。時代は下って、『徒然草』の第十六段にも、宮中で催される神楽の記述がある。「神楽《かぐら》こそ、艶《なま》めかしく、面白《おもしろ》けれ。大方《おほかた》、物の音《ね》には、笛・篳篥《ひちりき》。常に聞きたきは、琵琶《びは》・和琴《わごん》」。

神社や宮中ではない場所で歌われる、神楽歌もある。『源氏物語』の松風《まつかぜ》巻。光源氏は、明石から上京してきた明石の君と姫君を、洛西の大堰《おおい》に訪ねる。その帰途、光源氏は従者たちと桂の院で宴を催す。その席で、随従してきた近衛府の役人で、神楽歌に精通していた者たちが、「その駒《こま》」という神楽歌を歌った。これは、光源氏が馬に乗って帰京するという状況を踏まえて選曲されたものだった。

＊催馬楽

催馬楽《さいばら》は、平安時代に盛んに歌われていたもので、古代歌謡の歌詞を、大陸から渡来した雅楽の曲調に当てはめたものである。その意味で、「和漢折衷」の音楽だった。『源氏物語』にも、好んで引用されている。花宴《はなのえん》巻で、光源氏と朧月夜《おぼろづきよ》の関係を語る場面に、「扇を取られて辛《から》き目を見る」とあるのは、催馬楽「石川《いしかわ》」に「石川の　高麗人《こまうど》に　帯を取られて　辛き悔《く》いする」とあるのを換骨奪胎したものである。また、『源氏物語』の中では、「高砂《たかさご》」や「この殿《との》」が歌われているし、「東屋《あずまや》」「竹河《たけかわ》」「総角《あげまき》」など、『源氏物語』の巻名になった催馬楽も多い。

『枕草子』の「木は」の段に、「榊《さかき》、臨時《りんじ》の祭《まつり》、御神楽《みかぐら》の折《をり》など、いと、をかし。世《よ》に、木《き》どもこそ有《あ》れ、『神《かみ》の御前《みまへ》の物《もの》』と言《い》ひ始《はじ》めけむも、取《と》り分《わ》き、をかし」とあるのは、神楽歌「榊」を踏まえている。また、少し後に、「檜《ひのき》、人近《ひとぢか》からぬ物《もの》なれど、三棟《みつば》・四棟《よつば》の殿造《とのづく》りも、をかし」とあるのは、催馬楽「この殿」を踏まえ、檜が豪邸の材木とされるのも価値がある、と言っているのである。「この殿」の歌詞は、次の通りである。

この殿は　むべも　むべも富《と》みけり　三枝《さきくさ》の　あはれ　三枝の　はれ
三枝の　三棟四棟《みつばよつば》の中に　殿造《とのづく》りせりや　殿造りせりや

「三棟《みつば》・四棟《よつば》」は、軒端が三つも四つもある立派な建物のことで、『源氏物語』早蕨《さわらび》巻にも、宇治の小さな山荘で暮らしていた中の君が、匂宮の二条院に迎えられた場面に、「見も知らぬ様《さま》に、目も輝く様《やう》なる殿造りの、三棟《みつば》・四棟《よつば》なる中に引き入れて」とある。

＊今様と『梁塵秘抄』

平安時代中期以降、盛んになった今様《いまよう》は、七五調の四句から成るのを基本とする。『平家物語』には、都が福原に移った後で、都の荒廃を嘆く今様が挿入されている。

古き都を　来て見れば　浅茅《あさぢ》が原とぞ　荒れにける
月の光は　隈無《くまな》くて　秋風のみぞ　身には沁《し》む

源平争乱の時代を生きた後白河法皇は、和歌よりも歌謡を好んだ。中でも、今様を好み、それらを収録した『梁塵秘抄《りょうじんひしょう》』を編んだ。

遊びをせむとや　生まれけむ　戯《たはぶ》れせむとや　生まれけむ

遊ぶ子どもの　声聞けば　我《わ》が身《み》さへこそ　揺《ゆ》るがるれ

「揺るがるれ」は、動揺する、心が動くという意味の動詞「揺るぐ」の未然形に、自発の助動詞「る」が「こそ」の係り結びの関係で已然形となって接続したもの。純真無垢に遊ぶ子どもの声を聞けば、大人になった自分の心も、自然と、激しく揺すぶられてしまうようだ、というのである。

3．中世の歌謡

＊早歌

早歌は、「そうか」「そうが」、両用に読むが、中世に武士を中心として、貴族や僧侶の間で流行した歌謡である。「宴曲《えんきょく》」とも言う。『徒然草』の第百八十八段に、面白い話がある。

或《あ》る者、子を法師《ほふし》に成《な》して、「学問して、因果《いんぐわ》の理《ことわり》をも知り、説経《せつきやう》などして世渡る方便《たづき》ともせよ」と言ひければ、教へのままに説経師《せつきやうし》にならむ為《ため》に、先《ま》づ、馬に乗り習ひけり。輿《こし》・車《くるま》は持たぬ身の、導師《だうし》に請《しやう》ぜられむ時、馬など、迎へに遣《おこ》せたらむに、桃尻《ももじり》にて落ちなむは、心憂《こころう》かるべしと思ひけり。次に、仏事《ぶつじ》の後《のち》、酒など勧《すす》むる事有《あ》らむに、法師の無下《むげ》に能無《のうな》きは、檀那《だんな》、凄《すさ》まじく思ふべしとて、早歌《さうか》と言ふ事を習ひけり。二つの業《わざ》、漸《やうや》う境《さかひ》に入《い》りければ、いよいよ良くしたく覚えて、嗜《たしな》みける程《ほど》に、説経習ふべき隙《ひま》無《な》くて、年寄りにけり。

有限な人生を意義深く生きるためには、無駄なことに時間を浪費してはならず、寸陰を惜しんで励むべきである、という教えである。ここに「早歌」とあるのは、それだけこの歌謡が流行していた事実を物語っている。そしてまた、早歌は、今様に多い七五調・四句のような短い歌詞ではなく、物尽くしや、地名の列挙など、七五調を中心とする、かなり長い歌詞となっていて、韻文でありながら散文のような、ある程度まとまった分量となっている。したがって、今挙げた『徒然草』第百八十八段の少年も、早歌を十分に習うのに時間がかかり、肝心の仏道修行の時間が取れなくなってしまったのだろう。早歌は武士を中心として流行したというが、歌詞は王朝和歌と王朝物語に関する深い教養があって初めて味読できるもので、内容を習得するのに長い時間がかかるというのも頷《うなず》ける。「恋路《こひぢ》」という早歌の冒頭部分を引用してみよう。

恋路はいかなる習ひぞ　思ひ初《そ》め　入り初《そ》めしより　一方《ひとかた》ならず萎《しを》れて　峰の雪汀《みぎは》の氷なら
ねども　村雨《むらさめ》か露か時雨《しぐれ》か　すぞろに袖の濡るるは　雲か霧か霞か　つれなき中の隔ての　行《ゆく》
末《すゑ》も知らず迷ふは　そよや白雲の　そよや白雲の　かからぬ山もなくなくぞ　君には迷ふ迷ひ
ても（以下略）

今引用した部分は、『源氏物語』の浮舟《うきふね》巻で、匂宮《におうみや》が都から宇治を訪れて浮舟と初めて結ばれる場面の和歌を、巧みに織り込んでいる。匂宮の二首の和歌、「峰の雪汀《みぎは》の氷踏み分けて君にぞ惑ふ道は惑はず」と「いづくにか身をば捨てむと白雲のかからぬ山も泣く泣くぞ行《ゆ》く」を用いている。「なくなく」は、「無く」と「泣く泣く」の掛詞である。浮舟が親友の薫の愛人と知りつつ、しかも妻の中の君の親族らしい（異母妹）と知りつつ、浮舟に惑溺してゆく匂宮の心を、「恋路」の典型と見なしている歌詞である。

＊『閑吟集』と『狂言歌謡』

『閑吟集《かんぎんしゅう》』は、一五一八年に成立した小唄《こうた》の撰集である。

世の中は　ちろりに過ぐる　ちろりちろり
くすむ人は見られぬ　夢の夢の世を　現《うつ》つ顔《がほ》して
何《なに》せうぞ　くすんで　一期《いちご》は夢よ　ただ狂へ

これらの三句は、「人生は短い。あっという間に、ちろりと過ぎてしまう」という人生観や、「まじめくさって、冷静な顔をして生きてゆく人には、この世の夢は、見ることができない」という人間観や、「なぜそんなに、くすぶってつまらない人生を過ごすのか。この世は夢だと割り切って、好きなように暮らせばよいのだ」という、享楽と無常観が渾然となった生き方が志向されている。新しい価値観が、ごく短い句の中に断言されて、強く印象に残る。

現代歌人の馬場あき子に、「冬野ゆく閑吟集こそかなしけれ声にうたえどわれは狂わぬ」（『ふぶき浜』）という短歌がある。

ところで、山田美妙《びみょう》（一八六八～一九一〇）は、明治時代に言文一致の先駆けを成した小説家であるが、『いちご姫』という作品がある。公家のお姫様が女盗賊になるというストーリーであり、ゾラの小説の影響が指摘されている。「いちご姫」の「いちご」は「苺」に由来しているのだろうが、いちご姫のあまりにも享楽的で退廃的・破滅的な生き方は、「一期は夢よ　ただ狂へ」という歌謡を連想させる。あるいは「一期姫」の掛詞《かけことば》なのかもしれないとまで思わせる。『狂言歌謡』は、その名の通り、狂言の中で歌われる歌謡である。『閑吟集』と類似する作風である。

おおはるかなる　沖にも石のあるものを　夷《えびす》の御前《ごぜ》の　腰掛《こしかけ》の石（『狂言歌謡』）

水に降る雪　白うは言はじ　消え消ゆるとも（『閑吟集』）

はるかな沖の石を、恵比寿神が腰掛にしているというのが『狂言歌謡』で、水に降る雪が消えても、自分は恋心を告白すまいという内容が『閑吟集』である。この別々の二首を合成して、塚本邦雄は現代短歌を作りだした。中世の歌謡が、現代短歌を生み出した例である。

おおはるかなる沖には雪のふるものを胡椒こぼれしあかときの皿（『感幻樂《かんげんがく》』）

＊『**田植草紙**』

中国地方に伝わる中世の田植歌が、『田植草紙《たうえぞうし》』である。写本の発見は大正時代である。歌謡としての形成時期は、室町時代後期から安土桃山時代とされるが、近世的なのも見られるという。田植の時に歌われるということだが、どこか近代性さえ感じさせるような、洗練された恋の情趣が歌われる歌もあり、現代歌人にも注目されている。実例を挙げよう。次に引用するのは『田植草紙』朝歌《あさうた》二番の三首目である。

昨日から今日《けふ》まで　吹くは何風《なにかぜ》　恋風《こひかぜ》ならば　しなやかに　靡《なび》けや　靡かで風に揉《も》まれな
落とさじ　桔梗《ききやう》の空《そら》の露をば　しなやかに吹く恋風が身に沁《し》む

この歌謡が、先に言及した塚本邦雄の歌集『感幻樂《かんげんがく》』（一九六九年刊）の最初に、平仮名表記の五行で掲げられ、六行目には、「田植草紙朝哥二番」と、出典も明記されている。

なお塚本邦雄は、『田植草紙』を収録した『新日本古典文学大系』の月報（一九九七年一二月）に、「花を何せう」というエッセイを寄せており、その中で、「『田植草紙歌謡群』に心を奪はれたのは四半世紀以上昔のことだ。『梁塵祕抄』も『閑吟集』も、さらに溯つて、催馬樂・神樂歌に熱中したのはその後であつた」と書いている。

前衛歌人として知られる塚本邦雄は、中世や近世の歌謡に親しむことで、「七七五七七」という形式の短歌に、新しい命を吹き込むことに成功した。古典が近代を生み出したのである。

4. 近世の歌謡

＊隆達節

近世に入ると、中世にも増して歌謡は盛んになった。隆達節《りゆうたつぶし》は、安土桃山時代から江戸時代初期にかけての歌謡集であり、近世小唄の祖とされる。堺の高三隆達《たかさぶりゆうたつ》が創始した。扇拍子《おうぎびようし》や、一節切《ひとよぎり》（節が一つの尺八）の伴奏で流行した。二首、紹介しよう。

人と契《ちぎ》らば　薄《うす》く契りて　末遂《すゑと》げよ　紅葉《もみぢ》をば見よ　濃《こ》きは散るもの

人と契らば　濃《こ》く契れ　薄き紅葉も　散れば散るもの

この二首は、まるで問答のように、連続させて解釈すると面白い。しかも、それぞれが一面の真理を持っている。

＊**『松の葉』**

『松の葉』（一七〇三年）は、最初の三味線歌謡集である。組歌《くみうた》・長歌《ながうた》・端歌《はうた》・吾妻浄瑠璃《あづまじょうるり》・投節《なげぶし》を収める。投節の「女」十九首より、配列を変えて引用する。

衛士《ゑじ》の焚《た》く火は　夜《よる》こそ燃ゆれ　胸に焚く火の　絶えやらぬ
ものや思ふと　問ふ人あらば　せめて語りや　慰まむ
忍ぶ心を　色には出《だ》さじ　物や思ふと　問ふばかり
身をば何せむ　誓ひし人の、命のみこそ　惜《を》しまるれ
絶えてしなくば　なかなか人も　身をも恨みじ　我が心
いとどさびしき　寝覚《ねざめ》の床《とこ》に　涙な添《そ》へそ　時鳥《ほととぎす》
幾夜《いくよ》萎《しを》れて　貴船《きぶね》の川も　袖の涙に　玉ぞ散る

このうちの最初の五首は、『小倉百人一首』で人口に膾炙《かいしゃ》した和歌を用いている。残りの二首は、「昔思ふ草の庵《いほり》の夜の雨に涙な添へそ山時鳥《やまほととぎす》」（藤原俊成）と、「幾夜《いくよ》我《われ》波に萎《しを》れて貴船川《きぶねがは》袖に玉散るもの思ふらむ」（藤原良経《よしつね》）である。著名な和歌を本歌として、韻律を変えている点に、独特な魅力

が生まれている。

＊『山家鳥虫歌』

『山家鳥虫歌《さんかちょうちゅうか》』は、明和九年（一七七二）に刊行され、上下二冊から成る。我が国初の全国民謡集である。上巻に二十八か国、下巻に四十か国が収められている。武蔵国の民謡五首から、三首を紹介する。

都《みやこ》優《まさ》りの　浅草上野　花の春風　音冴《おとさ》える
ここはどこぞと　船頭衆《せんどしゅ》に問へば　ここは梅若《うめわか》　隅田川《すみだがは》
いとし殿御《とのご》を　遠くに置けば　烏啼《からすな》くさへ　気にかかる

花のお江戸の繁栄は、京の都以上であるという誇り。梅若伝説の残る隅田川。そして、不吉な烏の鳴き声に、恋しい男性の心のまことを思う女心。五音と七音を基調にしながら、和歌よりも短い二十六音に凝縮して、しかも、「今、ここ」に生きる喜びや哀感を歌い上げている。

『山家鳥虫歌』は、上田敏《びん》（一八七四〜一九一六）が校訂・注を施した『小唄』（大正四年、阿蘭陀書房）に収められて出版され、近代詩歌に新たな韻律と表現を提供した。『小唄』は『定本上田敏全集』第九巻で読める。また同じ巻には、上田敏が行った民謡に関する講演録も掲載されている。上田敏と言えば、『海潮音《かいちょうおん》』の翻訳が有名であるが、歌謡の研究分野でも足跡を残している。そのことと、彼の翻訳詩に、歌謡的な表現や韻律が見られることとは、連動していよう。

＊歌謡の多様な展開と、そのゆくえ

近代に入ると、「文部省唱歌」が作られる。「国民詩人」と呼ばれた北原白秋（一八八五～一九四二）も、数々の歌謡を作詞している。それらの歌謡は、山田耕筰《こうさく》（一八八六～一九六五）によって作曲され、現代でも広く親しまれている。

両親が一中節を稽古していた芥川龍之介も、『恋路《こいじ》の八景《はっけい》』という新作を創作している。「心なき身にもあはれは　しみじみと　たつな秋風　面影《おもかげ》の　何時《いつ》か夢にも　三井寺《みゐでら》や　入相《いりあひ》告ぐる　鐘の声」で始まる、本格的なものである。この冒頭には、西行の「心なき身にもあはれは知られけり鴫《しぎ》立沢《たつさは》の秋の夕暮《ゆふぐれ》」という和歌が引用されているし、「夢にも見る」と「三井寺」が掛詞になっている。

本章では、主として、歌謡の歌詞に、それ以前の和歌や歌謡が取り入れられている点に注目してきた。これらは、和歌の技法で言うところの「本歌取り」である。また、和歌でよく使われる「掛詞」の技法も、これらの歌謡に受け継がれている。けれども、歌謡は単に和歌の伝統を受け入れたのではなく、表現内容と韻律に、独自の清新さを込めることに成功している。

本章で具体例として取り上げた歌人の塚本邦雄は、二十世紀後半の短歌界をリードした前衛歌人である。その前衛性の魅力の一つは独自の韻律を作り出したことにあると思うが、背景には和歌と歌謡の水脈がある。そして、このことは塚本一人に限ることではないはずである。先に述べた上田敏の歌謡研究と翻訳詩への反映とも併せて、近代文学者がさまざまな歌謡を自分の文学世界に摂取し、それらが近代文学の新たな展開をもたらす推進力となっていることを思えば、歌謡の系譜を辿ることによって、ここでも日本文学における古典と近代の関係性が明らかになるのである。

引用本文と、主な参考文献

・主要な歌謡の本文は、『日本歌謡集成』（東京堂出版、一九二八～二九年）、『続日本歌謡集成』（東京堂出版、一九六一～六四年）で読むことができる。
・『新編日本古典文学全集』や『新日本古典文学大系』で、神楽歌・催馬楽・『梁塵秘抄』『閑吟集』『狂言歌謡』『田植草紙』『山家鳥虫歌』などを、注釈付きで読むことができる。
・『定本上田敏全集』全十巻（教育出版センター、一九七八～八一年）

発展学習の手引き

・本章では、『ユーカラ』や琉歌《りゅうか》には触れられなかったので、発展学習として、今回取り上げたさまざまな歌謡と比較しながら、作品を読んでみよう。
・本章では、「歌詞＝詞章」に限定して考えてきた。どういうリズム、どういうメロディーで歌われたのかは、音楽研究や音声資料・映像資料などを、参照していただきたい。
・近代文学者と歌謡については、本章で言及した以外の文学者たちについても、全集などを通して学んでほしい。

5 日記

《目標・ポイント》古代から中世までを中心として、日記文学の流れを辿る。また、近世と近現代の日記文学にも触れる。そこから、日記文学が切り拓いた文学の領域によって、何が可能になったかを考える。

《キーワード》漢文日記、『土佐日記』、『蜻蛉日記』、『和泉式部日記』、『紫式部日記』、中世の日記、近世と近現代の日記

1．男の日記と、女の日記

＊貴族の漢文日記

平安時代の貴族は、毎日の記録を漢文で書き記した。日記は何よりも、その日の記録を意味する。ただし、日付が明記されない日記もあることは、後述する。

古くは奈良時代から使われた、「具注暦《ぐちゅうれき》」という暦がある。その日その日の吉凶が記された巻物になっている。その毎日の欄に、その日の出来事を漢文で書き記したものとして、藤原道長の『御《み》堂関白記《どうかんぱくき》』などがある。また、道長の同時代の藤原実資《さねすけ》が書き著した『小右記《しょうゆうき》』や、藤原行成《ゆきなり》の『権記《ごんき》』なども、同様のスタイルである。行成は、書道の達人としても名高く、『枕草子』にもしばしば登場している。これらの漢文日記は、『源氏物語』や『枕草子』の研究にも参考になるが、歴

史研究や災害史研究などにも利用されている。ただし、「古記録」と総称されるように、これらは文学というよりは「記録」である。宮廷におけるしきたりを記した漢文日記は、「前例」を重視する貴族社会で、指針的な役割を果たした。これらが「有職故実書《ゆうそくこじつしょ》」の基盤となってゆく。

その後、時代が経過して、九条兼実《かねざね》の漢文日記『玉葉《ぎょくよう》』は、源平争乱の背景を伝えて貴重である。藤原定家の漢文日記『明月記』は、文化的な価値も高い。室町時代の三条西実隆《さんじょうにしさねたか》の漢文日記『実隆公記《さねたかこうき》』も、六十年以上の長きにわたる貴重な記録である。

＊漢文日記に擬して創作された近世兼好伝

洞院公賢《とういんきんかた》（一二九一〜一三六〇）の『園太暦《えんたいりゃく》』は、南北朝時代の漢文日記である。その中に兼好についての記述が見られることは、貴重な記録である。ただし、『徒然草』の作者として紹介されているのではなく、「和歌数寄者《すきしゃ》」の兼好が訪ねて来たという記述である。

ところで、この『園太暦』には、現存しない部分がある。つまり、その部分の日記の記述が欠けているのである。その空白の年代を利用して、兼好の晩年を創作した記事が伝来していて、江戸時代に書かれるようになった兼好伝の素材となっている。兼好が晩年を伊賀の国見山で過ごしたこと、兼好の病気が都に伝わると、天皇のお使いが見舞いに訪れたこと、兼好がこの地で亡くなったことなどである。『園太暦』に、兼好が公賢を訪ねて来たことが書かれているのを知ったうえでの、巧妙な創作である。おそらく、江戸時代になって『徒然草』が人々によく読まれて、有名になったことから、このような兼好終焉《しゅうえん》伝説を誰かが偽作したのであろう。江戸時代には、この『園太暦』の記事を詐称した偽書が、大いに流布し、伊賀上野出身の松尾芭蕉も、「兼好の伊賀終焉説」を信じていたようである。芭蕉は、『園太暦』記載の記事として流布していた兼好の晩年の事蹟を書写しているし、国見山に兼好塚があることを、弟子への手紙にも書いている。

＊仮名日記の出現

ここで、もう一度、平安時代に立ち戻って、文学としての日記、すなわち日記文学について概観してみよう。女性たちは、自分の生きてきた人生を回想して、平仮名で日記を書き綴《つづ》った。これは、「にき」と発音されることが多い。『土佐日記』の冒頭は、「男もすなる日記《にき》といふものを」であり、『蜻蛉《かげろう》日記』の上巻末尾には、「有《あ》るか無《な》きかの心地《ここち》する蜻蛉の日記《にき》と言ふべし」とある。作品名も、「とさにっき」「かげろうにっき」と発音するのが普通であるが、「とさのにき」「かげろうのにき」という言い方もある。

2．平安時代の日記

＊『土佐日記』の登場と、日記文学の展開

『土佐日記』は、男性である紀貫之《きのつらゆき》が、「女性の書いた日記」という設定で書いた、仮名日記である。任地の土佐から都に帰るまでの船旅の記録であることから、紀行文としての側面もある。その日、その時に詠んだ和歌も豊富に載せていて、このことも、その後の紀行文の手本として機能している。『土佐日記』は最初から最後まで、一日も欠かさず、その日の出来事やその日に感じたことなどが書き綴られている。日々の記録を残すのは、日常を離れた非日常である「旅」を記録したいという願いの表れなのだろう。『土佐日記』は、一日も欠かさずその日のことを書いた「日次《ひなみ》日記」であることが大きな特徴であるが、それを仮名散文で書いた点が画期的だった。これ以来、日記文学と紀行文学は、密接な関係を持ち続けることになる。『土佐日記』の承平《じょうへい》五年（九三五）一月の記述を引用しよう。

五日。風波止《や》まねば、猶《なほ》、同じ所に有り。人々、絶えず、訪《とぶら》ひに来《く》。
六日。昨日《きのふ》の如《ごと》し。
七日に成《な》りぬ。同じ港に有《あ》り。

『土佐日記』は、その冒頭部で、女が書いた日記であると断り書きを入れているにもかかわらず、男性日記の雰囲気が出てしまっており、「如《ごと》し」などのような漢文訓読体が使われている。

『土佐日記』の成立は、承平五年（九三五）頃とされている。日記の日付で言うと、承平四年（九三四）十二月二十一日に土佐を出発してから、承平五年二月十六日に京都に帰るまでのことが、仮名の散文で書かれている。これ以前には、仮名散文で綴られた日記はなかった。

『土佐日記』では、日によって、記述が長くなる時がある。書くべき内容が多彩なために文章の量が膨張して、回想であったり、述懐だったり、批評や風刺だったりして、そこに文学精神の発露が見られるのである。『土佐日記』は、これ以後書かれるようになった数々の女性による日記を比較をする際にも「基準作」となる。

✖『蜻蛉日記』

『蜻蛉日記』の作者は、「右大将道綱《うだいしょうみちつな》の母」であるが、「藤原倫寧《ともやす》の女《むすめ》」とも言われる。「息子の母」、あるいは「父の娘」という観点からの名称である。夫は、藤原兼家《かねいえ》。兼家は、『枕草子』に描かれている中宮定子の父・道隆《みちたか》（「中《なか》の関白」）や、空前の栄華を誇った道長（御堂《みどう》関白）の父親である。すなわち、兼家は藤原氏の「氏《うじ》の長者」である最高貴族だった。その妻となった道綱の母は、『尊卑分脈《そんぴぶんみゃく》』に「本朝第一美人三人内也」と記されるほどの才色兼備の女性だった。ただし、兼家の正室は「時姫《ときひめ》」なので、道綱の母は「側室」だった。兼家には、そのほかに、「町の小路《こうじ》の女」という愛人もいた。

道隆や道長は、時姫が産んだ息子である。道綱の母が産んだ道綱は、大納言どまりだった。道綱は、賢人と謳《うた》われた右大臣・藤原実資《さねすけ》から無学だと非難されたり、武士である源頼光《よりみつ》の娘を妻の一人とするなど、当時の貴族社会にあって影が薄い。しかし、道綱はその母の日記の中に、幼年期の姿が刻印された。高位高官となった人々は、記録の中にその名が書き留められ、生身の人間の心情は、文学の中で生き続ける。

有名な箇所であるが、『蜻蛉日記』から、夫への不満を述べる部分を読んでみよう。

暁方《あかつきがた》に、門《かど》を敲《たた》く時、有《あ》り。然《さ》ンなめりと思ふに、憂《う》くて、開けさせねば、例の家と思《おぼ》しき所（＝町の小路の女）に、ものしたり。翌朝《つとめて》、猶《なほ》も有《あ》らじと思ひて、

嘆きつつ一人寝《ぬ》る夜《よ》の明《あ》くる間《ま》は如何《いか》に久しきものとかは知る

と、例よりは引き繕《つくろ》ひて書きて、移ろひたる菊に、挿《さ》したり。

「ものしたり」は、ここでは「行ってしまった」の意味であり、「猶も有らじ」は、このままでは自分の気持ちが済まされない、というニュアンスである。彼女は、ふだんから達筆なのに、さらに念を入れて流麗な筆で歌を書き記し、しかも、夫の心変わりを風刺した「移ろひたる菊」に、その

歌を挿して届けた。彼女の感じた心の痛み、そして、それをはっきりと形にして表現できる教養の高さ。歌の言葉も筆跡も、色褪《あ》せた菊の花の取り合わせも、すべて一分の隙もなく、張り詰めていたことであろう。これを受け取った夫の兼家は、どのような反応を示したのか。物語ではない日記の中に、夫のその時の表情態度を想像によって描き入れることはなかった。その後、この歌は定家によって『小倉百人一首』に選ばれて、不朽のものとなった。

『源氏物語』が書かれたのは、『蜻蛉日記』以後である。紫式部も、女三の宮が降嫁してきた後の紫の上の苦悩を描き出すにあたり、時姫に対する敵愾心《てきがいしん》や町の小路の女に対する嫉妬心などを綴った、道綱の母の心情を参考にしたのではないか。そんな想像もおのずと湧き上がってくる。

＊『和泉式部日記』

『和泉式部《いずみしきぶ》日記』は、一人称の告白ではなく、「女」を主語とする三人称の記述である。和泉式部本人ではなく、別人が書いたという説があるゆえんである。この日記の中に、女が石山寺に参詣する場面がある。その石山寺から、女は恋人の敦道《あつみち》親王（冷泉《れいぜい》天皇の第四皇子）に、歌を贈った。あなたに逢いたくなったので、都に戻るという内容である。

山を出《い》でて暗き道にぞ辿《たど》り来《こ》し今一度《いまひとたび》の逢《あ》ふ事《こと》により

「如意輪観音様に守られた、清らかな石山寺を出て、私は再び俗世間に戻って来ました。あなたと、もう一度逢いたいと願っているためです」という意味である。この歌を読むと、人口に膾炙《かいしゃ》した和泉式部の名歌が二首、自然と心に浮かぶ。

暗きより暗き道にぞ入《い》りぬべき遙《はる》かに照らせ山の端《は》の月
有《あ》らざらむこの世の外《ほか》の思ひ出に今一度《いまひとたび》の逢《あ》ふ事《こと》もがな

この二首を繋ぎ合わせれば、『和泉式部日記』の「山を出でて……」の歌になる。これは一体どういうことなのだろうか。和泉式部本人が行ったのか、それとも第三者の創作なのか、両様に考えることができる不思議な歌である。

ところで、和泉式部が山から下りてきたのは、『源氏物語』の夢浮橋《ゆめのうきはし》の巻で、薫の懇請にもかかわらず、浮舟《うきふね》が小野の山里から都に戻ろうとしない結末と、鮮やかな対照性を示している。先に『蜻蛉日記』から引用した場面も、また、今の『和泉式部日記』の場面も、『源氏物語』を介在させてみると、日記文学と物語文学の違いが明らかになる。

＊『**紫式部日記**』

寛弘《かんこう》五年（一〇〇八）の秋から、一条天皇の中宮彰子《しょうし》は、お産のために里下がりし、敦成《あつひら》親王（後の後一条天皇）を出産した。その記録が、『紫式部日記』である。この中には、紫式部が『源氏物語』を執筆中であることを告白する部分や、同時代の才媛たちを紫式部が厳しく批判する部分がある。紀貫之の『土佐日記』と同様に、『紫式部日記』も、日記と批評とが接近している。

和泉式部と言ふ人こそ、面白《おもしろ》う書き交《か》はしける。然《さ》れど、和泉は、怪《け》しからぬ方《かた》こそ有《あ》れ。

清少納言こそ、したり顔《がほ》に、いみじう侍《はべ》りける人。然《さ》ばかり賢《さか》しだち、真名《まな》書き散らして侍る程《ほど》も、よく見れば、未《ま》だ、いと足《た》らぬ事《こと》多かり。

和泉式部には「怪しからぬ方」、つまり異性関係での悪評がある。清少納言は、漢字の教養をひけらかしているが、その実体は大したものではない。ここまで批判している紫式部は、実生活でも、教養の面でも、人の目に立つことはせず、謙虚な生き方を貫いた。清少納言の『枕草子』が個性の発露であり、自己主張の書であったのに対して、『源氏物語』はよくあるストーリーの、一見すると平凡な物語である。つまり、『源氏物語』は、ある意味で類型的な様式を持つ物語文学なのである。類型的とは、無個性の異名である。しかしながら、無個性を装い、平凡に徹することで、『源氏物語』は空前の達成を遂げた。それが、紫式部の個性だった。

＊『更級日記』

『更級日記《さらしな》』は、菅原孝標女《すがわらのたかすえのむすめ》の少女時代から晩年までの一生を書いている点が、それ以前の仮名日記にないことである。この日記も、日付に沿って書くスタイルではない。晩年になって、それまでの自分の人生を振り返って書き著している点で、回想記と言ってもよい。『更級日記』は、『蜻蛉日記』と比べると短い分量であるが、晩年までの人生の要所要所が書かれている。日記の冒頭に書かれている少女時代の上京の旅や、上京後、『源氏物語』を初めとする物語に耽溺《たんでき》した日々、その後の人生は、物語の世界とはかけ離れたものでしかなかったという、苦い現実認識などが書かれている。また年老いた両親との華やぎのない日々、宮仕えに出てもそこに自分の居場所を見付けられなかったこと、遅い結婚、夫との死別、寺社への参詣の日々など、さまざまなことが書かれている。『更級日記』については次章の「紀行」でも触れるので、今は、この日記の画期性として、女の一生を描くことで、物語と現実の関係性をめぐる思索を試みている点を指摘しておきたい。

＊『讃岐典侍日記』

院政期の仮名日記として、『讃岐典侍日記《さぬきのすけのにっき》』がある。作者は、堀河天皇と鳥羽天皇に仕えた藤原長子《ながこ》である。天皇を退位した上皇（出家すれば法皇と呼ばれる）が、天皇の父として政治を運営していたので、必然的に、天皇は年若くして即位する幼帝となる。堀河天皇の即位は、八歳、鳥羽天皇は、わずか五歳での即位である。『徒然草』の第百八十一段には、まだ幼い鳥羽天皇が登場する。

「『降《ふ》れ降《ふ》れ、粉雪《こゆき》。たんばのこゆき』といふ事、米《よね》、搗《つ》き篩《ふる》ひたるに似たれば、『粉雪《こゆき》』と言ふ。『溜《た》まれ、粉雪《こゆき》』と言ふべきを、誤《あやま》りて、『たんばの』とは言ふなり。『垣《かき》や木《き》の股《また》に』と歌ふべし」と、或《あ》る物知り、申しき。
昔より言ひける事にや。鳥羽《とば》の院《ゐん》、幼《をさな》く御座《おは》しまして、雪の降《ふ》るに、かく仰《おほ》せられける由《よし》、『讃岐《さぬき》の典侍《すけ》が日記《にっき》』に書きたり。

『讃岐典侍日記』には、彼女が鳥羽天皇のもとに出仕すると、幼い声で「降れ、降れ、粉雪《こゆき》」と口ずさむ幼い声が聞こえ、その声の主が何と鳥羽天皇だったので、「あさましう、これを主《しゆう》と、打《う》ち頼み参《まゐ》らせて候《さぶら》はんずるかと、頼もしげなきぞ、哀《あは》れなる」と思った、とある。「あさまし」は驚き呆れる気持ち、「主《しゆう》」は主君の意味である。この幼いお方を、自分は主君と仰いでお仕えするのか、という感慨である。そこには、幼い鳥羽天皇に対する深い心情が込められている。

3．中世の日記

＊『たまきはる』

鎌倉時代にも、数々の女房日記が書かれた。『たまきはる《ワ》』（『建春門院《けんしゅんもんいん》中納言日記』『健寿御前《けんじゅごぜん》日記』などの名称もある）は、藤原俊成の娘で、定家の姉である女性が著した回想記である。ただし、若い女房に向かって、宮廷女房の心がけを説く教訓的性格も合わせ持っている。

作者は最初、建春門院に仕えた。建春門院の本名は、平滋子《しげこ》。彼女の姉の時子《ときこ》は、平清盛の妻で、「二位の尼」と称された女性である。建春門院の没後は、八条院（後白河院の異母妹）に仕えた。その後、春華《しゅんか》門院（後鳥羽天皇の皇女）にも仕えた。源平争乱の時代を、宮廷女房として生きたのが、この健御前である。『たまきはる』という書名は、冒頭の和歌に因《ちな》んでいる。

たまきはる命を徒《あだ》に聞きしかど君恋ひ侘《わ》ぶる年は経《へ》にけり

「たまきはる」は、「命」に掛かる枕詞。健御前が最後に仕えた春華門院は、わずか十七歳で逝去した。命のはかなさを痛感させる。それに引きかえ、長い人生を生きぬいてきた自分の女房としての体験を語って聞かせよう、というのである。当時、健御前は、六十代になっていた。

＊『うたたね』

『うたたね』は、安嘉《あんか》門院（後堀河天皇の姉）に仕えた四条《しじょう》という女房が、十代半ばにして失恋した衝撃から出家し、遠江《とおとうみ》の浜松まで下向する、という内容の日記である。彼女は、後に阿仏尼《あぶつに》と名乗り、藤原定家の子である為家《ためいえ》と結ばれ、冷泉為相《れいぜいためすけ》を生んだ。『十六夜《いざよい》日記』の作者としても名高い。少女時代の悲恋を物語風に再構成したのが、『うたたね』である。

　高貴な男性との恋に破れた四条が、突如として出奔したのは、雨の中だった。ここは、『源氏物語』浮舟巻と手習《てならい》巻で、三角関係が露顕した浮舟が、雨の中を出奔して宇治川に入水《じゅすい》しようとした場面を踏まえている。四条は松の木の下で動けなくなったところを、桂女《かつらめ》に助けられる。ここは、大木の下で倒れていた浮舟が、横川《よかわ》の僧都《そうず》に救出される場面と重ね合わされている。

　用いられている言葉も、『源氏物語』の特徴的な言葉をちりばめている。『うたたね』の作者は、自分の失恋と失踪、そして旅立ちという人生を、『源氏物語』の様式で言語化しようとした。物語風の日記であるゆえんである。阿仏尼は、晩年、飛鳥井雅有《あすかいまさあり》に『源氏物語』の講義を行っているが、彼女の『源氏物語』への深い沈潜は、若き日からのものだった。

　彼女は、『源氏物語』のヒロインになりたかったのではないだろう。『うたたね』を読むと、「心」「心地《ここち》」「心細さ」など、「心」という言葉が何度も用いられている。この日記のキーワードは、「心」だと言ってよい。『源氏物語』の登場人物の心を、我がものとすること。それが、この日記の主題だと思われる。

＊『とはずがたり』

　『とは《ワ》ずがたり』は、後深草院に仕えた二条《にじょう》という女房の人生回顧である。昭和十五年（一九四〇）に写本が発見されるまでは、その存在が知られなかったが、現在では最も人気のある中世日記の一つである。後深草院だけでなく、「雪の曙《あけぼの》」、「有明《ありあけ》の月」、さらには「近衛《このえ》の大殿《おおいどの》」と呼ばれる男性たちとの恋愛に翻弄された女性が、自己確立を遂げる過程が描かれているからだろう。後半は、紀行文学としての性格が濃い。瀬戸内晴美『中世炎上』、実相寺昭雄監督の映画『あさき夢みし』（大《おお》岡信《おかまこと》脚本）などが、『とはずがたり』を題材とした現代文学である。

＊『中務内侍日記』

『中務内侍日記《なかつかさのないしにっき》』の作者は、藤原経子《けいし》（ツネコ、とも）。伏見天皇に仕え、後伏見天皇を生んだ。南北朝の北朝の側の宮廷を描いた作品である。伏見天皇は、中宮の永福門院《えいふくもんいん》と共に、京極為兼《ためかね》に師事した「京極派」歌人としても名高い。伏見天皇が京極為兼に選ばせた『玉葉《ぎょくよう》和歌集』は、『風雅《ふうが》和歌集』と共に、『万葉集』・『古今和歌集』・『新古今和歌集』に継いで現れた、四番目の和歌の高峰として知られる。

『中務内侍日記』にも、京極為兼は登場する。伏見天皇は、まだ即位以前の東宮《とうぐう》だった。左中《さちゅう》将《じょう》の為兼が、何らかの理由で籠居していた。伏見天皇は、南殿《なんでん》（紫宸殿《ししんでん》）の「右近《うこん》の橘《たちばな》」が満開となったので、『源氏物語』花散里《はなちるさと》巻で時鳥《ほととぎす》が橘の木にやってくる場面を思い出して、時鳥が橘で鳴くのを待たれていたが、やっと一声だけ聞くことができた。そして、為兼に歌を贈った。その歌は、土御門《つちみかど》少将（源具顕《ともあき》）が自ら届け、為兼の返事の和歌を持ち帰った。

（伏見天皇）思ひやる寝覚《ねざめ》や如何《いか》に時鳥鳴きて過ぎぬる有明《ありあけ》の空

（為兼）宮の中《うち》鳴きて過ぎける時鳥待つ宿からは今もつれなし

天皇は為兼に、「宮中では一声だけ鳴いたが、そなたの家ではどうだったか」と尋ね、為兼は、「宮中では鳴いたそうですが、待ち続けている私の家では、一声も鳴いてはくれませんでした」と返した。為兼の歌は、祝部成仲《はふりべなりなか》の「里慣《さとな》るる山時鳥《やまほととぎす》如何《いか》なれば待つ宿にしも音《おと》せざるらむ」という和歌を連想させる。為兼は土御門少将と時鳥をめぐって、本格的な長歌の贈答を交わしている。『中務内侍日記』には、『源氏物語』の言葉が数多く用いられている。土御門少将と呼ばれた源具《とも》顕《あき》は、伏見天皇が催した『弘安源氏論議《こうあんげんじろんぎ》』に参加し、その様子を筆記した人物である。

＊『竹むきが記』

『竹《たけ》むきが記』は、北朝の後伏見《ごふしみ》天皇（伏見天皇の子）と光厳《こうごん》天皇（後伏見天皇の子）に仕えた日野名子《めいし》の日記である。彼女の夫の西園寺公宗《きんむね》は、南朝の後醍醐天皇の暗殺を企図したとして、後醍醐天皇によって誅殺《ちゅうさつ》された。この痛ましい出来事は、『竹むきが記』には記されていない。光厳天皇の践祚《せんそ》（即位）の儀式など、有職故実書《ゆうそくこじつしょ》としての価値も高い。『竹むきが記』の執筆は、一三四九年かと推測されているが、『徒然草』と類似する表現が見られる。

心、もとより愚かにして、朝《あした》には暮《くれ》を頼み、夕べには、また、明日を期《ご》する程《ほど》に、……

（『竹むきが記』）

道を学《がく》する人、夕《ゆふ》べには朝有《あしたあ》らむ事を思ひ、朝《あした》には夕《ゆふ》べ有《あ》らむ事を思ひて、重ねて懇《ねんご》ろに修《しゆ》せむ事を期《ご》す。

（『徒然草』第九十二段）

これが、『徒然草』の成立直後の享受例であるのか、当時としてはよく知られていた常套《じょうとう》表現なのか、これからの検討課題であろう。

4. 近世と近現代の日記

江戸時代には、旅日記が膨大に書かれた。これらは、「紀行」に分類できよう。また、正親町町《おおぎまちまち》子《こ》の『松陰《まつかげ》日記』は、本来ならば『松陰物語』と称すべき物語である。

近世になると、『土佐日記』の研究が盛んになり、注釈書も数多く書かれた。近現代では、国文学研究が盛んになり、平安時代の日記文学が再評価されるようになった。室生《むろう》犀星《さいせい》や堀辰雄などが、王朝日記に題材を得た数々の小説を発表したのも、その機運の一環である。

近代文学者の全集類にも、日記が収録されていることが多く、交友関係や読書記録として貴重である。それらの中で、文学作品としての価値が高いと評価されているのが、永井荷風《かふう》の『断腸亭《だんちょうてい》日乗《にちじょう》』である。「日乗」の「乗」は記録・歴史などという意味であり、「日乗」で毎日の記録、すなわち日記のことになる。

また、荷風よりも時代は前であるが、樋口一葉《ひぐちいちよう》の日記は、その記述を通して、一葉の思索の広がりと深まりがよくわかる。当時の世の中の動きや、同世代の高等教育を受けた文学青年たちとの交流も書かれている。一葉の日記は、古典と近代を繋ぐ、興味深い内容に満ちている。

森鷗外の『盛儀私記《せいぎしき》』は、大正四年に京都で挙行された大正天皇の即位式典の記録であるが、日記体で書かれており、有職故実書としての側面もある。

また、日記を基にした小説や、日記の形式を取った小説が書かれるようになる。自然主義文学の代表者である田山花袋《かたい》の『田舎教師』は、小林秀三《ひでぞう》という人物の日記を素材としている。

中島敦《あつし》『光と風と夢』は、『宝島』で有名な、ロバート・ルイス・スティーヴンソンの日記という形式で書かれた小説である。日記の書き始めは、「一八九〇年十二月×日　五時起床。美しい鳩色の明方《あけがた》。それが徐々に明るい金色に変らうとしてゐる。遙か北方、森と街との彼方に、鏡のやうな海が光る」となっていて、フレッシュな文体である。中島には、『かめれおん日記』というタイトルの小説もあるが、厳密な意味での日記の体裁を取っておらず、「日常を記したもの」という意味で用いられている。谷崎潤一郎の『鍵』も、日記体で書かれている。夫の日記は漢字とカタカナ、妻の日記は漢字と平仮名で書かれる、という工夫がなされている。

日記体小説と関連するものに、「書簡体小説」もある。夏目漱石の『こころ』や『行人《こうじん》』には、書簡が重要な役割を果たしている。近現代では、小説というジャンルが全盛を極め、人生の意味を問い直すのが小説であるため、日記が小説の中に取り込まれているのかもしれない。

本章では、日記と総称される文学作品を幅広く取り上げた。日記という一言に含まれる文学の領域が広いことを改めて確認できたのではないだろうか。日記文学は平安時代以来、数多く書かれてきたが、その一方で、一つ一つの作品はそれぞれに個性的であり、各時代に書かれてきた。日本文学における日記の果たしてきた役割は大きい。

引用本文と、主な参考文献

・『新編日本古典文学全集』や『新日本古典文学大系』などに、主要な日記文学が訳注を施されて収録されている。本章で取り上げた古典文学作品は、この二つの古典シリーズによった。

・貴族たちの残した漢文日記類は、東京大学史料編纂所が編纂している『大日本古記録』に収められている。また、『大日本史料』には年代順に、記録類が収められている。

発展学習の手引き

・図書館などで、文学者たちの個人全集の中から、日記を読んでみよう。そのうえで、その文学者の残した著名な作品を読み直し、日記に記されている個人的な体験が、文学作品の形成にどのような影響を与えているか、考察してみよう。

・ドナルド・キーン『百代の過客　日記にみる日本人』（正続、朝日新聞社、一九八四～八八）を読んで、取りあげられている作品についての理解を深めよう。

6 紀行文学

《目標・ポイント》 旅を「生活の本拠地から一時的に離れること」と定義したうえで、古代から近世までの代表的な紀行文学を具体的に挙げながら、概観する。近現代の紀行文学についても触れる。
《キーワード》『伊勢物語』、『土佐日記』、『更級日記』、『十六夜日記』、中世の旅、芭蕉、近世の紀行文学

1. 旅とは何か

＊『徒然草』が示した旅の様相

旅は、生活の本拠地を離れて、一時的に他の場所に移動することが本義である。「方違《かたたが》え」のように、都の中で、自宅以外の場所に一夜だけ宿るのも「旅」である。また、旅の後には、生活の本拠地に戻ってくるのが、本来の姿である。旅が人間の心にもたらす作用については、『徒然草』の次の二つの章段を併せ読むと、旅の両面性がよくわかる。

いづくにもあれ、暫《しば》し旅立《たびだ》ちたるこそ、目覚《めさ》むる心地《ここち》すれ。その辺《わた》り、ここかしこ、見歩《あり》き、田舎《ゐなか》びたる所、山里などは、いと目慣れぬ事のみぞ多かる。（第十五段より）

法顕三蔵《ほっけんさんざう》の、天竺《てんぢく》に渡りて、故郷《ふるさと》の扇《あふぎ》を見ては悲しび、病《やまひ》に臥《ふ》しては漢《かん》の食《じき》を願ひ給《たま》ひける

事を聞きて、「然《さ》ばかりの人の、無下《むげ》にこそ、心弱き気色《けしき》を、人の国にて見え給ひけれ」と人の言ひしに、弘融僧都《こうゆうそうづ》、「優《いう》に、情け有《なさあ》りける三蔵《さんざう》かな」と言ひたりしこそ、法師《ほふし》の様《やう》にもあらず、心憎《こころにく》く覚えしか。

（第八十四段）

旅は、目新しい文物に触れることで、新鮮な感動をもたらす。その一方で、生活の本拠地である「故郷」と切り離された悲しみを抱かせる。この二つの側面に注目しながら、我が国における紀行文学の流れを辿りたい。

＊神話や物語の旅

『古事記』や『日本書紀』には、さまざまな旅が描かれている。イザナギが、亡き妻のイザナミを蘇らせようと、黄泉《よみ》の国《くに》を訪ねた話や、オオクニヌシ（オオナムチ）が強い人間に生まれ変わるために、根《ね》の国《くに》にスサノオを訪ねた話などは、「冥界探訪譚《めいかいたんぼうたん》」と呼ばれる。それらは、見知らぬ不思議な場所で体験した、思いがけない出来事を描き出す。「異界への旅」という、日常生活では味わえないような劇的な趣向は、物語文学においても好まれた。平安時代の『竹取物語』は、異界である月世界から地上まで旅をしてきた女性の話であるし、室町時代の御伽草子《おとぎぞうし》『毘沙門《びしゃもん》の本地《ほんじ》』は、妻と再会するために、天界を旅する男の話である。

＊和歌の旅

「旅の文学」というジャンルが明確になるのは、和歌においてであろう。『万葉集』は巻ごとの部立はされていないが、「羇旅歌《きりょか》」「羇旅作《きりょさく》」などという言葉が見られる。最初の勅撰和歌集『古今和歌集』において「羇旅」が部立されて以後、ほとんどの勅撰和歌集で「羇旅」が部立されている。

したがって、『万葉集』と勅撰和歌集で通覧すると、和歌における旅の諸相が把握できる。『万葉集』では公務に伴う旅の途上での実景を詠む歌が多いが、そこに込められている心情を読み取れば、古代の人々の感情がわかる。『古今和歌集』以後の羇旅は、心細さや故郷に残してきた人たちへの思いを込めて詠むことが多い。ある意味で類型化しているが、一首ごとに情景と心情を味読すれば、多様性にも触れることができる。ここでは、具体例として、三首挙げてみる。

旅にして物恋《ものこほ》しきに山下《やました》の朱《あけ》のそほ船《ぶね》沖に漕ぐ見ゆ　（高市黒人《たけちのくろひと》）
旅にして身に沁《し》む須磨の波風を思ひ知るにや雁も鳴くらむ　（三条西実隆《さんじょうにしさねたか》）
天離《あまざか》る鄙《ひな》に五年《いつとせ》住まひつつ都の手振《てぶ》り忘らえにけり　（山上憶良《やまのうえのおくら》）

『万葉集』の二例の間に、室町時代の三条西実隆を入れたのは、一首目と二首目の初句が「旅にして」であることと、どちらも海辺の光景を詠んでいることが共通するからである。旅の途中で、「物恋しさ」や寂しさをいっそう掻き立てるのが、沖を漕ぐ船であり、須磨の波風に鳴く雁の声である。『万葉集』の時代から実隆まで、優に七百年が過ぎているが、どちらにも、旅の途上で感じる寂寥《せきりょう》感が詠み込まれている。その一方で、違いもある。三条西実隆の歌は、『源氏物語』須磨の巻を踏まえて、都から旅をしてきた貴公子・光源氏の寂寥と孤独を象《かたど》っている。『源氏物語』という古典を意識して、古典と繋がる詠み方である。

山上憶良の歌の「手振り」は、習慣・風習の意。一時的な滞在地のつもりだった旅先が、いつの間にか「生活の本拠地」のようになっていたという感慨を詠んでいる。芭蕉の「秋十年《あきととせ》却《かへ》つて江戸を指《さ》す故郷《こきやう》」（『野ざらし紀行』）も思い合わされる。芭蕉は、山上憶良のこの歌を踏まえているわけではないだろうが、故郷を離れてからの歳月を詠んだ点に、両者の繋がりが感じられる。

旅人は、生活の本拠地から離れているので、心細さを感じている。そして、あまりにも永く生活の本拠地から離れていると、もう戻れないのではないかと不安になる。これが、和歌に詠まれる旅の典型であり、旅の楽しさや見聞の広がりを主眼として詠むことは、古典和歌ではあまり見られない。

2．王朝の旅

＊在原業平と光源氏

物語文学における旅は、『伊勢物語』の在原業平《ありわらのなりひら》の「東下り」と、『源氏物語』の光源氏の須磨・明石への流離が、影響力という点で、圧倒的な存在感を持つ。

『伊勢物語』第九段の八橋（かきつばた）、宇津《うつ》の山《やま》、富士山、隅田川（都鳥）の名場面は、文学だけでなく、美術にも描かれた。芭蕉に、「杜若《かきつばた》我《われ》に発句《ほつく》の思ひあり」（『野ざらし紀行』）の句があり、尾形光琳《おがたこうりん》に「燕子花図屏風《かきつばたずびょうぶ》」がある。

『伊勢物語』第九段が「移動」であったのに対して、『源氏物語』須磨巻と明石巻は「滞在＝侘《わ》び住《ず》まい」である。もちろん、『伊勢物語』にも業平の東国での滞在が語られているし、『源氏物語』にも須磨から明石までの「浦伝《うらづた》い」がある。王朝物語の双璧である二つの物語は、移動と滞在が「旅」の二つの焦点であることを読者の心に刻印した。

＊『土佐日記』と『更級日記』

古代文学から旅の文学はあったけれども、「紀行文学」というジャンルを確立した最初の名誉は、紀貫之《きのつらゆき》の『土佐日記』にある。『土佐日記』については、既に第五章で概説したが、旅に絞ってもう一度振り返ると、貫之は承平四年（九三四）に、土佐での国司の任期を終えて帰京の旅に出た。船旅であった。国司の一行の中に含まれる女性（国司の妻）が、仮構された日記の書き手であり、土佐に赴任する時には元気だった娘が今は亡《な》く、都への旅に娘の姿がないことを嘆き続けるという枠組である。この旅日記のテーマは、帰京の喜びではなく、癒されることのない喪失感だった。

都へと思ふをものの悲しきは帰らぬ人のあればなりけり
有《あ》るものと忘れつつ猶亡《なほな》き人を何処《いづら》と問ふぞ悲しかりける

愛する娘がこの世にいない事実を信じたくないのに、娘はもう亡き人なのだと気づいてしまう瞬間の悲しみが歌われている。この喪失感と向かい合うために、『土佐日記』の船旅があった。時代は下るが、明治時代に森鷗外は『舞姫《まいひめ》』を著した。太田豊太郎は、船に乗って、ヨーロッパから日本に帰国の途に就《つ》いている。そして、ベトナムのサイゴン（作中では「セイゴン」）まで来た。この港で豊太郎は、ベルリンで別れてきたエリスを回想し、自分の留学中の出来事を書き始める。それが、この「日記」だと明言されている。喪失感と向かい合う長い船旅。それが、日記となる。鷗外は、『土佐日記』を意識して『舞姫』を構想したのかもしれない。

『更級日記』は、その最初の部分に、菅原孝標女《すがわらのたかすえのむすめ》が、寛仁四年（一〇二〇）に父の任国だった上総《かずさ》の国から都に帰任するのに同行した紀行文が含まれる。『土佐日記』もそうであったように、日記文学と紀行文学は深く結びついている。孝標女は、旅立ちに際して二首詠んでいるが、そのほかには三河《みかわ》の国の宮路山《みやじやま》で詠んだ一首しか、和歌が見られない。この旅は、孝標女が少女時代のことだったので、当時は旅をしながら和歌を詠むことはできなかった、ということだろうか。

宮路の山と言ふ所、越ゆる程《ほど》、十月《かみなづき》の晦日《つごもり》なるに、紅葉《もみぢ》散らで盛りなり。
嵐こそ吹き来《こ》ざりけれ宮路山《みやぢやま》まだ紅葉葉《もみぢば》の散らで残れる

この歌は、『玉葉和歌集』に入集している。鎌倉時代に『十六夜日記《いざよいにっき》』を著した阿仏尼《あぶつに》は、鎌倉まで下る道中で、この宮路山を越えた。弘安二年（一二七九）十月二十一日だった。『更級日記』から約二世紀半が経っている。この時の宮路山は、赤一色ではなかった。

昼つ方《かた》になりて、紅葉《もみぢ》いと多き山に向かひて行く。風につれなき紅《くれなゐ》、所々《ところどころ》、朽葉《くちば》に染《そ》め変へてける、常磐木《ときはぎ》どもも立ち交《ま》じりて、青地《あをぢ》の錦《にしき》を見る心地《ここち》して。人に問へば、「宮路の山」とぞ言ふ。
時雨《しぐ》れけり染むる千入《ちしほ》の果《は》てはまた紅葉の錦色返《いろかへ》るまで

孝標女は十三歳、阿仏尼の正確な年齢はわからないが、おそらく五十六、七歳くらい。『源氏物語』の同時代の読者として、没入的に耽読《たんどく》した孝標女と、『源氏物語』を研究的に読んだ阿仏尼。

阿仏尼が安嘉門院四条《あんかもんいんしじょう》と名告《なの》っていた若い頃の悲恋を語った作品が、『うたたね』である。そこでは、前章で見たように、『源氏物語』の表現が、自分の体験した恋愛と重ね合わされていた。阿仏尼もまた、菅原孝標女と同様に『源氏物語』の世界を生きた女性だった。

3．中世の旅

＊歌人の旅としての『十六夜日記』

鎌倉時代になり、幕府が政治と経済の実権を掌握すると、平安京（京都）の人々も、鎌倉に下向する機会が増えた。先ほど名前を挙げた『十六夜日記』は、和歌の権威である藤原定家の子為家《ためいえ》の側室だった阿仏尼が書いたものである。為家の正室は、鎌倉武士である蓮生《れんしょう》（宇都宮頼綱）の娘だった。定家の『小倉百人一首』は、蓮生の依頼によるものだった。正室の子どもたちが、二条家と京極家を興した。阿仏尼は、自分の生んだ為相《ためすけ》の経済的基盤を確保するために、鎌倉での訴訟に及んだのである。為相は後に、冷泉《れいぜい》家を興した。為家の息子の世代になって、和歌の家は、三つの流派、すなわち二条・京極・冷泉に分立することになった。

『十六夜日記』は、東海道の歌枕を点綴《てんてい》しながら、鎌倉まで下向する旅日記であり、歌枕探訪の様相を強く帯びている。それは、和歌の家を継承してゆくべき息子や子孫たちに和歌の詠み方の手本を示す教科書でもある。歌枕を詠む旅は、家門意識の確立とも繋がり、その意味で、今までにない紀行文と言ってよいだろう。

＊都と鎌倉の往還

鎌倉時代初期の紀行文学の代表作は、『海道記《かいどうき》』と『東関紀行《とうかんきこう》』である。どちらも男性知識人の文体である。この時代のすぐれた知識人で鎌倉に下った人物としては、『方丈記』の作者である鴨《かもの》長明《ちょうめい》や、『源氏物語』の「河内本《かわちぼん》」という本文を校訂した源光行《みつゆき》・親行《ちかゆき》の父子がいるので、彼らが『海道記』と『東関紀行』の作者に擬せられてきたが、正確には作者不明である。『東関紀行』から、梶原景時《かげとき》とその一族の墓所に関する記述を引用してみよう。

道の傍《かたはら》の土となりにけりと見ゆるにも、顕基《あきもと》の中納言の口誦《くちず》さみ給へりけむ、「年々《としどし》に春の草の生《お》ひたり」と言へる詩、思ひ出《い》でられて、これもまた、古き塚となりなば、名《な》だにも残らじと哀れなり。

源顕基は、『徒然草』第五段でも言及されているが、「罪無くして、配所の月を見ばや」と言った人物として著名である。「年々に」の漢詩の出典は、『白氏文集《はくしもんじゅう》』である。「塚＝墓」と「春の草」と言えば、『源氏物語』の柏木《かしわぎ》巻が連想される。若くして死去した柏木を悼んで、親友だった夕霧（光源氏の子）が、「右《いう》将軍が塚に、草初めて青し」と口誦《くちず》さむ場面がある。そして、芭蕉の『おくのほそ道』。平泉で、源義経主従の最期を追想して、芭蕉は「国破れて山河あり、城春《しろはる》にして草青みたり」と口誦さみ、落涙した。『東関紀行』には、「心ある旅人は、ここにも涙をや落とすらむ」とある。『おくのほそ道』の、「笠、打ち敷きて、時の移るまで涙を落とし侍《はべ》りぬ」とある箇所を、強く想起させる。芭蕉は、『東関紀行』を明らかに意識している。

ちなみに、『東関紀行』で栄華の短さを嘆かれた梶原景時は、源義経について讒言《ざんげん》し、兄の頼朝の信頼を失わせ、義経が平泉で非業《ひごう》の死を遂げる原因を作った武将である。したがって、歴史のうえでは、景時と義経は敵対勢力だったが、『東関紀行』における梶原景時と、『おくのほそ道』における源義経の追懐と鎮魂の表現様式は、共通のものとなっているのが興味深い。

＊紀行文の新展開

中世の紀行文学として異色なのは、『都のつと』である。作者は宗久《そうきゅう》。彼の経歴は詳しくはわからないが、歌人の今川了俊《りょうしゅん》に仕える武将だったとされる。その彼が都を出発し、東北地方まで旅した記録が『都のつと』であり、芭蕉の『おくのほそ道』にも影響を与えたとされる。宗久が宮城《みやぎ》野《の》に来てみると、一つの塚を見た。地元の人に尋ねてみると、「東平王《とうへいおう》」という中国からの帰化人の墓だという答えが返ってきた。

「故郷《ふるさと》を恋ひつつ、ここにて身罷《みまか》りけるが、その思ひの末《すゑ》にや、塚の上に草木《くさき》も皆、西へ傾《かたぶ》くと申し慣《なら》はせり」と語る人ありしかば、いと哀《あは》れに覚えて、かの昭君《せうくん》が青塚《せいちよう》の草の色も理《ことわり》にぞ思ひやられし。

ここもまた、『源氏物語』柏木巻、『東関紀行』、『おくのほそ道』などと通じている。文学作品を読んでいると、ほんの一言ながら、共通する表現が顔を出していることに気づく時がある。これらの言葉は、時空を超えた文学の回路であり、それを辿ってゆくと、思いがけなく「文学の回廊」を発見できる。「墓所に生える春草」も、日本文学史で一つの系譜を形成しているのである。

連歌師が旅に生き、旅に死んだことは、第十三章でも触れるが、宗祇《そうぎ》にも『筑紫道記《つくしみちのき》』という紀行文がある。九州を訪れた宗祇は、天智天皇が築いた水城《みずき》を見た。

越え過《す》ぐるままに、大きなる堤《つつみ》有り、言はば、横たはれる山の如《ごと》し。尋《たづ》ぬれば、これも、天智天皇の築《つ》かせ給《たま》ひけるとなむ。民の愁《うれ》へ、如何《いか》ばかりにかと思ふも悲し。すべて国家を守る人は、ただ、民の費《つひへ》を思ふべきこととぞ覚ゆ。

ここは、『徒然草』第二段の「古《いにしへ》の聖《ひじり》の御代《みよ》の政《まつりごと》をも忘れ、民の愁《うれ》へ、国の損《そこ》なはるるをも知らず、万《よろづ》に清らを尽くして、いみじと思ひ、所狭《ところせ》き様《さま》したる人こそ、うたて、思ふ所無《な》く見ゆれ」を踏まえつつも、庶民の生活に心を寄せる情感が表れており、宗祇らしい政道論を展開している。旅の途上での実景から触発された、自らの心情を書き記すことは、『土佐日記』以来、紀行文学の重要な要素である。作品を読む際に、味読していただきたい。

＊武将の旅日記

遠江《とおとうみ》と駿河《するが》の守護だった今川了俊（一三二六〜一四二〇）の名は、『都のつと』でも紹介した。彼は、一三七一年に九州探題として大宰府に赴任する旅の記録である『道行《みちゆ》きぶり』などの紀行文を残した。今川了俊の『道行きぶり』は、『伊勢物語』（蘆屋《あしや》など）と『源氏物語』（須磨・明石）、そして『平家物語』（壇ノ浦など）の史跡を確認しながら、西下している。王朝盛時を偲びつつ、源平争乱の混乱期をも思わせる自分の生きる時代について思索する了俊の姿が、印象的である。

旅の途上での思索という点に注目すると、紀行文学の世界に、一つの変化が現れてきたことに気づかされる。すなわち、「紀行文」と総称される旅の文学は、神話の時代はさておき、その後は、まずは「歌枕探訪の旅」が紀行文の大きな要素であった。古人が見た風景を自分も実際に眺めて感慨を同じうする。自分も旅の途上で、たくさんの和歌を詠む。これらのことが紀行文を成り立たせていた。それが次第に、時代の変遷や栄枯盛衰、人間の生き方といったことへの思索が深まってゆく。そのような変化は、近世に入ってから、どのように、さらなる変貌を遂げるのであろうか。

4. 近世の旅

＊芭蕉の紀行文

江戸時代に入ると、東海道・中山道などの五街道が整備された。かつ、参勤交代などで、郷里と江戸を往還する人が増加した。伊勢参りも盛んだった。必然的に、旅日記である紀行文も数多く書かれた。それらの中で、現代でも高く評価されているのが、芭蕉（一六四四～九四）の紀行文である。『野ざらし紀行』『鹿島紀行』『笈《おい》の小文《こぶみ》』『更科《さらしな》紀行《きこう》』、そして『おくのほそ道』。紀行文学の実質的な祖である『土佐日記』が喪失感を核心としていたように、芭蕉の紀行文には漂泊者の孤独と寂寥が感じられる。

『おくのほそ道』は、『伊勢物語』第九段（東下り）の「蔦《つた》の細道《ほそみち》」からの連想から名づけられたのだろう。『笈の小文』という書名は、芭蕉自身の命名かどうかわからないが、やはり『伊勢物語』第九段由来だろう。業平は宇津の山で、旧知の修行僧と出会い、都への手紙を託した。この場面を描いた美術作品では、僧の背負っていた「笈」と、業平が手渡した「文＝手紙」が描かれることが多い。漂泊の旅の途中で、遠地に留まっている大切な人々に宛てて書いた手紙。それが、『笈の小文』なのではないだろうか。

芭蕉は『笈の小文』で、「道の日記」（紀行文）の先達として、我が国の紀貫之・鴨長明（『海道記』『東関紀行』の作者と考えられていた）・阿仏尼、中国から黄山谷《こうさんこく》・蘇東坡《そとうば》を挙げたうえで、次のように述べる。

その所々《ところどころ》の風景、心に残り、山館《さんくわん》・野亭《やてい》の苦しき愁《うれ》ひも、かつは話の種となり、風雲《ふううん》の便りとも思ひなして、忘れぬ所々、後《あと》や先《さき》やと書き集め侍《はべ》るぞ、猶《なほ》、酔《ゑ》へる者の妄語《まうご》に等しく、寝《い》ねる人の譫言《うはごと》する類《たぐひ》に見なして、人、また亡聴《ばうちやう》せよ。

「話の種」や「風雲の便り」が、『笈の小文』というタイトルの意味するところなのだろう。「後や先や」「妄語」「譫言」などは、謙遜の気持ちを表すのであろうが、『伊勢物語』には辻褄《つじつま》の合わない、信じがたい内容が、前後矛盾して書かれていることが多いので、「伊勢や日向の物語」と呼ばれていた、とする説を意識しているのだろう。

芭蕉は、業平の東下りの寂寥と不安を我が物とし、物語が虚構の中に真実を見出したように、風狂の俳諧師の妄語と譫言の中に真実を封じ込めようとした。その志の熱さが、芭蕉の紀行文を魅力的なものにしている。

さらに言うならば、『おくのほそ道』は、旅の途上の神社仏閣や旧跡に対する記述が詳しく、単なる歌枕探訪の旅ではなく、歴史を辿る旅であり、そこに人間の栄枯盛衰を見る旅であった。そのことは翻って、人生いかに生きるべきかという自分自身への自問自答ともなる。『おくのほそ道』の達成は、人間の生と死、そして何より文学者としての自分自身の人生を問い直す旅であった。そこに芭蕉文学の真骨頂が見出されると思う。

＊近世紀行文の展開

紀行文学の一つの到達点として『おくのほそ道』を挙げたが、近世紀行文の多彩さに触れて、紀行文学というジャンルの広がりを概観したい。たとえば、十返舎一九《じっぺんしゃいっく》の『東海道中膝栗毛《とうかいどうちゅうひざくりげ》』は創作であるが、菅江真澄《すがえますみ》は現実に東北や北海道（蝦夷地《えぞち》）を旅した記録を残している。幕臣の大田南畝《なんぽ》も、赴任した大坂や長崎などへの旅日記と滞在日記を残した。大黒屋光太夫《だいこくやこうだゆう》の証言を、蘭学者の桂川甫周《かつらがわほしゅう》が書き記した『北槎聞略《ほくさぶんりゃく》』は、漂流者の体験談を記した、異色の紀行文学と言える。

ここでは、数ある近世紀行文の中から、貝原益軒《かいばらえきけん》『己巳紀行《きしきこう》』、橘南谿《たちばななんけい》『西遊記《せいゆうき》』を取り上げてみよう。芭蕉の紀行文とは、ひと味違う紀行文が書かれている。

貝原益軒（一六三〇～一七一四）は、儒者・本草学者・教育学者。橘南谿（一七五三～一八〇五）は、医師。彼らは、旅の途次で見聞した名所・旧跡に触れる。それらは、かつての紀行文学が「歌枕」を中心とし、芭蕉の紀行文が人生探求的なものであったのに対して、もっと幅広く古典文学の故地を巡る喜びに満ちている。旅の文学の新展開として、これらを把握してよいだろう。さまざまな古典文学ゆかりの土地が紹介されているのだが、今は『徒然草』に着目する。

聖徳太子の墓所なり。御墓《みはか》山と言ふ。（中略）太子の、「此処《ここ》を切れ、彼処《かしこ》断《た》て。子孫あらせじがためなり」と宣《のたま》ひしは、この所なるべし。

（貝原益軒『己巳紀行』）

尾上《をのへ》より半道《はんみち》ばかり北に、刀田山《とださん》 鶴林寺《くわくりんじ》と言ふ大地（＝大寺）あり、聖徳太子御建立の寺なり。（中略）龍頭《りゆうづ》の傍《かたは》らに穴ありて、この穴にて、調子を黄鐘《わうしき》に定めたることにや。（中略）

かの兼好が、天王寺の六時堂《ろくじだう》の前の鐘のこと書けるをも思ひ出《い》でて、（下略）（橘南谿『西遊記』）

聖徳太子の話題を二つ引用したが、貝原益軒の記述は『徒然草』第六段を踏まえ、橘南谿の記述は『徒然草』第二百二十段を踏まえている。『徒然草』の第二百二十段には、天王寺の六時堂の前の鐘が、最も正しい黄鐘調《おうしきちょう》の音だと述べられている。

ちなみに、南谿と同時代の大田南畝も、大坂在勤中に天王寺を尋ねて、この鐘を聞いている。そして、天王寺の僧が、この鐘の意味を誤解しているのを訝《いぶか》しんでいる。これは南畝の『蘆《あし》の若葉《わかば》』に出てくる話である。古典文学の記述が、今もなお生きている場所に巡り会った喜び。それが、これらの紀行文から感じられる。

5. 近代における紀行文の展開

＊近現代の文学と紀行文

明治の文豪たちは、小説と評論の執筆に全力を注いでいたが、「旅行記」もかなり多く書かれている。近代になると、交通機関や通信網の整備にともない、行動半径も格段に広くなった。たとえば、夏目漱石の『満韓ところどころ』、芥川龍之介の『上海游記《シャンハイゆうき》』などである。

言文一致に対抗して「美文」を確立した大町桂月《おおまちけいげつ》は、数多くの紀行文を書いた。異色の紀行文として『五足《ごそく》の靴《くつ》』がある。明治四十年（一九〇七）、与謝野鉄幹・北原白秋・木下杢太郎《もくたろう》・吉井勇《いさむ》・平野万里《ばんり》の五人が、九州の各地を回った記録であり、五人の共同執筆という点が異色である。しかも、この旅は天草を訪ねており、白秋の『邪宗門《じゃしゅうもん》』や、杢太郎の『南蛮寺門前《なんばんじもんぜん》』などの作品を生み出す母胎となり、いわゆる「南蛮趣味」を引き起こし、芥川龍之介の『奉教人《ほうきょうにん》の死』などの「南蛮物」にも繋がった。

汽車の旅を愛した内田百閒《ひゃっけん》の『阿房列車《あほうれっしゃ》』、北杜夫《もりお》の『どくとるマンボウ航海記』は、紀行文やエッセイと言うよりは、小説のような創作に近づいている。

パリを訪れた文学者も多く、異国での滞在経験は、島崎藤村・与謝野鉄幹・与謝野晶子・岡本かの子・林芙美子《ふみこ》・森茉莉《まり》らの文学世界を広げる契機となった。また、森有正や辻邦生は、パリに滞在して思索的な作品を書いたが、これらは評論やエッセイであると同時に、広義の紀行文学として捉えることができよう。

短歌・俳句でも、旅行詠は盛んである。旅を愛した若山牧水《ぼくすい》の短歌や、ヨーロッパでの留学体験を詠んだ斎藤茂吉の歌集『遠遊《えんゆう》』などもある。斎藤茂吉は、森鷗外が翻訳したアンデルセン原作の『即興詩人』の舞台を訪ねて、短歌を詠んだ。現代のわたしたちも、ある場所を訪れて、そこに歌碑や句碑や文学碑があると、かつてこの場所にゆかりのある文学者がいたことへの感慨が生まれる。その時、そこは文学と深く結びついた、広義の「歌枕」となる。

＊紀行文の展開を振り返る

本章では、「紀行文学」という観点から、さまざまな作品を取り上げてきた。それによって、いくつかのことが明らかになったと思う。

紀行文は、時代の変化につれて、その内容を多彩にしてきた。歌枕を訪ねて風景に感動する。歴史の旧跡を訪ね、往古を偲《しの》ぶ。さらには自分の人生のゆくえを考える。旅を通して体験した新知見を人々に伝達する。紀行文学は、和歌や俳句といった韻文と散文が親和する文学領域であり、新たな知識や体験の獲得を書き表す記録でもある。紀行文学が含み込む領域は非常に広い。そして、場所を介在して古人との繋がりを実感することも、紀行文学の大きな特徴であった。その根底には、各時代に詠まれ、書かれてきた文学の蓄積と、それらに対する、時空を隔てた共感があり、そのことがまた新たな作品となって結実してきたのである。

引用本文と、主な参考文献

・『新編日本古典文学全集』や『新日本古典文学大系』などに、主要な紀行文学が訳注を施されて収録されている。本章で取り上げた古典文学作品は、和歌は『新編国歌大観』によったが、それ以外は、この二つの古典シリーズによった。

発展学習の手引き

・旅に出るとき、自分が訪れる旅先で、どのような文学作品が書かれているのかを確認しよう。野田宇太郎の著した一連の『文学散歩』シリーズが、参考になるだろう。現地を訪れて、そこで生まれた文学遺蹟を確認し、思いを馳《は》せれば、自分なりの「紀行文」を書きたいという意欲が高まってくるだろう。古人も、まさにそのような心を抱いて、旅に出たのである。

7　物語

《目標・ポイント》『源氏物語』と『伊勢物語』を最高峰とする物語文学の流れを、日本文学史全体の中で概観する。あわせて、「擬古物語」や「御伽草子」と呼ばれる物語群にも着目しながら、物語精神が現代文学と繋がりうるかを考察する。

《キーワード》 物語、『伊勢物語』、『源氏物語』、後期物語、擬古物語（中世王朝物語）、御伽草子、『白露』

1．ものが語り、ものを語る

＊「物語」の辞書の説明から

私たちは、普段の生活の中で、意味のわからない言葉や、おおよその意味はわかっていても、より詳しく正確に意味を知りたい時に、国語辞書でその言葉を引いて意味を調べる。文学に関することも、専門的な本でなくとも、まずは身近な辞書を引くだけでも、さまざまなことがわかる。

「物語」は、ごく普通の言葉として、日常よく知っているので、わざわざ辞書を引くこともないと思うかもしれないが、この言葉が包含する広がりが、簡潔な記述と用例によって理解できる。「物語」を、『日本国語大辞典』で引いてみると、いくつもの意味が解説されている。掲載順に主なものを要約して示すと、①種々の話題について話すこと、②男女が語らい契ること、③幼児が口にするわけのわからない言葉、④特定の事柄について一部始終を話すこと、⑤日本文学の形態の一つ、などとある。辞書は、項目に立っている言葉の大きな意味、古い意味から順に記述するから、この順序で「物語」の本義が推測できる。

すなわち、①「読者の目を奪う珍しい出来事が次々に展開している」、②「男女の恋愛がテーマである」、③「理性的に考えればおかしいことや、辻褄《つじつま》の合わないことが書いてある」、④「一つの出来事や一人の人物の人生が詳しく辿られている」、そして⑤に、文学ジャンルとしての物語が挙げられていることからも、①から④までに書かれているようなものを構成要素とするのが「物語」であるという、おおよその輪郭がつかめるだろう。

*「もの」には、二つの意味がある

ところで、「物の怪《もののけ》」という言葉があるように、「物」には霊魂という意味がある。神仏・妖怪・怨霊などである。現代の作家たちが、『源氏物語』を現代語訳したり、ダイジェスト版にしたりする場合に、『源氏物語』の登場人物が語るスタイルが取られることがある。「物語」の「物」を、「霊魂」と理解したうえで、現代語訳や語り直しが、試みられているのである。

ところで、源為憲《みなもとのためのり》『三宝絵《さんぼうえ》』(九八四年)は、仏教の教えを女性向きに説いた書物である。『源氏物語』以前の成立である。その序文に、「物語」について述べた部分がある。それによれば、物語と言って、女性たちが心を慰めるものがあり、大荒木《おおあらき》の森の下草よりも多く、有磯海《ありそうみ》の浜の真砂《まさご》よりも多く世の中に存在しているが、「木《き》・草《くさ》・山《やま》・川《かわ》・鳥《とり》・獣《けもの》・魚《うお》・虫《むし》」のような、心を持たない物に感情を持たせたり、言葉を言わせたりしていて、真実味が薄い、と批判している。物語の価値を否定する立場から、「もの」に語らせる物語手法を、荒唐無稽だと非難しているのである。

一方、「もの」が語るのではなく、「もの」を語る場合もある。『竹取物語』では、「よばひ」「恥を捨つ」「たまさかる（たまさかに）」「あへなし」「あな、食《た》べ難《がた》（耐《た》へ難《がた》）」「かひあり」「ふじの山」という言葉の語源が語られている。人間が何げなく用いている言葉の始まり、言わば「最初の一回」を語るのが、物語の役割でもあった。

2．王朝物語の黄金期

＊『竹取物語』『うつほ物語』『落窪物語』

『三宝絵』が荒唐無稽だと難じ、浜の真砂よりも多かったと言う物語ではあるが、成熟と頂点は、あっという間に訪れた。それが、平安時代の中期である。伝奇物語の『竹取物語』は、月世界の住人が地上を訪れるという荒唐無稽な設定の中に、「真実の愛とは何か」という物語のテーマを確立させた。帝《みかど》が「不死の薬」を燃やした行為に、「かぐや姫への愛」の尊さが謳《うた》い上げられている。そのことが富士山の煙の由来にもなっていると同時に、恋愛感情の激しさとその持続性の象徴ともなっている。『竹取物語』が、「物語の出《い》で来《き》始めの祖《おや》」と讃えられるゆえんである。

『うつほ物語』（宇津保物語）は、冒頭部分で遣唐使の船が波斯国《はしこく》（ペルシア）に漂着したり、木の空洞《うつほ》で子どもを育てるなどの伝奇的な側面もあるが、次第に政治に対する風刺や、社会に対する批判などが強くなっていることから、物語の進化を内在させた長編物語であると評価されている。『枕草子』にも、『うつほ物語』の登場人物への言及がある。

『落窪《おちくぼ》物語』は、継子いじめの物語であり、しばしばペロー童話の『シンデレラ』（サンドリオン）と比較される物語である。継子の女性が幸福をつかむ契機が「愛の力」である点に、『竹取物語』

からの流れが感じられる。『枕草子』には『落窪物語』への言及もあり、大雨の中、主人公の男性が落窪の君のもとを三日続けて訪れる場面を感動的だと誉める一方で、男が来る途中で汚した足を洗う場面はいただけないと批判するなど、清少納言は独自の審美眼を発揮して、辛辣である。

以上の『竹取物語』『うつほ物語』『落窪物語』の三編はどれも、作者未詳である。

＊歌物語

『伊勢物語』は、実在した人物である在原業平《ありわらのなりひら》（八二五〜八八〇）の一代記で、全百二十五段からなる歌物語である。歌物語というのは、『伊勢物語』の記述スタイルから生まれた呼称で、和歌と散文がセットになった文学である。各段とも、その時の状況を描く文章と和歌からなり、書き出しは「昔、男」あるいは「昔、男ありけり」などで始まる段が多い。最終段である第百二十五段の全文を、次に掲げよう。

昔、男、患《わづら》ひて、心地《ここち》死ぬべく覚えければ、
遂《つひ》にゆく道とはかねて聞きしかど昨日今日《きのふけふ》とは思はざりしを

『伊勢物語』の内容については、都とその近郊でのさまざまな恋愛だけでなく、「紀行文学」の章でも触れたように、東国に下向する「東下り《あずまくだ》」もあり、作品の分量としては短編であるが、展開に広がりがある。また、業平と関わる女性たちの身分や年齢も多彩で、「恋愛百科」「恋歌の手本」として読まれ続けてきた、コンパクトな古典である。後世の文学にも大きな影響を与えている。日本文学の古典として重要な役割を果たしているので、一度『伊勢物語』を原文で読んでおく

と、和歌文学と恋愛文学の双方への架橋となろう。既に触れた『土佐日記』も短編であるが、日記文学と紀行文学との双方に関わっていた。一つの作品を、一つのジャンルやカテゴリーに含めることの便利さと困難さが、理解できるだろう。

『伊勢物語』以外の歌物語としては、『大和《やまと》物語』『平中《へいちゅう》物語』がある。これらもほぼ『伊勢物語』と同様の短編である。『大和物語』は、宮廷のエピソードだけでなく、「蘆刈《あしかり》」「生田川《いくたがわ》」「姨捨《おばすて》」などの説話も含まれる。これらは、それぞれ謡曲『蘆刈』『求塚《もとめづか》』『姨捨』の原話となり、後世にも影響を与えた。谷崎潤一郎にも『蘆刈』という短編小説がある。『平中物語』に出てくる話も、芥川龍之介の『好色』という短編小説を生み出す原話となった。

以上、これまで名前を挙げてきた『源氏物語』以前の物語は、「前期物語」と総称されている。『源氏物語』を分水嶺として、「源氏以前」と「源氏以後」を区分して考える文学認識である。

＊『源氏物語』の登場

そして、「作り物語」の最高傑作である『源氏物語』が、十一世紀の初頭に成立する。本居宣長《もとおりのりなが》は『玉《たま》の小櫛《おぐし》』の中で、数ある物語の中でも、「此《こ》の物語は、殊《こと》に優れて、めでたき物にして、大《おほ》方《かた》、前《さき》にも後《のち》にも、類《たぐ》ひ無《な》し」と絶賛する。そして、何度読んでも新鮮であり、「（読む）度毎《たびごと》に、初めて読みたらむ心地《ここち》して、珍しく、をかしくのみ思《おぼ》ゆるにも、いみじく優れたる程《ほど》」が知られる、と述懐している。『源氏物語』は、それ以前の物語群の長所を吸収して生まれ、それ以後の物語群に影響を与え続けた。だが、その意義の素晴らしさにおいて空前絶後であり、唯一無二だと、宣長は言う。

それでは、『源氏物語』は、どこが他の物語と違っていたのか。それは、ほかの物語が読んで楽しむものだったのに対して、『源氏物語』は人生の意味や、自分という人間が世の中で生きる意味について深く思索させるものだった点にある。人々は『源氏物語』の真実を知りたくて、本文を校訂し、鎌倉時代以降にたくさんの注釈書を著し、この物語のメッセージを読み取ろうとしてきた。『源氏物語』は、ただ単に筋を追って、珍しく面白い話として気晴らしにするためのものではなく、表現や語句の意味内容、登場人物の造型、当時の社会や人々の生活、物語の背後に埋設されている歴史や宗教や学問思想などを明らかにすることを、後世の人々に要請する作品である。言わば、広範囲の統合された文化そのものであった。

　このことによって、『源氏物語』は、普通の意味での文学作品ではなく、古典中の古典となって、文学の領域を超えて、美術・工芸にも浸透し、日本人の美意識を深めてゆく。やがて、『伊勢物語』も『源氏物語』と同じように文化となった。これらに関しては、数々の注釈書が書かれた。注釈書の蓄積があって初めて、古典として認定されるのである。「古典」とは、文学による文化形成なのであり、日本文化は、古典によって基盤が確定してきたと言ってよいだろう。注釈研究が持続的に行われてきた『源氏物語』『伊勢物語』『古今和歌集』は、日本文化の根幹となった。

＊後期物語

『源氏物語』が書かれつつあった寛弘五年（一〇〇八）、菅原孝標女《すがわらのたかすえのむすめ》が生まれた。彼女は『更級《さらしな》日記』の作者として知られるが、『夜《よる》の寝覚《ねざめ》』（夜半《よわ》の寝覚）や『浜松中納言物語』の作者だとする説が根強い。どちらも「夢」が重要な役割を果たす長編物語であり、前者は深い心理描写、後者は日本と中国にまたがる空間の広がりが特色である。『浜松中納言物語』は、人間が死んで、別の人間に生まれ変わるという輪廻転生《りんねてんしょう》をモチーフとしている。『源氏物語』にも、夢の予言や、物の怪の跳梁《ちょうりょう》などの非現実的な要素はあるものの、オーソドックスという言葉がふさわしいほどのリアリティが横溢《おういつ》していた。

その『源氏物語』以後の物語を総称して「後期物語」と呼ぶが、後期物語の特徴は心理への傾斜と、夢への傾斜ではないかと考えられる。ヨーロッパでは十八世紀から十九世紀にかけて「ゴシック小説」というジャンルが盛んになったが、後期物語はさしずめ「ゴシック物語」の観がある。男女が入れ替わる『とりかへばや物語』は、平安時代末期の同名の物語の改作であるが、退廃と爛熟の一歩手前まで来ていて、そこが王朝物語文学の一つの到着点であった。

作者名が不明の物語が多い中で、『狭衣《さごろも》物語』は作者名がほぼ確定しており、六条斎院禖子《ばいし》内親王宣旨《せんじ》という女房である。成立は、十一世紀後半とされる。この物語の主人公は、天皇の位に昇るが、幸福な人生を生きたという満足感はなく、初恋の女性とは結ばれることなく、彼と関わった女性たちは悲劇と不運に見舞われた。

『狭衣物語』は、鎌倉時代には『源氏物語』と並び称されるほどの高い評価を受けた。そのことを示す具体例を挙げよう。藤原俊成の孫の女性歌人・俊成卿女《しゅんぜいきょうじょ》（トシナリキョウノムスメ、とも）に、「消え返り露ぞ乱るる下荻《したをぎ》の末越《すゑこ》す風は問《と》ふにつけても」という歌がある。『水無瀬《みなせ》恋十五首歌《うた》合《あわせ》』で、祖父の俊成はこの歌を称賛した。「『末越す風は問ふにつけても』と言へる、また、宜《よろ》しくは侍《はべ》るべし。これは、『狭衣』と申す物語の歌の心なるべし。（中略）愚老が面目にも侍《はべ》るべし」とまで言っている。俊成は、俊成卿女の歌が、『狭衣物語』の「折《を》れ返り起《お》き臥《ふ》し侘《わ》ぶる下荻の末越す風を人の問へかし」という和歌の本歌取りであることを指摘し、主人公の報われぬ恋の苦しみを巧みに中世和歌に移しかえることに成功している、と誉めたのである。

藤原俊成は、「源氏見ざる歌詠《うたよ》みは、遺恨のことなり」（『六百番歌合』の判詞）と断言した人物である。彼にとっては、「狭衣見ざる歌詠みは、遺恨のことなり」でもあったのだろう。だが、一時的には『源氏物語』と雁行していた『狭衣物語』も、次第に『源氏物語』との評価の差が開いてゆく。なぜなら、『狭衣物語』の本格的な注釈書が、中世に書かれることはなかったからである。『狭衣物語』は文学作品に留まり、文化を形成する原動力は持ち得なかった。

なお、物語文学のジャンルでの、新しい動向として、『堤中納言《つつみちゅうなごん》物語』の登場に注目したい。これは短編集で、その中には、『狭衣物語』の作者が女房として仕えていた六条斎院禖子《ばいし》内親王の近辺で作られた『逢坂越《おうさかこ》えぬ権中納言《ごんちゅうなごん》』が含まれている。また、『六条斎院歌合』という歌合の記録が残っているが、『狭衣物語』の作者でもある宣旨の『玉藻に遊ぶ権大納言』のほか、作品名と作者名が明記されている。カッコの中が作者名である。『霞隔《かすみへだ》つる中務宮《なかつかさのみや》』（女別当《にょべっとう》）・『菖蒲片引《あやめかたひ》く権少将』（大和）・『よそふる恋の一巻』（宮少将）・『浪何方《いづかた》にと嘆く大将《だいしょう》』（中務）・『あやめも知らぬ大将』（左門）・『打つ墨縄《すみなわ》の大将』（少将君）、……。

どのような物語なのか、興味を惹く、魅力的なタイトルが並んでいる。ただし、ほとんどの物語が散逸《さんいつ》して現代まで伝わらないのは、惜しまれる。なお、物語の和歌を収録した私撰集として『風《ふう》葉《よう》和歌集』がある。そこに記された、物語名、和歌、詞書、登場人物によって、散逸物語の面影を偲《しの》ぶことができる。

3. 擬古物語と御伽草子

＊踏襲するか、乗り越えるか

既に、『源氏物語』という傑作は書かれた。物語という文学ジャンルは、その頂点に達した。その後、才能ある物語作者たちには、どのような道が可能だったのか。一つは、ひたすら『源氏物語』の余韻や余香、そして余光にひたる方向性である。よしんば『源氏物語』を越えられなかったとしても、『源氏物語』五十四帖の一つの巻に匹敵する物語が創作できれば、読者には大いなる喜びを与えることができる。それらの物語は、かつて「擬古《ぎこ》物語」と呼ばれ、近年では「中世王朝物語」と呼ばれている。

『石清水《いわしみず》物語』『海人《あま》の刈藻《かるも》』『恋路《こいじ》ゆかしき大将《だいしょう》』『木幡《こわた》の時雨《しぐれ》』『風につれなき』『しのびね』『我《わ》が身《み》にたどる姫君』『苔《こけ》の衣《ころも》』『雫《しずく》に濁《にご》る』『松陰《まつかげ》中納言』『八重葎《やえむぐら》』……。そして、藤原定家の作と推定される『松浦宮《まつらのみや》物語』も、この中に含まれる。もしも『源氏物語』が存在しなかったのであれば、これらの物語は、それぞれが、人間の心の真実を確かに描き出していると評価できるだろう。けれども、『源氏物語』の言葉を借り、『源氏物語』のキャラクター設定を援用し、『源氏物語』の場面構成を利用し、『源氏物語』の主題を踏襲しているならば、二番煎じ、縮小再生産の批判はやむをえないだろう。

けれども、人々は『源氏物語』のミニチュアを求めていた。なぜならば、日本語の変化のスピードは速く、中世には『源氏物語』を原文で通読できる人々が激減したからである。だから、『源氏物語』の言葉を踏襲しつつも、平易な文語文で書かれた「疑似・源氏物語」を読者に提供すること、しかも、ほんの少しでも作者の個性と時代性を点在させること、それに賭けた物語作者の心意気には、意義と意味があったと言えるだろう。

『源氏物語』以後のもう一つの物語作者の戦略は、『源氏物語』を読もうともしない読者層を対象として、『源氏物語』を読んだのと同じような感動を与えることである。それが、「御伽草子《おとぎぞうし》」（お伽草子）と総称される物語群だった。擬古物語の穏やかさを打破するエネルギーが感じられると同時に、『源氏物語』の価値を、新しい時代に合わせて、新生させようとする意図も感じられる。すなわち、『源氏物語』の価値を認めつつも、新たな物語文学の領域を切り拓くことによって、乗り越えようとしている。

狭義の「御伽草子」は、江戸時代に渋川清右衛門《しぶかわせいえもん》が刊行した二十三編の物語であり、『浦島太郎』『一寸法師』『鉢かづき』『猿源氏草紙《さるげんじそうし》』『酒呑童子《しゅてんどうじ》』などである。けれども、広義の「御伽草子」は膨大な数に上る。それらを集成した『室町時代物語大成』は、全十五巻もある。これらの中には民間伝承や民間信仰を基盤としたものも交じっているが、和歌を含む表現も多く見られるので、作者は貴族や僧侶などの知識人だったと推測される。

＊古典と近代の鬩《せめ》ぎ合い

狭義であれ、広義であれ、御伽草子の特色は、物語精神が『源氏物語』という「発想の鋳型《いがた》」から解放されたいと願っている沸騰力ではないか。この沸騰あるいは奔騰が、近世の仮名草子《かなぞうし》や浮世《うきよ》草子《ぞうし》、さらには黄表紙《きびょうし》などの新しい物語精神を生み出してゆく。徐々にではあるが、『源氏物語』の模倣という印象が薄れてゆく傾向が生まれてきたのである。

けれども、室町時代でも、江戸時代でも、古典である『源氏物語』そのものを読み、『源氏物語』

に学び、『源氏物語』に憧れ、『源氏物語』と戦っていた少数の文学者・文化人たちがいた。新しく創作される同時代の物語群と、数百年前の古典である『源氏物語』『伊勢物語』とが、二重焦点となっていたのが、日本文学の実情である。この時代の文学状況は、近現代とも相似形を形作っている。そのことに目を向けることが、重要ではないだろうか。

4．近世から現代へ

＊古典学者たちの擬古物語創作

作者未詳の擬古物語（中世王朝物語）に、『白露《しらつゆ》』という作品がある。継子の白露姫の数奇な一生と恋愛がテーマである。早稲田大学図書館に所蔵されている写本が、唯一の伝本である。写本の巻末に、「寛永十六年三月」（一六三九）に「生年十六歳」の「北村久助」が「嫁女」のためにこれを書いて贈った、と記されている。北村久助は、古典学者で、『源氏物語』の『湖月抄《こげつしょう》』などの古典注釈書を著した北村季吟《きぎん》（一六二四〜一七〇五）の幼名である。季吟は、寛永十六年に、確かに数えの十六歳だった。

季吟は、ただ単に『白露』を書き写しただけだったのか。それとも、『白露』は季吟の十六歳の時点での創作だったのか。可能性は五分五分かもしれない。ここに、寛文元年（一六六一）七月から十二月までの『北村季吟日記』を収録した『北村季吟著作集』第二集がある。そこに併載されている季吟宛の手紙には、『白露』を踏まえたと考えられる文面が見られる。この手紙を読むと、差出人は季吟の妻で、二人の間で、『白露』の登場人物に自分たちをなぞらえたやり取りをしていたことが、見て取れる。伝本の少なさから見て、世間に流布したとも思われない『白露』を、共通の話題として共有していることが、季吟の『白露』創作を裏づけているのではないか。

『白露』には、『源氏物語』だけでなく『徒然草』からの引用も見られる。後年、『源氏物語』や『徒然草』の優れた注釈書を著した季吟であれば、たとえ十六歳の若さであっても、これらの古典を踏まえた新作物語を創作する可能性も大いにあるのではないか。

ちなみに、季吟の著した『湖月抄』を批判した本居宣長にも、『手枕《たまくら》』という創作物語がある。『源氏物語』には書かれていない光源氏と六条御息所《ろくじょうのみやすどころ》との馴れ初めを描いたものであり、挿入和歌までが詠まれている。『源氏物語』を愛するがゆえに、擬古物語を創作する文学者たちが、江戸時代まで続いていたのである。

なお、『松浦宮物語』の作者は藤原定家であることが、ほぼ確実視されている。擬古物語とか中世王朝物語などと呼ばれる物語は、例えばであるが、藤原定家・北村季吟・本居宣長たちと同様の深い知識を持った教養人や文化人が、鎌倉時代や室町時代から創作し続け、それが江戸時代まで「物語」の命脈を保ってきたと、考えてもよいと思う。以上、古典を深く知る者が、新しい作品創造の連鎖を支えているという、文学の系脈の一端に触れてみた。

＊近代の自然主義文学に抗して

明治時代に入っても、言文一致が文壇を席巻するまでは、『源氏物語』を思わせるような文語文の和文や、あるいは、漢語を交えた雅文体《がぶんたい》で小説を書くことは行われていた。例えば樋口一葉の作品は、『源氏物語』『枕草子』『徒然草』などの語彙を自在に用いており、文体としては、小説と言うよりは物語に近い印象を与える。

一方で、本格的な文芸評論書である『小説神髄』を著した坪内逍遙《しょうよう》は、『南総里見八犬伝』を著した曲亭（滝沢）馬琴の「勧善懲悪」という主題を否定したことで知られる。物語（ロマン）でなく小説（ノベル）をというモットーは、自然主義・写実主義的な作風の近代小説を文壇の主流として据えるに至った。私小説の世界も、物語性から遠ざかることによって、新しい創作散文として、近代文学における新領域を開拓した側面があろう。しかし、リアリティ重視の文学精神は、物語精神とは融和しにくい。

現代では、「純文学と大衆文学（通俗文学）」という二項対立で文学を二分して考えることが行われている。かつて言われたような「中間小説」という項目も加えれば、三区分となる。けれども、これまで本書で述べてきたように、文学作品をある特定の一つのジャンルに分類することは、困難な場合が多い。また、文学におけるリアリティとは、何を指すのか。

筋立ての伝奇性や荒唐無稽性は、物語の特徴とも言えようが、物語の最高傑作として長く読まれ続けてきた『源氏物語』には、このような要素は希薄であり、むしろ人間心理のリアリティは現代人にも納得される。その一方で、『源氏物語』の登場人物たちの超越的な美質は、現代文学の人物造型には反映されない。平凡さや、人間的な欠点を持つ人物に、現代人はリアリティを求める傾向があるのではないか。そのような中で、物語の水脈は、現代にまで続いているのだろうか。あるいは、もはや物語は、衰退するジャンルなのか。この点については、「文体」という観点から、最終章で再び取り上げることにして、今は現代的な観点から、古典の口語訳について、最後に考えてみよう。

＊物語の復権は、口語訳で可能なのか

既に、言文一致は成し遂げられた。書き言葉と話し言葉は、同じものとなった。現代の日本で

は、『源氏物語』や『伊勢物語』の原文のような言葉を話す人は誰もいない。だから、現代語訳と言えば口語訳を意味しており、王朝語は近代語に置き換えられてしまった。文語文で詠まれた作中和歌だけが、何とも落ち着かない状態で、口語訳の中に取り残されている。

現代における物語の復権は、物語的なストーリーや人物設定を有する「大衆小説」「中間小説」の復活だけではなく、物語的な文体と語彙の復活によっても可能となる。言葉にこそ、作中人物と作者のメッセージが凝縮しているからである。古典として永く日本文化を領導してきた『源氏物語』や『伊勢物語』をどのようにして現代化させ、未来に伝えるか。物語を愛する現代人の構想力と言語力が、今こそ、問われている。その点でも、文語体や王朝語で、現代人の心を深く描くことのできる「俳句」や「短歌」というジャンルが、重要になってくると思われる。

引用本文と、主な参考文献

・主要な王朝物語は、『新編日本古典文学全集』（小学館）、『新日本古典文学大系』（岩波書店）、『新潮日本古典集成』（新潮社）などで、校訂本文と注釈を読める。『新編日本古典文学全集』には訳文も付いている。
・『本居宣長全集・第四巻』（筑摩書房、一九六九年）。『玉の小櫛』を含む。
・擬古物語（中世王朝物語）は、『中世王朝物語全集』（笠間書院）で、訳文・注釈付きの本文を読める。
・広義の御伽草子は、本文で記した『室町時代物語大成』（角川書店）で読める。
・中島正二・田村俊介『中世王朝物語『白露』詳注』（笠間書院、二〇〇六年）
・『北村季吟著作集　第二集』（北村季吟大人遺著刊行会、一九六二年）

発展学習の手引き

・物語は、一人一人の読者が没入的に耽読《たんどく》することから始まる。これだけ感動できる物語を読んだことで、自分が何を得たか、それをどのように世の中に向けて発信できるか。そこから、物語は「文化」への道を歩み出す。まずは、自分が共感できる物語との出会いを実現してほしい。宣長のように、何度も何度も新鮮な気持ちで読み返しているうちに、自分の心も、自分と世の中との、あるべき関係性も、見えてくるだろう。

8 随筆

《目標・ポイント》 日本文学史を、随筆という観点から通観することを目的とするが、実は、「随筆」というジャンルが包括するものは、必ずしも明確ではない。「三大随筆」と呼ばれる『枕草子』『方丈記』『徒然草』の三つの作品を概観することによって、随筆が持つ文学性の特徴と、その後の展開を把握する。
《キーワード》『枕草子』、『方丈記』、『徒然草』、『花月草紙』、『玉勝間』

1.「随筆」という文学ジャンル

＊文学ジャンルの融合

文学ジャンルが先にあって、文学作品が書かれるのではない。先に作品が書かれ、それらが蓄積されて作品群となった時点で、分類や整理のためにジャンル名が後から付けられるのである。だから、本書でもしばしば述べてきたように、一つの作品を、二つのジャンルのどちらに分類すべきなのか、迷うこともある。

紀貫之の『土佐日記』は、「日記」なのか「紀行」なのか。「日記」と「紀行」のどちらにも分類できる作品が多ければ、二つのジャンルに分けずに、新たな一つのジャンル名称を考えればよいはずだが、『紫式部日記』のように紀行の要素はなく、思索的な要素が強い作品は、日記なのか、それともそこから新たな文学の胎動が生まれているのか。『源氏物語』は物語であることは紛れもないにしても、物語の枠組みを超えて「文化」そのものの様相を呈してきたことは、前章でも述べた。だから、『源氏物語』を物語というジャンルに押し込んでよいかという問題もある。

さらにこれは、まだこれからの章を、先取りして少し述べるならば、『平家物語』や『太平記』では、何度も話題が逸《そ》れることがある。俊寛たちが鬼界ケ島《きかいがしま》に流されたことを語る『平家物語』は、平康頼《やすより》が卒塔婆に歌を書いて海に流したところ、厳島神社に流れ着いたと記した直後に、「そうそう、そう言えば、中国にもこれと同じようなことがあった」と、自然な流れで、匈奴《きょうど》に捕らわれた蘇武《そぶ》が、雁の足に手紙を付けて放ったところ、中国の皇帝の目に止まった、という「雁信《がんしん》」の故事を語り始める。『平家物語』は「軍記」である。その軍記の中に、「説話」が挿入されているのである。ちなみに、平康頼は赦免されて帰京した後で、説話集である『宝物集《ほうぶつしゅう》』を著している。

本書では、従来の文学ジャンルに拠《よ》りながら、ほぼ、それらのジャンルの登場順に、各章を配列している。けれども、章が進むにつれて姿を立ち顕してくる日本文学の相貌からは、文学ジャンル自体の再検討という、新たな視点が自ずと浮かび上がってきつつあるように思う。

「随筆」は、現代人にとって、親しみやすい文学ジャンルであるが、随筆が含み込む文学性について、本章では改めて考えてみたい。

＊随筆というジャンルの曖昧さ

一条兼良《かねら》（カネヨシとも、一四〇二〜八一）は、応仁の乱の時代を生き、『源氏物語』の優れた注釈書である『花鳥余情《かちょうよせい》』などを著した知識人である。彼の編纂した『東斎随筆《とうさいずいひつ》』が、「随筆」という言葉を書名に用いた、我が国で最初の著作だとされる。ただし、『東斎随筆』は、文学事典などでは「説話」とされている。実際、この作品は、それ以前の説話集の再編集的な要素が大きく、話の内容に拠って、音楽・草木・鳥獣・人事・詩歌など、十一項目に分類して配列されている。

前章で「物語」の意味や概念を『日本国語大辞典』によって提示したが、ここでも「随筆」の項を開いて、その主旨を示せば、「特定の形式を持たず、見聞、経験、感想などを筆にまかせて書きしるした文章。日本の古典では、『枕草子』『徒然草』が有名。西洋では小論文、時評なども含めてエッセーと呼ばれるが、日本のものはより断片的である」とある。

「特定の形式を持たずに書かれた文章」という点が、随筆の説明として、先ず挙げられている。ただし、実際にこのような作品は、韻文ではない「散文」の分野であることはわかっても、あまりにも茫漠《ぼうばく》としてその内容を把握するのが難しい。そもそも文学として成り立ちうるのかという疑問が生じないだろうか。今まで本書で取り上げてきた、日記や紀行や物語などではない作品。そして、次章以後で取り上げる説話や軍記でもない作品。それが「随筆」であると言うのでは、ジャンルの確定が覚束《おぼつか》ない。

最も近い概念としては、和歌の部立《ぶだて》における「雑歌《ぞうか》」であろうか。『古今和歌集』から始まる勅撰和歌集は、内容によって各巻が分類されている。これが、「部立」である。四季の歌、恋の歌、死を悼む哀傷歌、旅を詠む羇旅《きりょ》歌などがあるが、その他が「雑歌」である。「その他」だからこそ、面白い歌が、たくさん含まれている。それに倣って、どの散文ジャンルにも属さない、散文における「雑」の部が「随筆」であるという出発点から始めて、随筆概念を、本章において、一歩でもより明確に把握できればと思う。

2. 「三大随筆」を捉え直す

＊「三大随筆」の相違点

世に「三大随筆」と呼ばれているのが、『枕草子』『方丈記』『徒然草』である。このうち、『枕草子』と『徒然草』は、ほかのどの作品にも似ていない散文集という点で、よく似ている。この二つの作品は、伸びやかで、自由で、開放的である。内容も多岐にわたっていて、さまざまなことが、一見、とりとめもなく書かれている。これに対して『方丈記』には、まるで論文のような明確なテーマと凝縮力があるので、評論に近い。ただし、草庵での閑居の日々を描く際には、伸びやかな筆致である。

＊『枕草子』と『春曙抄』

西暦一〇〇〇年前後に成立した清少納言の『枕草子』は、一〇〇八年前後に書かれた紫式部の『源氏物語』と並んで、王朝文学の双璧と称えられる。ただし、それは近代の評価であって、江戸時代以前は『枕草子』の評価は、それほど高くなかった。『源氏物語』が日本文化の根幹を形成するほどの影響力を持ち、数々の注釈書が著されたのに対して、『枕草子』の影響力は微々たるものに留まり、人々が『枕草子』を本文と注釈が一体となった本で、わかりやすく読めるようになったのは、江戸時代に北村季吟の『枕草子春曙抄《しゅんしょしょう》』が出現してからである。

江戸時代に出版文化が盛んになり、本を読むことも、文章を書くことも、次第に一般化して、徐々に『枕草子』の評価が上向き始める。さらに近代に入って、和歌から散文へと、文学の主流が移ったことと相俟《あいま》って、『枕草子』の散文としての輝きが一層人々に理解され、現代に至っている。

『枕草子』というタイトルの由来は、わからない。文学事典などで調べてみると、諸説があって、決着は付いていない。その中で、「枕とすることのできるように作られた草子」という説がある。江戸時代中期の有職故実家・伊勢貞丈《さだたけ》の『安斎《あんさい》随筆』に書かれている説である。数ある諸説の中から、今ここで、あえてこの説を紹介したのは、与謝野晶子の短歌が、この説を踏まえていると考えられるからである。

春曙《しゅんじょせう》抄に伊勢をかさねてかさ足らぬ枕はやがてくづれけるかな（『恋衣《こいごろも》』）

北村季吟の『春曙抄』は、『枕草子』に関する、本格的かつ簡潔明瞭な最初の注釈書であり、戦前まではこの『春曙抄』で『枕草子』は読まれてきた。『源氏物語』が、やはり季吟の『湖月抄』で読まれてきたように。晶子の歌の「かさ足らぬ枕」は、『枕草子』という書名の中に「枕」という言葉があるからだけではなく、『安斎随筆』の説も念頭にあったのではないかと推測したい。

＊『枕草子』と『徒然草』

『枕草子』から三百年以上も後に書かれた『徒然草』には、直接に『枕草子』の書名を明記する段がいくつかある。それまで、『枕草子』の影響を受けた作品がほとんど無かっただけに、『徒然草』が『枕草子』を意識しているのは、よほど深い影響を受けていた事実を窺わせる。ここでは、直接の影響ではなく、『徒然草』の著者である兼好が、無意識のうちに清少納言の執筆スタイルを身につけていたことを示す例を挙げよう。なお、『枕草子』はテキストによって段数が違っているので、冒頭の書き出しによってその箇所を示せば、「細殿に、人と、数多《あまた》居て」の段である。

細殿《ほそどの》に、人《ひと》と、数多《あまた》居《ゐ》て、歩《あり》く者《もの》ども、見安《みやす》からず、呼《よ》び寄《よ》せて、物《もの》など言《い》ふに、清気《きよげ》なる男《をのこ》・小舎人童《こどねりわらは》などの、良《よ》き裹袋《つつみぶくろ》に、衣《きぬ》ども包《つつ》みて、指貫《さしぬき》の腰《こし》など、打《う》ち見《み》えたる。袋《ふくろ》に入《い》りたる弓《ゆみ》・矢《や》・楯《たて》・鉾《ほこ》・太刀《たち》など、持《も》て歩《あり》くを、（清少納言）「誰《た》がぞ」と問《と》ふに、突《つ》い居《ゐ》て、（男）「某殿《なにがしどの》の」と言《い》ひて、行くは、いと、良《よ》し。気色《けしき》ばみ、羞《やさ》しがりて、（男）「知《し》らず」とも言《い》ひ、聞《き》きも入《い》れで、往《い》ぬる者《もの》は、いみじうぞ、憎《にく》きかし。

（『枕草子』）

「女《をんな》の物言ひかけたる返事《かへりごと》、とりあへず、良き程《ほど》にする男《をとこ》は有《あ》り難《がた》き物ぞ」とて、亀山《かめやま》の院《ゐん》の御時《おほんとき》、痴《し》れたる女房《にようばう》ども、若き男《をとこ》たちの参《まゐ》らるる毎《ごと》に、「時鳥《ほととぎす》や聞き給《たま》へる」と問ひて試《こころ》みられけるに、某《なにがし》の大納言《だいなごん》とかやは、「数《かず》ならぬ身は、え聞き候《さうら》はず」と答へられけり。堀川《ほりかは》の内大臣殿《ないだいじんどの》は、「岩倉《いはくら》にて、聞きて候《さうら》ひしやらむ」と仰《おほ》せられたりけるを、「これは、難《なん》なし。数ならぬ身、むつかし」など、定め合はれけり。

（『徒然草』第百七段の前半部）

宮廷の女官たちが、男たちの「品定《しなさだ》め」をしている場面である。女たちの問いかけに対して、男たちがどのような返事をするかで、その男の才覚が見届けられる。清少納言も、兼好も、自分の思いの赴くがままに筆を運ばせている。その筆が、どのような結論に辿り着くのか、書き始める瞬間には、本人にすら予想できない。にもかかわらず、同じようなテーマが、三百年以上の歳月を隔てて、『枕草子』と『徒然草』で繰り返されているのが、まことに興味深い。

＊森鷗外の和歌への水脈

さらに時は流れて、明治四十年（一九〇七）四月二十一日、森鷗外は、「常磐会《ときわかい》」という和歌の会で、「春窓」という歌題が与えられた時に、次のように歌った。

暮るるまで品定《しなさだ》めしつ窓すぐる花見がへりの人のさまざま

鷗外は、おそらく椅子に座って机越しに窓を眺め、花見客の人々が行き交うのを、飽きることなく観察しているのだろう。そして、老若男女の風貌や装い、さらには人々の交わす言葉に、耳をそば立てている。彼らが、「花＝桜」を見た感想をどのように語っているか、その言葉からも、その人々の月旦《げったん》を試みたのだろう。鷗外の和歌は、『枕草子』や『徒然草』の随筆の系譜と繋がっている。鷗外は、散文以外のスタイルでも「随筆」を書くことができた。この点に注目すると、次のような考えが浮かぶ。

溢《あふ》れんばかりの批評精神、旺盛な人間への興味、そして飽くなき言葉への関心。ただし、何か特定のテーマのみに絞るのではなく、言葉を自由に列ねてゆく。それが、「随筆」と呼ぶしかない破格の文学ジャンルを切り拓いたのではないだろうか。

ただし、今出てきた「品定め」という言葉が文学史上で最も有名なのは、『源氏物語』の帚木巻《ははきぎ》に出てくる「雨夜《あまよ》の品定め」であろう。「品定め」、つまり、物事の価値を弁別して、順位を付けることは、批評精神の発露であるが、それが『源氏物語』に出てくるのは、物語文学である『源氏物語』の批評性の発露に他ならない。ここでもジャンル確定の困難さが、露呈する。物語文学の筆頭と言える『源氏物語』は、批評文学なのでもある。

＊『方丈記』の特異性とその影響力

鴨長明が、一二一二年に著した『方丈記』は、『枕草子』と『徒然草』の間に位置する。『方丈記』は、人間にとっての住みかの意味を問い続けた、思索の書である。筆の赴くまま、自由に書き進めたのではなく、「有限な命を宿命づけられた人間にとって、家を営むことに、どんな意味があるのか」という問いを心に抱いた長明の、それに対する自分なりの「回答」ないし「解答」が『方丈記』である。終始一貫、緊密な構成意識で書き上げられた『方丈記』が、「随筆」、それも三大随筆の一つとして位置づけられているのは、不思議と言えば不思議である。

『方丈記』は、対句《ついく》仕立ての漢文調から来るのであろうか、どこを取っても、その格調の高さと、作者の危機意識の強さが、直《じか》に伝わってくる。「知らず、生まれ死ぬる人、何方《いづかた》より来《きた》りて、何方《いづかた》へか去る」という、短い文章がある。『方丈記』の書き出しに近い部分にある言葉である。倒置法も、緊迫感を高めている。

中野孝次『すらすら読める方丈記』は、この箇所に、「人間存在の根源への問い」という見出しを付け、鑑賞文で、「これこそあらゆる哲学・宗教が最後に突きあたる大疑問だろう」と述べる。仏典にも、「生じて何より来《きた》り、滅しては何所に至るや」（『正法念処経《しょうほうねんじょきょう》』）などとあるが、中野孝次は、良寛の「我が生、何処《いづこ》より来《きた》り、去つて、何処にか之《ゆ》く。（中略）尋思《じんし》するも始《はじめ》を知らず。焉《いづく》んぞ能《よ》く其《そ》の終《をはり》を知らん」という漢詩を挙げている。

鴨長明も、「知らず、生まれ死ぬる人、何方《いづかた》より来《きた》りて、何方《いづかた》へか去る」という言葉で、人生に対する根源的な問いかけを発している。『方丈記』の独自の試みは、この問いに対する答えを、自分の人生体験と、思索によって見つけようとした点にある。自分自身が体験したさまざまな災害を通して、また、自分自身の住居歴、すなわち、どのような住まいに暮らしてきたかを書き記すことによって、答えを出そうとした。

けれども『方丈記』の最後で長明は、方丈の庵での理想的とも言える閑居生活自体を、「これでよいのか」と、さらに問い直している。その切実な問いかけは、後世の人々へ残された「遺題」として、大きく機能した。住まいを通して人生を問う文学の系譜を生み出したからである。その点に関しては、拙著『方丈記と住まいの文学』を参照していただきたい。

自由な思索を、自在に繰り広げる『徒然草』にも、『方丈記』のように、人間いかに生きるべきか、この無常の世にあって、有限な生を生きることの意味は何かを問い詰める段が散見される。と同時に『徒然草』には、今を生きる喜びや、人間の滑稽さや人間心理の多様性を描く段も多い。「随筆」の可能性は、果てしなく深くて、広い。そのことを、古典の三大随筆は教えてくれる。

＊中世随筆の広がり

連歌師の宗祇《そうぎ》の弟子である牡丹花肖柏《ぼたんかしょうはく》『夢庵記《むあんのき》』『三愛記《さんあいのき》』、同じく宗祇の弟子である宗長《そうちょう》の『宇津山記《うつのやまのき》』は、閑居記の系譜に繋がるもので、『方丈記』の流れを汲む随筆である。

ところで、僧が仏教の精神をわかりやすく説いた「法語《ほうご》」である『一言芳談《いちごんほうだん》』（著者未詳）は、『徒然草』の中にも引用されている。『徒然草』の第九十八段には、『一言芳談』から抜き出した文章を、いくつか記している。その中で、「一　後世《ごせ》を思はむ者は、糂汰瓶《じんだがめ》一つも、持つまじき事なり。持経《ぢきやう》・本尊《ほんぞん》に至るまで、良《よ》き物を持つ、由無《よしな》き事なり」とある箇所は、松尾芭蕉の「秋の色糠《ぬか》味噌壺《みそつぼ》もなかりけり」という句の典拠ともなっている。また、『徒然草』第四十九段に、「心戒《しんかい》と言ひける聖《ひじり》は、余りにこの世の仮初《かりそめ》なる事を思ひて、静かに突《つ》い居《ゐ》ける事だになく、常は蹲《うづくま》りてのみぞ有《あ》りける」と書かれている心戒という僧は、『一言芳談』に登場する。

　このような『一言芳談』と『徒然草』の親和性に注目すると、仏教の書物も文学の領域に息づいていることに、改めて気づかされる。ちなみに、道元の教えを弟子の懐奘《えじょう》が記した『正法眼蔵随聞記《しょうぼうげんぞうずいもんき》』、親鸞の教えを弟子の唯円《ゆいえん》が記した『歎異抄《たんにしょう》』、夢窓疎石《むそうそせき》の『夢中問答《むちゅうもんどう》』などの解説も、『研究資料日本古典文学　第八巻　随筆文学』（明治書院、一九八三年）に収められている。

3．江戸時代の随筆

＊『日本随筆大成』に収められた江戸随筆

『日本随筆大成』（吉川弘文館）というシリーズが刊行されていて、第一期・第二期・第三期・別巻を合わせると、全部で百五巻にも及ぶ。そのほとんどが江戸時代の随筆である。図書館など読んでみると、江戸時代の随筆の多様性に驚かされる。

　江戸時代には、河合乙州《おとくに》の『それぞれ草』、建部《たけべ》綾足《あやたり》の『折々草《おりおりぐさ》』、佐野紹益《じょうえき》の『にぎは《わ》ひ《い》草《ぐさ》』、神沢《かんざわ》杜口《とこう》の『翁草《おきなぐさ》』など、書名に「草」という語が付いている本がいろいろある。明らかに『徒然草』を意識したものだろう。『徒然草』が「随筆」の代名詞となったのである。なお、森鷗外は、『翁草』の中の記述から題材を得て、名作『高瀬舟』を書いた。

＊『花月草紙』

　松平定信《さだのぶ》（一七五八～一八二九）は、田安宗武《たやすむねたけ》の子で、徳川吉宗の孫に当たる。白河藩主として、老中になり、寛政の改革を行った。隠退後に著したのが、『花月草紙《かげつそうし》』である。定信は、『源氏物語』や和歌にも造詣が深く、絵画も愛した文化人だった。『花月草紙』は擬古文で書かれた随筆として、文学史でも高く評価されている。その一節を引用してみよう。

雪の降りたるに、小簾《をす》垂《た》るるも、口惜《くちを》しければ、「彼《か》の高嶺《たかね》の雪は」と言ひたれば、何《なに》と無《な》う打《う》ち笑《ゑ》みて、また立ちもやらず、さすがに捨ても置《お》かで、童《わらべ》なんどに、「彼《あれ》、掲《かか》げ給《たま》へよ」など、仄《ほの》かに言ひしこそ良《よ》けれ。いとも、女《をんな》は、斯《か》かるべしとぞ。

ここは、『枕草子』の名場面として知られる香炉峰《こうろほう》の雪のくだりを、踏まえている。『枕草子』では、中宮定子と清少納言が阿吽《あうん》の呼吸で、「御簾《みす》を掲げさせる人」と「御簾を掲げる人」とを役割分担したのだが、『花月草紙』では、定信、女、童という三人になっている。定信が「高嶺の雪」という言葉に込めた意図を察した女が自分自身で簾を掲げずに、傍にいた童に掲げさせた振る舞いを、「いとも、女は、斯かるべしとぞ」という称賛の言葉で定信が結んだのは、あるいは、その方が女性として、優美な振る舞いと見たのであろうか。いずれにしても、『花月草紙』によって、王朝の雅な文化の成熟が、江戸時代に再現されている。

＊『**玉勝間**』

本居宣長の『玉勝間《たまかつま》』は、一七九三年に起稿され、彼が亡くなった一八〇一年まで書き継がれた随筆である。「玉」は美しいという意味の接頭語で、「かつま」は籠《かご》のことである。宣長の著作の中では、『玉《たま》の小櫛《おぐし》』『玉《たま》くしげ』など、同様の命名法の作品がある。国学の大家が著したものだけあって、『玉勝間』の内容は、文学・言語学・歴史学・有職故実など、多岐にわたっている。「研究余滴」と言ってもよいような短い文章が、たくさん並んでいる。一例を挙げてみよう。

> 歌書の註を「抄」と名付《なづ》くる事
>
> 昔より、歌書《うたぶみ》の註を「抄」と言ひて、其《そ》の名《な》をも、多く「抄」と付《つ》くる。「抄」の字は、註釈には当たらざれども、唐土《もろこし》よりして、仏書《ほとけぶみ》には、其《そ》の書《ふみ》の様《さま》に拘《かか》はらで、「記」とも「集」とも「抄」とも付けたる、常の事なれば、歌書《うたぶみ》の註を「抄」と言ふも、元《もと》、仏書《ほとけぶみ》の名《な》どもに倣《なら》へるものなるべし。

確かに、歌学書には「抄」という名前のものが多い。藤原清輔《きよすけ》『奥義抄《おうぎしょう》』、藤原定家『毎月抄《まいげつしょう》』、頓阿《とんあ》『井蛙抄《せいあしょう》』などである。ちなみに、近代に入ると、『新体詩抄』『智恵子抄』など、注釈ではない詩集本体にも、「抄」という字が使われるようになる。『源氏物語』の注釈書にも、四辻善成《よつつじよしなり》の『河海抄《かかいしょう》』、三条西実隆《さんじょうにしさねたか》の『細流抄《さいりゅうしょう》』、北村季吟の『湖月抄』、『枕草子』の注釈書にも『春曙抄』など、「抄」の付くものが多い。宣長は、これらは仏教書が文化的に高い価値を持っていた時代に、和歌や物語など日本独自の文学に関する注釈研究を、仏教書に近づけようとして「抄」と付けたのだろう、と推測している。つまり、書物の権威づけのために、外来思想を用いたと、暗に批判しているのである。そして、自分はそういう命名はしないと、言外に自分の立場を表明している。こんな小さな考証的な文章にも、宣長の人柄が滲《にじ》み出ている。

今挙げた例のように、体系立った研究や思索ではなくても、ふと心に浮かんだ疑問なり、あるいは気づいたことなどを自由に記すところに、かえって人柄や人間性が漂う。そのような文章が、いかにも随筆らしい作品となるのであろう。

＊儒学者の随筆

近世随筆の裾野は広い。江戸時代は儒学が栄え、儒学者の随筆も、数多く書かれた。室鳩巣《むろきゅうそう》の『駿台雑話《すんだいざつわ》』、新井白石の『折《おり》たく柴《しば》の記《き》』、荻生徂徠《おぎゅうそらい》の『南留別志《なるべし》』、湯浅常山の『常山紀談《じょうざんきだん》』などがある。このほか、伴蒿蹊《ばんこうけい》『近世畸人伝《きじんでん》』、鈴木牧之《ぼくし》『北越雪譜《ほくえつせっぷ》』、寺門静軒《てらかどせいけん》『江戸繁昌記』など、江戸時代には多彩な随筆が書かれている。

＊随筆文学の達成域

心に浮かんだ考えや感想、ささやかであっても心に残る見聞などを、自分の心のままに書いたものが随筆であるなら、そのように型に嵌《はま》らず自由に散文を綴ることが、誰にも可能となったことの素晴らしさにこそ、目を向けるべきであろう。随筆ジャンルは、文学史の中で、神話や詩歌や物語などと比べて、その出現が遅かった。そして、江戸時代は随筆の全盛期だった。これらのことを考え合わせるならば、随筆文学というジャンルが確定するためには何が必要だったかが、理解されてくる。

随筆作品が時代を隔てて単独に出現するだけでは、不十分であろう。散文執筆の一般化があり、その一般化のための手本として、『徒然草』や『枕草子』の文学世界が、多くの人々に共感される時代の到来が必要であり、その時、初めて随筆文学というジャンルが明確になったのである。

近現代もまた、新たな随筆文学が、数多く生み出されている。「随筆家」と聞けば、寺田寅彦《とらひこ》や内田百閒《ひゃっけん》・幸田文《あや》などの名前が浮かぶが、現代では、随筆・随筆家という言葉よりも、エッセイ・エッセイストという言い方の方が一般的になってきているようにも思われる。

『徒然草』は、有識故実など、物事の由来や起源を考える、知的で思索的な面があり、それが、江戸時代の多くの随筆を生み出した。『枕草子』の自分の感性を自由に書き記す自由な精神は、清少納言から千年の歳月を隔てて、現代文学の中に森茉莉《まり》を出現させた。森茉莉は、その意味で、清少納言以来、千年に一度の文学者と言えるかもしれない。森茉莉の『父の帽子』『贅沢《ぜいたく》貧乏』『マリアの気紛《きまぐ》れ書き《がき》』などは、『枕草子』の自由にして潑溂《はつらつ》とした精神の輝きを彷彿《ほうふつ》とさせる伸びやかさがある。

文学に限らず、さまざまな優れた達成の広がりを「達成域」と命名するならば、随筆文学こそは、散文表現の達成域として、特筆することができるだろう。もちろん、散文による文学領域として最も存在感と影響力があるのは、今も昔も、物語や小説の分野かもしれない。けれども、その一方で物語・小説のような創作的な文学世界を相対化する散文世界として、作者の人柄や人間性を直接に読み取れる随筆文学の大きな広がりがあるということを、本章では明らかにできたのではないかと思う。

引用本文と、主な参考文献

・『枕草子』『方丈記』は、『日本古典文学大系』『新日本古典文学大系』『日本古典文学全集』『新編日本古典文学全集』『新潮日本古典集成』で、訳注付きで読める。
・島内裕子校訂・訳『徒然草』（ちくま学芸文庫、二〇一〇年）、島内裕子校訂・訳『枕草子』（上下、ちくま学芸文庫、二〇一七年。なおこの本では、昭和初期まで読まれていた『春曙抄』の本文によって、訳と評を付した）。また、『方丈記』については、島内裕子『方丈記と住まいの文学』（左右社、二〇一六年）を参照していただきたい。
・西尾実・松平定光校訂『花月草紙』（岩波文庫、一九三九年）
・村岡典嗣『玉勝間』（上下、岩波文庫、一九三四年）

発展学習の手引き

・随筆は、自分の興味と関心に従って、自由に楽しんで読むことのできるジャンルである。さまざまな時代の、さまざまな随筆を読んで、そのことを実感していただきたい。

9　歴史文学

《目標・ポイント》「六国史」などの歴史書の記述スタイルを概観したうえで、平安時代に登場した歴史物語の独自性を考察し、中世の『愚管抄』や『神皇正統記』や、近世の歴史論にも触れる。歴史書・歴史物語・歴史論を総合的に視野に入れた、歴史文学の観点からの把握を目指す。

《キーワード》六国史、『栄花物語』、『大鏡』、『今鏡』、『水鏡』、『増鏡』、『愚管抄』、『神皇正統記』、『読史余論』、『日本外史』

1．歴史と歴史認識

＊「歴史其儘」と「歴史離れ」

『徒然草』の第七十三段で兼好は、「世に語り伝ふる事、真《まこと》は、あいなきにや、多くは皆、虚言《そらごと》なり」と書いた。「真は、あいなきにや」という挿入句が絶妙である。兼好は、「世間の人々は、本当のことは、面白味がなく、つまらないと思うからなのだろうか、嘘《うそ》を仕立てて、世間に流布《るふ》させている」と、感じているのである。さらに続けて兼好は、人間というものは、実際以上に物事を誇張しがちであり、まして、年月が過ぎ、場所も隔たってしまうと、言いたいように脚色して語り、そのうえ、筆で書き留めたりもすると、それがそのまま真実として定着してしまう、と言う。人間の心理に潜む虚構への志向が、的確に捉えられ、分析されている。

森鷗外に、「歴史其儘《そのまま》と歴史離れ」という評論エッセイがある。自分が『山椒大夫《さんしょうだゆう》』という歴史物を書いた経験から、どんなに歴史そのままに描こうとしても、すべてを歴史通りに描くことは不可能であった、という告白である。これは、どんなに真実だけで構成しようとしても、文学作品には、どうしても虚構が入り込んでしまうという事実を物語っている。兼好も鷗外も、歴史の事実と向き合って、思索を巡らしている。

それでは、日本文学において、歴史はどのように記述され、そこからどのようなことがわかるのか。我が国では伝統的に、歴史に重きが置かれてきた。前例が重んじられる宮廷社会では、事実を書き記した漢文日記や有職故実書《ゆうそくこじつしょ》が規範とされた所以《ゆえん》である。それに対して紫式部は、『源氏物語』の螢《ほたる》巻で、光源氏と玉鬘《たまかずら》の二人の口を借りて、「物語論」を展開させている。その中に、「日本紀《にほんぎ》などは、ただ、片傍《かたそば》ぞかし」という一節がある。歴史書である『日本書紀』は世間ではたいそう重きを置かれているけれども、それらの歴史書は人間の真実の一部分、すなわち真理の一面しか伝えていない。むしろ、虚構の作り話だと軽んじられている物語にこそ、人間の真実が込められている、と言うのである。兼好、森鷗外、そして紫式部。三人の言葉を念頭に置きつつ、歴史・歴史文学・歴史評論の関係性を、考えてみることにしよう。

＊「六国史」の編纂

中国では、王朝が成立すると、前の王朝の歴史を編纂する国家的事業が行われた。「正史《せいし》」とされるのは、『史記』から『明史《みんし》』までの「二十四史《にじゅうしし》」であり、『新元史《しんげんし》』と『清史稿《しんしこう》』を加えた「二十六史《にじゅうろくし》」を指すこともある。

我が国の歴史書は、漢文で書かれた。時間の経過の順に、編年体で記述されている。「六国史《りっこくし》」と総称される「正史《せいし》」は、いずれも勅撰である。なお、『古事記』は、この中に入っていない。

・『日本書紀』……神代《じんだい》（神話の時代）から持統《じとう》天皇（第四十一代）まで。
・『続日本紀《しょくにほんぎ》』……文武《もんむ》天皇（第四十二代）から桓武《かんむ》天皇（第五十代）まで。
・『日本後紀《にほんこうき》』……桓武天皇から淳和《じゅんな》天皇（第五十三代）まで。
・『続日本後紀《しょくにほんこうき》』……仁明天皇（第五十四代）。
・『日本文徳天皇実録《にほんもんとくてんのうじつろく》』……文徳《もんとく》天皇（第五十五代）。
・『日本三代実録《にほんさんだいじつろく》』……清和天皇（第五十六代）から光孝天皇（第五十八代）まで。

『日本三代実録』の元慶《がんぎょう》四年（八八〇）五月二十八日の記事に、在原業平の逝去が記される。「業平者《は》、故四品阿保親王第五子。正三位行《ぎやう》中納言行平之弟也。阿保親王、娶二桓武天皇女伊登内親王一、生二業平一。（中略）業平、体貌閑麗、放縦不レ拘。略無二才学一、善作二倭歌一。（中略）卒年五十六」と、漢文で書かれている。「業平は、阿保《あぼ》親王と伊登《いと》（「伊都」とも）内親王の子であり、在原行平《ゆきひら》の（異母）弟である。美男子であり、自由気ままな振る舞いがあった。漢学の教養は十分ではなかったが、和歌の名人だった。五十六歳で亡くなった」、という内容である。まことに簡潔な筆致で、在原業平の実像を書き留めている。一方、文学である『伊勢物語』では、伝説を交えながら、業平の人生が華麗に描き上げられている。歴史と文学の違いを端的に示す例として、ここに挙げた。

2. 『栄花物語』と「四鏡」

＊歴史物語というジャンル

歴史を漢文体ではなく、仮名の物語として描いたのが、歴史物語である。藤原道長の栄華を讃美する『栄花《えいが》物語』(『栄華物語』とも書く)と、「四鏡《しきょう》」と総称される「鏡物《かがみもの》」がある。四鏡を成立順に記せば、『大鏡《おおかがみ》』、『今鏡《いまかがみ》』、『水鏡《みずかがみ》』、『増鏡《ますかがみ》』となる。

＊『栄花物語』

『栄花物語』は、『日本三代実録』を承《う》けて、宇多《うだ》天皇(第五十九代)から始まり、堀河《ほりかわ》天皇(第七十三代)までの出来事を記しているが、仮名で書かれた物語である点が、「六国史」との大きな違いである。全四十巻から成る大作だが、第三十巻までが「正編」と呼ばれ、空前の栄華を誇った藤原道長の死までを叙している。第三十一巻以降の「後編」は、道長の子孫たちの物語である。正編の作者としては、古来、赤染衛門《あかぞめえもん》が擬せられている。彼女の夫は、碩学として知られる文章博《もんじょうはか》士《せ》の大江匡衡《まさひら》である。「後編」の作者は、十巻のうちの七巻を出羽弁《いでわのべん》とする説があり、これらの巻に出羽弁の和歌が多く含まれることなどからの推測であろうが、確証はない。

巻五「浦々《うらうら》の別れ」は、「中《なか》の関白」と呼ばれた藤原道隆《みちたか》の子どもたちの身に降りかかった没落の悲劇を描いている。道隆の没後、弟の道長が権力を掌握する過程で、道隆の長男の伊周《これちか》(内大臣)、次男の隆家《たかいえ》(中納言)が配流され、都から追放された。母の高階貴子《たかしなのきし》(『小倉百人一首』では「儀同三司《ぎどうさんし》の母」)と、彼らの姉妹に当たる中宮定子《ていし》の心痛が描かれている。

『栄花物語』では、流される直前の伊周を「かの光源氏も、かくやありけむ」と述べ、伊周の失脚と光源氏の須磨・明石流離を重ね合わせている。光源氏が沈淪《ちんりん》した須磨と明石で、伊周が詠んだ和歌も書き記されている。「浦々の別れ」という巻名も、『源氏物語』明石巻で光源氏が詠んだ、「都出でし春の嘆きに劣らめや年経《としふ》る浦を別れぬる秋」という歌と類似している。

ただし、伊周が配流となった九九六年には、まだ『源氏物語』は書かれていなかった。時代的に先行する出来事を、時代的には後の物語で喩《たと》えるのは不自然である。けれども、一〇〇八年前後に『源氏物語』が成立してしまうと、『源氏物語』以前の出来事までが、『源氏物語』の様式で描かれてしまうのである。虚構の物語が、歴史叙述の中に侵入してゆく。この点は、とても重要なことなので、後述する他の歴史物語においても、『源氏物語』との関係性に留意したい。

なお、『栄花物語』は、道長を讃美するばかりで、道長を客観的に批評する姿勢に乏しいとする見方が定説となっている。

＊『大鏡』

『大鏡《おおかがみ》』は、文徳天皇（第五十五代）から後一条天皇《ごいちじょう》（第六十八代）までの歴史を描く。著者は未詳であるが、堀河天皇または鳥羽《とば》天皇の時代、すなわち、十一世紀の終わりから十二世紀の初めにかけて成立したかと推測されている。『世継物語《よつぎ》』という別名があるが、これは「代々の天皇の御代《みよ》の出来事を書き継ぐ」という意味である。百九十歳になる大宅世継《おおやけのよつぎ》と、百八十歳の夏山繁樹《なつやまのしげき》という二人の老翁が、雲林院《うりんいん》での法会《ほうえ》で巡り会って、過去の歴史を回想して語り合う、という枠組みになっている。「大宅」には、「公《おおやけ》＝朝廷」の含意がある。

『大鏡』は、「老人の昔語り」という発想を用いて、「ただ今の入道殿下《てんが》」である藤原道長の「世に優《すぐ》れておはしますこと」や、彼が度重なる幸運に恵まれて空前の権力を掌握した「幸ひ人《さいはびと》」であることを語っている。道長の長兄である道隆が急死した直後に、次兄の道兼《みちかね》が流行病で急死するという出来事は、道長にとっての「幸運」であった。また、道隆の長男である伊周と道長が争った時に、道長の姉で、一条天皇の母である詮子《せんし》（東三条院《ひがしさんじょういん》）が、道長を強く推して、それまで伊周を寵愛していた天皇の心を道長に向けたのも、「幸運」だったという。

歴史の偶然による権力の掌握と、後になって思い合わされる歴史の必然。その交錯が絶妙に取り合わされていることが、『大鏡』の魅力である。『栄花物語』と違って、『大鏡』には批判精神があると評価されるのは、道長の栄華を絶賛しているようでいて、実はそれが僥倖《ぎょうこう》であることにも目を向けているからであろう。歴史の事実に対する解釈の相対化を可能にしたのが、辛辣な語り口の翁たちによる歴史懐古のスタイルだった。

ところで、『大鏡』に書かれていることは、意外な場面で活用されている。『大鏡』の成立から約百年後になる十二世紀の末に、『六百番歌合』という大規模な歌合が行われている。その中で、慈《じ》円《えん》が「信定」という名前で詠んだ「昔より斎《いつき》の宮《みや》に吹き初《そ》めて今日《けふ》は涼しき賀茂の川風」という歌に対して、御子左家と対立していた六条家の顕昭《けんしょう》たちは、「『斎の宮』は伊勢の斎宮のことで、賀茂に仕えている斎院《さいいん》は『斎《いつき》の院《いん》』と言うべきだ」と批判した。それに対して、判詞《はんし》を書いた御子左家の藤原俊成《しゅんぜい》は、「雲林院にて世継翁が物語にも、選子内親王誉《ほ》め申したる所にも、『斎《いつき》の宮《みや》多く物《もの》し給《たま》へども』とこそ申したンめれ」と、『大鏡』を根拠に反論しているのである。その後、顕昭は、『千五百番歌合』の判詞で、「源氏、世継、伊勢物語、大和物語とて、歌詠《うたよ》みの見るべき歌と承《うけたまは》れば」と述べている。

『大鏡』が、歌人の必読書として『源氏物語』『伊勢物語』『大和物語』と並んでいるのである。おそらく、『六百番歌合』での俊成との応酬を踏まえたものだろう。ちなみに、藤原俊成と藤原顕昭は、当時の歌壇を代表する歌人で、ライバル関係にあった。

＊『今鏡』

『今鏡《いまかがみ》』は、『大鏡』を承けて、後一条天皇（第六十八代）から高倉《たかくら》天皇（第八十代）までを描く。語り手は、老女である。この老女は『大鏡』に登場する大宅世継の孫娘という設定であり、しかも、紫式部に仕えたこともあるという。十巻からなる各巻の名前は、『栄花物語』風の王朝的な歌語である。作者としては、「大原《おおはら》の三寂《さんじゃく》」あるいは「常磐《ときわ》の三寂」として知られる三兄弟の法体《ほったい》歌人（寂念・寂超・寂然《じゃくぜん》）の一人、寂超《じゃくちょう》（藤原為経《ためつね》）と見る説が有力である。

『今鏡』の書き出しの部分に「紫式部」の名前が見え、最後の部分にも『源氏物語』のことが書かれている。『源氏物語』は恋愛のような浮薄なことを描いてある狂言綺語《きょうげんきご》の罪深い作品ではあるが、よく読めば仏教の深い悟りにも繋がるのだ、という物語擁護論が展開されている。この『今鏡』も、深く読み込むことで、歴史を通して「悟り」に至る道が開けてくるという執筆意図を、作者自らが述べているのだろう。

文体も流麗で、和歌も数多く掲載されているが、なぜか、『今鏡』の文学的な評価は高くない。院政期の混乱が平家の台頭を招いた激動期を扱っているにもかかわらず、歴史のダイナミズムに迫り得ていない、ともされてきた。各種の古典文学全集類でも『今鏡』の存在感は、目立たない。ただし、近年、『今鏡』の政治意識を歴史書として把握し、評価する動きもあり、作品としての評価は、まだ定まっていないとも言えよう。白河天皇の近臣であり、優れた歌人でもあった寂超の政治意識・歴史観・文学観の総合体として、『今鏡』を把握するならば、後述する慈円の『愚管抄』

の先蹤《せんしょう》として、文学史の中に位置づけられる作品となるのではないだろうか。

＊『水鏡』

『水鏡《みずかがみ》』は、「四鏡」の三番目の成立ながら、「四鏡」の中では最も古い時代を扱っている。『大鏡』が、第五十五代の文徳天皇から始まっているので、その以前の神武《じんむ》天皇（初代）から仁明《にんみょう》天皇（第五十四代）までを補ったのであるが、同時に、仏法渡来以後の仏教史の記述でもあり、そのことが独自の視点である。源平の争乱期を生き、有職故実に明るく、漢文日記『山槐記《さんかいき》』を残した中山忠親《ただちか》（一一三一～九五）が作者であると見なされてきたが、異説もある。

『水鏡』は、古代からの歴史を書いているので、作品の中で語られている出来事を目撃した、現存する老人の昔語りにすることは不可能である。そこで、不思議な翁（仙人）の語りを聞いた修行者の話を、老女が聞くという枠組にしたことが、時間の奥行きを一気に深くするための様式上の工夫である。ただし、記述内容のほとんどが『扶桑略記《ふそうりゃっき》』からの抜き書きであることが判明している。

『水鏡』の末尾は、「才賢《ざえ》かりし人の『大鏡』など言ひて書き置きたるには似ずして」とか、「これも若《も》し、『大鏡』に思ひ比《よそ》へば、その形、正しく見えずとも、などか水鏡の程《ほど》は侍《はべ》らざらむとてなむ」などと、『大鏡』を意識した書き方である。また、「紫式部が『源氏』など書きて侍《はべ》る様は、直人《ただびと》の仕業《しわざ》とやは見ゆる。されども、その時には、日本紀の御局など付けて、笑ひけりとこそは、やがて式部が日記には、書きて侍るめれ」と述べて、紫式部に対してさえ、口さがない世評があったことを引き合いに出しつつ、たとえ世間の人はどう思っても、「我一人見むとて、書き付け侍りぬ」と、執筆者としての覚悟を述べている。『紫式部日記』への言及にも注目したい。

『水鏡』は、『源氏物語』を意識している点や、老女が語り手となっている点で、『今鏡』との共通性も感じられる。『今鏡』の作者とされる寂超は生没年未詳であるが、『今鏡』の冒頭の老女の昔語りの中で「今年は嘉応二年庚寅なれば」とあり、一一七〇年が作品の舞台である。『水鏡』の成立も嘉応二年から建久六年（一一九五）の間とされる。『今鏡』と『水鏡』は、同時代に書かれた歴史物語だった。虚構の物語文学である『源氏物語』は、後世の歴史物語の作者たちにとって、歴史を著述する道標として認識されていたことがわかる。

さらに言えば、その後、南北朝時代から室町時代に書かれた有職故実書においても、『源氏物語』の記述が、故実の事例として引用されている。歴史にかかわる書物の中で、『源氏物語』が重要な文化基盤として機能し続ける一面を垣間見《かいまみ》せてくれる。

＊『増鏡』

『増鏡《ますかがみ》』は、後鳥羽天皇（第八十二代）から後醍醐天皇（第九十六代）までの歴史を語っている。すなわち、鎌倉時代の始まりから終わりまでである。『今鏡』が第八十代の高倉天皇までだったので、『増鏡』が始まるまでに、時間の空白がある。高倉天皇の御代の後半と第八十一代の安徳《あんとく》天皇については、現在は残っていないけれども『弥世継《いやよつぎ》』という歴史物語に書かれていたとする伝承がある。なお、江戸時代の女性文学者・荒木田麗女《あらきだれいじょ》（一七三二〜一八〇六）は、この高倉・安徳両天皇の時代を『月の行方《ゆくえ》』という歴史物語に描いている。麗女は、また『増鏡』の続編に当たる物語を、『池の藻屑《もくず》』として補っている。歴史物語は、その空白期間を埋めるべく、長い時代に渉《わた》って、さまざまな作者によって書き継がれてきたジャンルなのである。

さて、『増鏡』の作者は不明であるが、二条良基《よしもと》（一三二〇〜八八）とする説が有力である。二条良基は、連歌の大成者としても有名である。『増鏡』の文体の特徴を見ておこう。承久《じょうきゅう》の乱《らん》に敗れ、隠岐に流された後鳥羽院の住まいは、『源氏物語』の須磨巻と重ね合わされている。

　このおはします所は、人離れ、里遠き島の中なり。（中略）海面《うみづら》よりは少し引き入りて、（中略）松の柱に葦葺《あしふ》ける廊《らう》など、気色《けしき》ばかり事削《ことそ》ぎたり。（中略）はるばると見やらるる海の眺望《てうばう》、二《じ》千里《せんり》の外《ほか》も残り無き心地する、今更《いまさら》めきたり。潮風《しほかぜ》の、いと事痛《こちた》く吹き来《く》るを聞こし召して、

　　我こそは新島守《にひしまもり》よ隠岐の海の荒き波風心して吹け

「にひしまもり」は、「にひじまもり」と濁音になることもある。須磨巻には、光源氏の侘び住まいが、「海面は、やや入りて」、「茅屋《かやや》ども、葦葺ける廊めく屋《や》など」などとあり、光源氏は『白氏文集』の「二千里の外故人の心」という漢詩句を口ずさんだ。

虚構の『源氏物語』で描かれている出来事が、現実の後鳥羽院の身の上にも起きている。だから、作者も読者も、後鳥羽院の悲しみを「源氏物語に書かれている光源氏の哀しみと通じるものだった」と想像することで、共感することが可能となる。

以上、平安時代から南北朝までの歴史物語を概観してきた。多彩な作品となって積み重なってきた歴史物語が、地層となっている。その断面に、『源氏物語』が、明らかな痕跡となって姿を現している。けれども、歴史とは、物語の様式でしか描けないものなのだろうか。涙や感動で終わらない、歴史の現実を摑《つか》み取るには、どうすればよいか。そこから、歴史論の試みが始まる。

3. 歴史論の名著

＊歴史物語から歴史論へ

歴史物語は、『源氏物語』を手本として、「事実の物語化」によって書き著された作品群であった。しかし、物語という枠組ではなく、物事を記録的・論理的に記述する作品が、次第に登場してくる。ここからは、歴史物語から歴史論へという変化に注目したい。

歴史論は、著者の問題意識と価値観に基づく思想書の様相を色濃く帯びるので、歴史物語に見られるような、人間心理の綾を描いたり、宮廷行事を詳しく描写したりすることなどは影を潜め、理論的な拠り所を明確にして、自分の考えを主張する記述が前面に出てくる。

＊『愚管抄』

『愚管抄《ぐかんしょう》』は、慈円（一一五五～一二二五）の著した歴史論である。一二二〇年の成立であり、後鳥羽院が承久の乱（一二二一年）に敗れて、隠岐《おき》に流される直前だった。慈円の兄は、関白の九条兼実《かねざね》で、鎌倉幕府と親しかった。兼実の子で、歌人として著名な藤原良経《よしつね》は、甥に当たる。慈円も、天台座主《てんだいざす》を何度も務める高僧であると同時に、歌人としても活躍し、『新古今和歌集』には、西行に次いで、二番目に入集歌が多い。家集に『拾玉集《しゅうぎょくしゅう》』などがある。

その慈円の歴史論が、『愚管抄』である。神武天皇（初代）から、慈円と同時代である順徳《じゅんとく》天皇（第八十四代）までの歴史を、漢字・片仮名交じりの文で、通観している。

『愚管抄』は、武士の時代への移行を、歴史の必然によって説明したというのが、定説である。そして、歴史を動かす力を「道理」という言葉で説明したということも、定説となっている。では、その「道理」とは、どういう性格のものなのだろうか。一一八五年、壇ノ浦で敗れた平家は全滅し、安徳天皇も入水して崩御した。ここに、どのような「道理」があると、慈円は考えたのか。

慈円は、安徳天皇は、平清盛の祈りに応《こた》えて、龍王の娘である厳島明神《いつくしまみょうじん》が安徳天皇の姿を取って仮に人間の世界に生まれ、清盛に空前の栄華をもたらしたのだ、という見方を取る。龍王の娘だから、海に帰った。それが、安徳天皇の壇ノ浦での入水の真実である、と言う。このように、慈円にとっての「道理」とは、客観的な歴史意志ではなく、歴史に対する、一種、物語的と言ってもよいような解釈にほかならない。

壇ノ浦で、三種の神器の一つである「宝剣」が失われたことにも、慈円は言及している。これまでは宝剣が天皇を守ってきたが、これからは武士が天皇を守るようになるので、もはや「宝剣」は不要となったからだ、というのが慈円の考えた「道理」である。

慈円が見出そうとした歴史を動かす力としての「道理」は、歴史に関する「一つの解釈」であると言ってよいだろう。『愚管抄』は著者である慈円の歴史解釈であり、「歴史」という物語を構想することであったと考えられる。『愚管抄』は、漢字片仮名表記の漢文訓読体で書かれているので、『源氏物語』の影響が大きい『栄花物語』や「四鏡」のような歴史物語とは一線を画す、新しい歴史書として把握されるが、『愚管抄』も巨視的に見れば、物語性を内包しているということである。

＊『神皇正統記』

『神皇正統記《じんのうしょうとうき》』は、北畠親房《きたばたけちかふさ》（一二九三〜一三五四）の著作である。一三三九年に成立し、一三四三年に改訂された。足利尊氏が擁立した北朝と対立する南朝の正統性を、強く主張したものである。著述目的が、執筆開始時点で明確であり、結論も決まっていた。

『神皇正統記』は、神代から説き始め、南朝第二代の後村上天皇《ごむらかみ》（第九十七代）までを記述している。「大日本は神国なり」という有名な冒頭文は、天皇家の祖先である神々の存在から説き起こす措辞《そじ》であり、『日本書紀』が、天皇家の起源を説明するために神代から書き始めたのと同じ理由であるが、ごく短い一文で歴史観を提示した点に特色があろう。

壇ノ浦で、安徳天皇と共に沈んだ三種の神器のうちの「宝剣」については、海に沈んだのは模造品（レプリカ）であって、本体は熱田神宮にあるから安泰であったと述べ、『愚管抄』とは異なる解釈を示している。

＊『読史余論』

新井白石《あらいはくせき》（一六五七〜一七二五）は、儒学者として名高く、徳川家宣《いえのぶ》・家継《いえつぐ》に仕え、老中として政権の中枢に位置した。白石が著した『読史余論《とくしよろん》』は、武士の時代を為政者として生き、徳川幕府の正統性を主張する立場から理論構成がなされている。これまでの歴史物語や歴史論が、「天皇」を基軸として論じていたのを、白石は一新した。

白石は、天皇の治世形態が、九回、変化したと解説する。これが「九変《きゅうへん》」である。後醍醐天皇が力を失うまでである。一方、武士の治世形態も、鎌倉幕府の成立から徳川幕府まで、「五変《ごへん》」したと言う。治世形態の変遷を、天皇と武士とに分けた点が、初の試みだった。天皇の治世の終わりと、武士の治世の始まりが重なっているのも、白石の歴史認識を示している。

＊『日本外史』と『大日本史』

『日本外史《にほんがいし》』（一八二七年成立）は、頼山陽《らいさんよう》（一七八〇〜一八三二）が漢文で著した歴史書で、源平争乱から始まる武士の時代のみを描いている。読み物としても優れていたため、多くの読者を獲得し、幕末の尊王攘夷《そんのうじょうい》運動の機運を醸成した。

また、水戸藩主の徳川光圀《みつくに》が編纂を開始した『大日本史《だいにほんし》』は、南朝を正統とみなす歴史観を鮮明にし、これも幕末の尊王攘夷思想の母胎となった。光圀は、明《みん》の儒学者である朱舜水《しゅしゅんすい》を、師と仰いでいた。新井白石も頼山陽も、儒学者である。近世の歴史書では、儒学的な世界観や価値観が、歴史理論として援用されたのである。それは、「四鏡」の多くが、仏教寺院での聴聞や参詣を契機としており、仏教的な世界観が覆っていたことと対照的である。僧侶だった慈円の歴史観にも、仏教が反映していた。

＊近代以降の歴史認識と文学

それでは、近代以降の歴史論は、どのような新たな観点によって記述されてきたのだろうか。近代日本は、「士農工商」を廃し、四民平等の時代となった。武士を中心とした歴史認識は衰退したが、立憲君主制のもと、天皇の治世を記述の軸とする歴史叙述は、残った。

近代において、歴史書として、田口卯吉《たぐちうきち》の『日本開化小史』（一八七七～一八八二年）と、福沢諭吉『文明論之概略』（一八七五年）は、双璧とされる。また、徳富蘇峰《とくとみそほう》『近世日本国民史』は、安土桃山時代の織豊政権から説き起こし、明治時代の初期までを扱っている。全百巻もあり、講談社学術文庫でも五十冊が復刊された。

学問としての近代歴史学の発展に伴い、さまざまな歴史論が書かれた。丸山真男《まさお》などの政治思想的観点からの歴史論もある。「天皇」をどのように日本文化全体の中に位置づけるかが、歴史学者の構想力の分岐点であるように思われる。一方で、司馬遼太郎などの著した歴史小説が、読者の人気を集めている。現代の歴史小説や時代小説も、日本文学における歴史物語や歴史論の蓄積の中から生まれてきた側面がある。

歴史と文学は、いつの時代も、相互に関わりつつ、叙述スタイルや思想基盤を変遷させながら、さまざまに書き著されてきた。歴史を直接の対象としていない文学作品にあっても、歴史が作品の中にどう関わっているかという観測点を持つと、新たな見方が生まれるだろう。歴史物語は「事実の物語化」であると、本章の最初に書いたが、逆に、「物語の事実化」という観点も立てられるだろう。次章以後でも、さらなる文学ジャンルを取り上げつつ、考察を進めてゆきたい。

引用本文と、主な参考文献

・『日本書紀』『続日本紀』については、『日本古典文学大系』『新日本古典文学大系』『新編日本古典文学全集』で注釈付きで読める。その他の「六国史」は、『新訂増補国史大系』（吉川弘文館）で読める。
・『栄花物語』は、『新編日本古典文学全集』で、注釈・現代語訳付きで読める。『大鏡』『増鏡』は、『日本古典文学大系』などで読める。「四鏡」を一冊で網羅したものとして、『校註日本文学大系』の第十二巻（国民図書、大正十五年）などがある。
・『愚管抄』と『神皇正統記』は、『日本古典文学大系』などで読める。
・『読史余論』は、『日本思想大系』『日本の名著』などで読める。
・『日本外史』は岩波文庫に入っている。

発展学習の手引き

・歴史をどのように記述するかを考える際に、自分自身の歩みがどのような「自分史」として構想できるかを、考えてみることも有効だろう。「四鏡」では、老人が若者に向かって、自分が体験したり目撃したりしてきた過去の出来事を語り聞かせる、という方法を採用していた。この方法が、現代でも有効なのかどうか、考えてみよう。歴史を体験していない若者の心を動かすのは、出来事の重みなのか、語り口なのか。

10 説話

《目標・ポイント》説話文学の古代から中世までの流れを通観し、近世・近代における享受の展望も示す。他の文学ジャンルとの関連に留意しつつ、説話文学の影響力を測定したい。
《キーワード》『日本霊異記』、『今昔物語集』、『宇治拾遺物語』、『発心集』、『古今著聞集』、『十訓抄』、『沙石集』

1. 古代・中古の説話

＊説話に関する二つの側面

「説話」とは、一般に、語り伝えられてきた話の総称で、神話・伝説・昔話などとも通底する。物語と対比して、その違いに注目するとよいだろう。もちろん、説話を他の文学ジャンルから、明確に分離して把握することは困難であり、その困難さが逆に説話の多様性・多義性を象徴するものである。説話は、物語と比べると、正確な時代と場所は伝わっていなくとも、ある時、ある所で、実際に起こった出来事だという前提がある。いわば事実譚として伝承されてきた話であり、全くの作り話として創作されたものではない、と理解されることが多い。

また、説話は、物語と比べて一般に、短い話として完結している。したがって、説話は、短い話が単独で伝承・伝来する場合も、もちろんあるが、その場合は、伝説や昔話として後世に伝わってゆくことになる。けれども、説話は、説話集にまとめられて、後世に伝えられる場合が多い。実際、多くの説話集が編纂されている。そうなると、説話集として成り立つための説話の収集には、テーマ性があった方が集めやすく、説話集は、おのずと多様性を帯びてくる。

本章では、さまざまな説話集を、時代順に取り上げて、個々の説話集の性格や特徴、さらには説話の伝播《でんぱ》として、後世への影響も視野に入れて概観する。

＊『日本霊異記』

説話集として最古のものが、『日本霊異記《にほんりょういき》』（ニホンレイイキ、とも）である。正式名称は、『日本《にほん》国現報善悪霊異記《こくげんぽうぜんあくりょういき》』と言い、薬師寺の僧・景戒《けいかい》（キョウカイ、とも）が九世紀の前半に編纂した。因果応報の仏教思想を説き、宗教色と教訓色の強い説話集である。

『源氏物語』帚木《ははきぎ》巻の「雨夜《あまよ》の品定《しなさだ》め」の中に、頭中将《とうのちゅうじょう》が、夕顔との悲恋を語った後で、妻とすべき理想の女性が少ないことを嘆く場面がある。世の中の女性の多くは、どこかしら欠点がある。かと言って、欠点が何一つない「吉祥天女《きちじょうてんにょ》」を妻にしようとすれば、人間味がなく、抹香臭くて、それも面白くないだろう、と彼の発言は続く。『源氏物語』の研究書は、この発言が、『日本霊異記』中巻の「愛欲を生じて吉祥天女の像《かたち》に恋ひ、感応して奇《めづら》しき表《しるし》を示し縁《えに》」を踏まえていると指摘している。この指摘を最初に行ったのは、本居宣長の『玉《たま》の小櫛《おぐし》』だった。

紫式部が吉祥天女の話を、『日本霊異記』から直接に引用したのか、同じ話を載せている別の説話集を経由して知ったのか、正確にはわからないが、同じ説話がさまざまに語り継がれ、流布《るふ》してゆく過程で、文学者に影響を与えてゆくことがわかって、貴重な例である。

もう一例、『日本霊異記』の影響力を見ておこう。これも中巻に、「悪逆の子の、妻《め》を愛《めぐ》みて母を殺さむと謀《はか》り、現報に悪死を被《かがふ》りし縁」がある。「吉志火麻呂《きしのひまろ》」という親不孝の男が、母を殺して、妻と一緒に暮らそうという悪心を起こした。山の奥で母を殺そうとした瞬間に、大地が裂けて、息子は地の底に落ちていった。母は、息子の髪をつかんで助けようとしたが、できなかった、という結末である。

この話は『今昔物語集』にも入っている。このように、ある説話が、異なる複数の説話集に収録されることがある。そのような場合に、同じような説話が、収録された説話集によって、どのように細かな相違があるか、注意深く読むと興味が広がる。

しかも、説話は、異なる説話集の中に出てくるだけでなく、注釈書の中にも引用される場合があるので、今取り上げた「親不孝な男の話」の広がりを、中世に書かれた『伊勢物語』や『古今和歌集』の注釈書の中で見てみよう。

『伊勢物語』の第九段「東下り」で、富士山の姿を「しほじり」の形に喩える場面がある。この「しほじり」という言葉が意味する内容についてはさまざまな説があるが、「しほじり」は「しほり=しをり」のことで、富士山を「枝折山《しおりやま》」と言うことと関連がある、とする説がある。『和歌極秘《わかごくひ》伝抄《でんしょう》』などでは、富士山の麓に住んでいて、富士山で姑を殺そうとした娘婿の男が、神罰を受けて大地の裂け目から転落しそうになる。ところが、男が命を失えば妻、つまり、自分の娘が悲しむので、男を助けようと思って姑が詠んだ和歌に、神が感動して、男の髪をつかんで助けた、という話が載っている。その話の中で、姑が男に捨てられることを察知して、木の枝を枝折にして帰宅する道を確認していたところ、男も察知して、その目印の枝折を一つ一つ捨て去った、ということになっていて、それが枝折山という名称の由来だというのである。

このような話は、細部に多少違いがあっても、さまざまな書物に出てくるので、「枝折山説話」、あるいは「枝折山伝説」などと呼ばれて、注目されてきた。たとえば、『了誉序注《りょうよじょちゅう》』や『尊円注《そんえんちゅう》』など、中世の時代に書かれた『古今和歌集』の注釈書においても、『古今和歌集』の仮名序に「力をも入れずして、天神地祇《あめつち》を動かし」と書かれている「和歌の力」を証明する例として、「枝折山」伝説を書き記している。和歌を詠むことによって事態が好転したところに、「和歌の力」を見たのである。『古今和歌集』の注釈書の中にも見られるのは、和歌の力で神仏から良い結果を引き出すことができるという「歌徳説話《かとく》」の好例であろう。このように、説話の内容によって、説話の種類を名付けることがある。この他にも、『曾我物語《そが》』にも「枝折山説話」は流れ込んでおり、この説話の伝播力の強さがわかる。

＊『今昔物語集』と『三国伝記』

『今昔物語集』は、平安時代の後期、十二世紀の前半に成立した説話集であり、「天竺《てんじく》（インド）」「震旦《しんたん》（中国）」「本朝（日本）」の三部三十一巻から成る（このうち、三つの巻は現存しない）。それぞれの話は「今ハ昔」と始まり、「トナム語リ伝ヘタルトヤ」で終わる。本文は漢字と片仮名で表記されている。

『今昔物語集』に題材を得て数々の名作を著した芥川龍之介は、「今昔物語集鑑賞」というエッセイの中で、この説話集の魅力は「生《な》まなましさ」である、と言う。それも「野蛮」な「brutality」の輝きであり、「優美とか華奢とかには最も縁の遠い美しさ」である、と芥川は言う。すなわち、人間の生身の本性が端的に表れていて、その表れ方が生々しい「美」なのであるが、露骨な人間性の開示をためらう『源氏物語』や『伊勢物語』とは無関係の「美」である、という見方である。けれども、『今昔物語集』の野蛮なまでの原始的な美と、雅《みやび》と洗練の極致にある『源氏物語』『伊勢物語』の優美で華奢な美とは、どちらも「人間」の生み出したものである。その両方に視野を広げて、さまざまな文学に触れることが、読書の醍醐味であろう。『今昔物語集』の「天竺」「震旦」「本朝」を通読すると、国や時代は変わりこそすれ、人間の本性は同じなのだ、と感じずにはいられない。この点をさらに突きつめたのが、十五世紀前半に成立した『三国伝記《さんごくでんき》』という説話集である。

天竺から日本にやってきた「梵語坊《ぼんごぼう》」、中国から日本にやって来た「漢字郎《かんじろう》」、そして日本人の「和阿弥《わあみ》」が、交互にそれぞれの国の話をする、という趣向である。すると、三つの国で同じような出来事が起きていたことに気づいて、読者は驚かされる。『三国伝記』の巻十は、まず「梵語坊」が、「勝鬘夫人《しょうまんぶにん》」という、美貌も知恵も優れていたインドの女性の話をする。その中に美形を好む王が后を求めるという件《くだ》りがある。ついで、漢字郎が、桑を摘んでいた、美しくないけれども賢い女が、国王の后となって夫に善政を行わせたという中国の話をする。最後に和阿弥が、聖徳太子の妻である「膳手《かしわで》の后」の話をする。他の女たちが我がちに太子の顔を見ようとして騒いでいたのに、彼女だけは顔を伏せて芹《せり》を摘み、聖徳太子の顔を見ようとしなかった点が、聖徳太子の心を捉えて、后となったのだった。

これらの三つ話は、それぞれが独自の展開をしているので、直接の影響関係はないだろう。けれども、「桑摘み」と「芹摘み」の趣向は、大変によく似ている。世の中にはよく似た説話がたくさんあることを、『三国伝記』は意図的な配列で強調している。

＊『宇治拾遺物語』

『宇治拾遺物語』は、十三世紀前半に成立した説話集である。本文は、漢字と平仮名で表記されている。語り出しは、「今は昔」が多いけれども、「昔」や「これも、今は昔」などの書き出しもある。「絵仏師《えぶっし》良秀《りょうしゅう》、家の焼くるを見て悦《よろこ》ぶ事」は、芥川龍之介の『地獄変』に素材を提供した話である。芥川が『宇治拾遺物語』にも「野蛮」な「美」を求めていたことが理解できる。

『宇治拾遺物語』の巻八に、「猟師、仏を射る事」という話がある。徳の高い聖《ひじり》が、象に乗った普《ふ》賢《げん》菩薩を見るようになった。それを、猟師も見る。猟師は、修行を積んだ聖の目に菩薩が見えるのは当然だが、殺生を生業とする自分の目に菩薩が見えるのはおかしい、と考えた。菩薩と見えたものに猟師が矢を放つと、狸《たぬき》が化けていたのだった。

『新編日本古典文学全集』の『宇治拾遺物語』の頭注は、この話がミヒャエル・エンデの『満月の夜の伝説』と酷似している事実を指摘している。朝日新聞紙上（夕刊）に一九八九年七月、三回にわたって掲載された『満月の夜の伝説』は、老隠者が大天使聖ガブリエルだと信じたものの、盗賊である猟師が「聖なるものは聖なるものによってしか見ることができない」と考えて贋物《にせもの》だと見破り、矢を射て退治した。大天使と見えたものは、むじなだった、という話である。掲載直後から、『宇治拾遺物語』とよく似ていることが、話題となった。ただし、エンデは、『宇治拾遺物語』を読んでおらず、インドの話からヒントを得たと言う。

説話は、同じようなストーリーや人物設定、場面構成、メッセージを持つことが多い。だから、偶然の一致なのか、意識的な「翻案」なのかの判断は、むずかしい。芥川龍之介の『鼻』や『羅生門』『芋粥《いもがゆ》』などは、明瞭な「翻案」である。翻案の場合は、どこに作者の現代的な工夫があるかが重要となる。

2．中世の説話

＊『宝物集』

平康頼《やすより》（生没年未詳）は、平家全盛の時代に打倒平家を志した「鹿ヶ谷《ししがたに》の謀議」に加わった廉《かど》で、南海の「鬼界ヶ島《きかいがしま》」に流された（一一七七年）。けれども、平清盛の娘の徳子の出産による赦免があり、翌々年、康頼は帰京できた。この時、島に残された俊寛の足摺《あしずり》をしての悲嘆は、『平家物語』や『平家女護島《にょごのしま》』などで有名である。都に戻ってきてまもなく、康頼は『宝物集《ほうぶつしゅう》』という仏教説話集を編纂した。平家がまだ滅亡していない時期だと推定される。嵯峨の清涼寺での人々の談話という形態を取っており、『大鏡』を連想させる枠組を採用している。

巻一から巻二にかけて、人々は、「人間にとって、何が宝物なのか」を話し合う。それが、『宝物集』というタイトルの由来である。人々は、自分が最高の宝物だと信ずるものを、次々に口にする。隠れ蓑《みの》、打出《うちで》の小槌《こづち》、金《こがね》、玉などという物体としての宝物が、まず提起され、否定される。次には、親にとっての子が宝物だと提起される。物質的な幸福ではなく、精神的な幸福、つまり愛情を人生の至上の価値とするのは、物語文学の主題とも一致している。しかも、康頼が帰京できたのは、「薩摩潟《さつまがた》沖の小島に我は有《あ》りと親には告げよ八重《やへ》の潮風《しほかぜ》」という、親を思う心を詠んだ和歌を書き記した卒塔婆が、厳島神社に流れ着いたからだと『平家物語』に書かれている。したがって、これが最終結論かと読者は思い始める。すると、子どもは親にとっての「敵」であるという具体例を持ち出す人が出て、「子が宝である」という論は否定されてしまう。次には、命が宝物だと主張される。確かに、命以上の宝物は無さそうだと読者が思っていると、「仏法」こそが真実の宝物だという問題提起がなされ、これが最終結論になる。

ところで、このような話の展開は、『徒然草』第三十八段を想起させる。この段で兼好は、まず冒頭で、世間の人々が名声や財産などの「名利《みょうり》」を求めて一生齷齪《あくせく》するのを愚かであると述べたうえで、人生の目的を何に求めるのが一番良いのかを自問自答する。ただし、兼好の場合は、財産・名声・智恵などを次々と提起しては否定し、最後に「万事は皆、非《ひ》なり。言ふに足《た》らず、願ふに足らず」と書いた。兼好はこの段で、人生の最高の目的という「宝」を見出すことはできなかったのだろうか。しかし、兼好は、特定の考えや価値観を離れて、自分の心の中に浮かび上がるさまざまなことを書き留め、思索を巡らせることが、自分が自分であることの証しであるという、「宝」を摑み取ったのであると考えるならば、兼好にとっての「宝」は、まぎれもなく『徒然草』であり、『徒然草』の価値は、人生の意義を思索することのかけがえのなさを示した点に求められる。

＊『発心集』

『発心集《ほっしんしゅう》』は、十三世紀の前半に成立した仏教説話集である。著者は、『方丈記』で有名な鴨長明《かものちょうめい》である。長明は、下鴨神社の神官の家に生まれたが、後に出家して蓮胤《れんいん》と称した。『方丈記』で、人間と住まいのあり方の関係性を論じた長明は、『発心集』に「貧男《ひんなん》、差図《さしづ》を好む事」という話を載せている。原文の一部を引用してみよう。定住する家を持たず、荒れ果てた堂で寝起きしている男がいた。その男が、何を楽しみとしていたかが書かれている部分である。

つくづくと年月送る程《ほど》に、朝夕《あさゆふ》する業《わざ》とては、人に紙反故《かみほんぐ》など乞《こ》ひ集め、幾《いく》らも差図を描《か》きて、家造《つく》るべき有《あ》らましをす。「寝殿は、然々《しかしか》。門《かど》は、何《なに》か」など、これを思ひ計《はか》らひつつ、尽きせぬ有《あ》らましに、心を慰めて過ぎければ、見聞《みき》く人は、いみじき事の例《ためし》になむ言ひける。

「有《あ》らまし」とは、心の中で、あれこれと思いを巡らしたり、こうであればよいなあと予想したり期待することである。現実の家ではなく、心の中で理想の家を造り上げては、家の図面を描いて一生を費やした男の話である。ところで、佐藤春夫に、『美しき町』という小説がある。自分好みの一軒の家を作る話ではなく、理想の町全体を作るというスケールの大きな話であるが、そこに登場する建築技師の人物設定に注目したい。

そうして孝行な息子があって、医学者になって彼を養ってくれる間に、どうかして一生に一度自分の気に入ったような家を一つは建てて見たいと、それればかりを夢想しつづけながら、頼む人もなく、建てる土地もないのに、彼はさまざまな頼み手とさまざまなそれが建てられるべき土地とを彼の心のなかに見出しては、それをいつもこつこつと一軒一軒設計しては楽んだ。それらの紙上建築がもう五十軒近くもあるほどである。そうして彼はそれらのいつの間にやらもう、髪の白い老建築技師になっていたという。（何という浦島太郎であろう。）家人たちはこの老人にこの奇妙な熱心を捨てさせようと試みるそうである。しかし彼は、どうにかして彼の一生のうちに彼の考えた家を一つでもこの本当の地上に建てて見たい、そう言うのが彼のもう僅かしかないであろう一生の願望である、と彼自身で言った。

偶然の一致ではあろうが、『発心集』『方丈記』と『美しき町』は、通底している。『発心集』という仏教説話集は、『方丈記』という自伝的な住居評論とも、先に引用した箇所で繋がり、それはまた佐藤春夫の小説とも遙かな系脈がある。芥川龍之介の短編と説話文学の深い関わりはよく知られているが、芥川と佐藤は、共に明治二十五年（一八九二）の生まれである。生年を同じくする二人の近代文学者の小説に、説話文学が流れ込んでいるのである。

＊『十訓抄』

『十訓抄《じっきんしょう》』は、一二五二年に成立した教訓説話集である。編者は、「六波羅《ろくはら》二﨟《じろう》左衛門《ざえもん》入道《にゅうどう》」とされるが、実名には諸説があり、未詳である。『十訓抄』の「十訓」とは、「第一　人に恵みを施すべき事」、「第二　驕慢を離るべき事」、「第三　人倫を侮らざる事」（人を侮ってはならないという意）、「第四　人の上を誡むべき事」、「第五　朋友を撰ぶべき事」、「第六　忠直を存ずべき事」、「第七　思慮を専《もっぱ》らにすべき事」、「第八　諸事を堪忍《かんにん》すべき事」、「第九　懇望《こんぼう》を停《とど》むべき事」（大それた願望を持ってはならないという意）、「第十　才芸を庶幾《しょき》すべき事」（才芸を身につけるように願うべきであるという意）という、十の教えのことである。各項目の説話数はまちまちで、十話に満たない巻もあるが、総数にして約二百八十話が収められている。近世になってからは、元禄時代に版本として出版され、広く流布した。

『十訓抄』第七に収められている話から、興味深い部分を紹介しよう。

清少納言の『枕草子』と言ふものに言へるは、「人の下《もと》なる者の、主《あるじ》の、然《さ》るべき女房など会ひて、物語りするに、（従者が）『夜《よ》の、更《ふ》けたる。雨、降《ふ》り気《げ》な』など、聞《き》き知《し》れ言《ごと》を呟《つぶや》く。

その主、心劣《こころおと》りす」と有《あ》るこそ、実《げ》に、理《ことわり》なれ。女房に限らず、主の対面の座席にて、従者の小賢《こざか》しく、差《さ》し過《す》ぎたるは、いと見苦しき事なり。

中世において『枕草子』が教訓的に読まれていたことを示す貴重な具体例である。確かに王朝物語でも、主人が姫君と別れを惜しんでいる時に、「早く帰らないと暗くなってしまう」、「いつまでも出発しないから、雨が降ってきてしまった」などと言う従者たちが、しばしば登場する。ここは現実のことだが、そのような従者がいると、主人までが従者の躾《しつけ》ができていない点でがっかりだ、というのが、清少納言の発言であり、『十訓抄』の編者もそれに同感している。

＊『古今著聞集』

『古今著聞集《ここんちょもんじゅう》』の編者は橘成季《なりすえ》（生没年未詳）で、成季は従五位上伊賀守となった廷臣である。『古今著聞集』は一二五四年に成立した。『十訓抄』の二年後にあたり、相次いで説話集がまとめられたことがわかる。説話の蓄積と、その集約化が図られた時期である。『古今著聞集』は、約七百三十話を、全二十巻、三十項目に分類して配列する。収録説話の内容は多岐に渉《わた》るので、『十訓抄』のように「教訓」という一言で覆うことはできない。したがって、『古今著聞集』は、類纂説話集と呼ばれている。

これまで本章で取り上げてきた、各種の説話集と『古今著聞集』の共通性や相違性を概観すると、『古今著聞集』は仏教説話に特定していないので「世俗説話集」であり、その点で『宇治拾遺物語』などとの類似性が感じられる。ただし、『古今著聞集』に収録された説話は、貴族たちの漢文日記や、有職故実書を出典とするものが多く、それらの出典も明記していることが特徴で、貴族社会と関連が深いと言えよう。

『古今著聞集』の分類項目を見渡して特徴的なのは、「文学」「管絃歌舞」「武勇」など、さまざまな文化・芸能・技芸に関わるものが多いことで、中世の時代に盛んになる芸道論や、『徒然草』にも散見する、その道の専門家への賞讃や評価などが、『古今著聞集』にも見られる。ここでは、『古今著聞集』の「武勇」に収められている、宇都宮頼業《よりなり》（横田頼業）の剛勇説話を紹介しよう。「宇都宮頼業、水底にして鎧を脱ぐ事」である。

承久の乱を平定する際に、鎌倉武士の頼業は、宇治川の速い流れに押し流され、一旦は水底に没したけれども、鎧《よろい》の帯を引きちぎって浮かび上がって助かったという。水練の名手だったと、『古今著聞集』の語り手は感嘆している。頼業は、宇都宮頼綱の子である。頼綱は、鎌倉武士であるが、彼の娘は、藤原定家の子である為家の妻だった。定家の『小倉百人一首』は、頼綱の依頼に基づくとするのが通説である。

ちなみに、頼綱の子の頼業も、弓箭と水練の達人であるだけでなく、和歌も残している。「宇都宮歌壇」のアンソロジーである『新和歌集』には、「数ならぬ人にはよらじ山彦の問《と》ふをば如何《いか》で答へざるべき」という頼業の和歌が載っている。『古今和歌集』の「打ち侘《わ》びて呼ばはむ声に山彦の答へぬ山はあらじとぞ思ふ」を本歌としていて、堂々とした詠みぶりである。

＊『沙石集』

『沙石集《しゃせきしゅう》』は、仏教説話集である。編者は僧侶の無住《むじゅう》（一二二六〜一三一二）で、一二八三年の成立である。ちなみにこの年は、通説によれば、『徒然草』の著者である兼好が生まれた年である。

『沙石集』は啓蒙的な仏教説話集で、故事なども書かれている。具体例を挙げてみよう。

『徒然草絵抄』第139段。文字は、右から順に、「ならの八重桜」、「上東門院へめさるゝ」、「興福寺の衆徒とゞめる」とある。

『沙石集』の巻九の第四話「芳心アル人ノ事」には、「八重桜」の故事が書かれている。上東門院《じょうとうもんいん》と呼ばれた藤原彰子《しょうし》が桜を愛し、「奈良の都の八重桜」と歌われた奈良の興福寺の名木を都に移し植えようとしたところ、僧侶たちが反対したという話である。上東門院は、僧侶たちの風流を守ろうとする心に感動して、伊賀の国の「花垣《はながき》の庄《しょう》」を寄進したという。

伊賀上野出身の松尾芭蕉が、この説話を踏まえて、「一里《ひとさと》はみな花守《はなもり》の子孫かや」と詠んでいる。また、『徒然草』の内容を絵画（挿絵）で示した『徒然草絵抄《えしょう》』では、第百三十九段（「家にありたき木は」）の挿絵に、今挙げた『沙石集』の故事を描いている。ただし、『徒然草』の本文自体には、八重桜はかつては奈良にしかなかったのに、今ではあちこちで見られるようになった、と書いてあるだけで、『沙石集』の説話に触れているわけではない。それにもかかわらず、『徒然草絵抄』の挿絵では、奈良の八重桜を車に乗せて運ぶ人々と、それを阻止しようとする僧兵たちを描いている。したがって、これは、『沙石集』を踏まえての絵画化であると推測できる。

『徒然草』の著者である兼好には、伊賀国の国見山で没したという伝説があり、伊賀上野出身の芭蕉はそのことを熟知していた。

兼好と芭蕉に『沙石集』を加えると、「八重桜」をめぐるさまざまなことが繋がってきて、興味は尽きない。説話集の文学的な広がりが架け橋となって、いろいろなジャンルの文学を繋いでいる。

＊説話文学のゆくえ

これまで概観してきたように、説話文学が、日本の文学史のうえで、その存在感を明確に示したのは、古代から中世の時代だった。近世になると説話文学は、むしろ、さまざまな文学ジャンルを生み出す基盤として機能したと考えられる。説話というものが体現してきた、珍しい話、面白い話、滑稽な話、卑俗な話、荒唐無稽な信じられないような話など、生き生きとして、活力に満ちた文学世界は、仮名草子《かなぞうし》・浮世草子《うきよぞうし》・考証随筆・伝奇物などの分野に、新天地を見出し、このような「説話精神」と名付けてもよいような文学が、縦横無尽に活躍する近世文学が生まれ、もはや説話と意識されないほど、近世文学のすみずみにまで吸収・浸透していった。

そのような文学的な潮流の中にあって、説話や説話集が再び脚光を浴び、そこからさらなる新しい文学が生まれてくるのが、近代だった。本章のこれまでの記述でも既にあちこちで触れてきたことだが、芥川龍之介は、『今昔物語集』や『宇治拾遺物語』に題材を仰いだ短編を、数多く創作した。芥川の弟子の堀辰雄にも、『今昔物語集』に題材を得た『曠野《あらの》』がある。それらの作品は、ストーリーや登場人物のほとんどを古典説話に依拠しながらも、近代人特有の心の深みや陰りを注入することに成功した。説話文学から近代小説への流れは、「人間」と「心」の凝視が、教訓を乗り越えてゆくプロセスであると考えることもできるだろう。

説話は、それ自体の中に、それ以前の古典を取り込んで成立しながら、次第に説話が、近代を生み出す古典として機能してくる。そのプロセスの一端を、本章では辿ってみた。

引用本文と、主な参考文献

・中田祝夫校注・訳『日本霊異記』（新編日本古典文学全集、小学館、一九九五年）
・山田孝雄・他校注『今昔物語集』（全五巻、日本古典文学大系、岩波書店、一九五九〜六三年）
・小林保治・増子和子校注・訳『宇治拾遺物語』（新編日本古典文学全集、小学館、一九九六年）
・小泉弘・山田昭全・他校注『宝物集・閑居友・比良山古人霊記』（新日本古典文学大系、岩波書店、一九九三年）
・三木紀人校注『方丈記　発心集』（新潮日本古典集成、新潮社、一九七六年）
・永積安明・島田勇雄校注『古今著聞集』（日本古典文学大系、岩波書店、一九六六年）
・浅見和彦校注・訳『十訓抄』（新編日本古典文学全集、小学館、一九九七年）
・渡邊綱也校注『沙石集』（日本古典文学大系、岩波書店、一九六六年）

発展学習の手引き

・芥川龍之介の『羅生門』『鼻』『芋粥』『六の宮の姫君』、堀辰雄『曠野』と、それらが依拠したとされる説話とを、読み比べてみよう。ごくわずかな違いが、どれほど大きな近代的解釈となっているるか、体感しよう。

・本章では、平安時代から鎌倉時代初期にいたる貴族社会をめぐる説話集は触れられなかったので、発展学習として、『江談抄《ごうだんしょう》』や『古事談』なども読んでみよう。

11 軍記

《目標・ポイント》 日本文学史の中で、「戦」がどのように描かれたか、巨視的な観点から、さまざまなジャンルにおける戦も取り上げつつ、平安時代から江戸時代までの軍記の系譜を概観する。

《キーワード》『万葉集』、『奥州後三年記』、『保元物語』、『平治物語』、『平家物語』、『太平記』、『太閤記』

1．平和と戦

＊『大和物語』

鎌倉幕府の滅亡から南北朝の対立までを描いた軍記物語には、『太平記』という不思議なタイトルが付けられている。戦《いくさ》と混乱のことが書かれているにもかかわらず、『太平記』というタイトルであるのは、太平への祈りが込められているからだ、とするのが通説である。「天下太平＝平和」の尊さを、逆説的に訴えているのだろう。

文学史の中で、テーマとしての戦の比重は高い。『平家物語』に代表される軍記物語が成立する以前から、文学の中で戦は描かれてきた。平安時代も、「平安」という言葉には、平和のイメージがあるので、意外かもしれないが、平安時代の歌物語にも、戦の影はある。『大和物語』第四段は、小野好古《おののよしふる》が、「純友《すみとも》が騒ぎの時に、討手《うて》の使《つかひ》」に任命されて西国へ下った、という書き出しを持つ。

「純友が騒ぎ」というのは、平将門《たいらのまさかど》の乱に呼応して、天慶《てんぎょう》二年（九三九）に藤原純友が伊予で蜂起したことを指す。それを平定する追討使《ついとうし》に、小野好古が任命されたのである。好古は、都を留守にしている間に、自分が五位から四位に昇進できたかどうかを、気にしていた。すると、源公忠《きんただ》から、五位に留まったという手紙が届いて泣いた。

手紙に書かれていた和歌が、複雑な掛詞《かけことば》を駆使していたので、歌物語である『大和物語』に収められているのだが、この話が位置するのが、『大和物語』の冒頭早々の第四段であるのは、意外な気がする。ちなみに、源公忠の和歌は、「玉くしげふたとせ会《あ》はぬ君が身をあけながらやはあらむと思ひし」である。「蓋《ふた》」と「二年《ふたとせ》」、「開《あ》け」と「朱《あけ》」（五位の貴族が着る上衣の色）が掛詞になっている。

＊『土佐日記』と『源氏物語』

藤原純友は、瀬戸内海の西側の日振島《ひぶりしま》を本拠地として叛乱を起こしたのだが、瀬戸内海の海賊と言えば、仮名日記の祖とされる『土佐日記』にも、海賊の襲撃を恐れる記述がある。江戸時代の上田秋成《あきなり》は、その海賊の記述を膨らませて、『土佐日記』には書かれていない貫之と「文屋秋津《ふんやのあきつ》」と名告る海賊との対話を、創作した。『春雨物語《はるさめ》』の中の一編『海賊』である。秋成は、古典である『土佐日記』の中のほんの小さな記述から、新たな作品を作り出したのである。注目すべき創作態度であろう。なお、秋成の『海賊』は、作品自体のジャンルとしては歴史物語に分類されるのであろうが、瀬戸内海の海賊が登場する点に注目して、ここに挙げた。ちなみに、「海賊」と言えば、『源氏物語』の玉鬘《たまかずら》巻でも、夕顔の忘れ形見である玉鬘が、筑紫（九州）から都に上って来る船旅の途中で、海賊を恐れる場面がある。

海賊からは離れるが、同じく『源氏物語』には、桐壺帝が桐壺更衣《こうい》を寵愛したので、「唐土《もろこし》にも、かかる事の起こりにこそ、世も乱れ、悪《あ》しかりけれ」という部分がある（桐壺巻）。人々は、玄宗皇帝が楊貴妃《ようきひ》を寵愛した結果、安禄山《あんろくざん》の乱（安史《あんし》の乱）が起きたことを連想して心配した、とある。また、同じ桐壺巻に、幼い光源氏の人相を見た高麗《こま》の相人《そうにん》が、「帝王の、上無《かみな》き位《くらゐ》に昇るべき相《さう》おはします人の、そなたにて見れば、乱れ憂《うれ》ふる事やあらむ」と予言した、とある。光源氏が天皇になれば、世の中が乱れかねない、というのである。このように、王朝盛時の文学にも、「世の乱れ」としての戦は、大きな影を落としている。

2. 古代文学と戦

＊大伴家持

ここからは、ほぼ時代順に、戦の文学史を辿ることにしよう。『万葉集』の編纂に携わったことが確実な大伴家持《やかもち》は、大和朝廷に仕える「武門」の名門として知られる大伴氏の生まれである。大伴氏には、「海行《うみゆ》かば　水漬《みづ》く屍《かばね》　山行《やまゆ》かば　草生《む》す屍　大君《おほきみ》の　辺《へ》にこそ死なめ　顧《かへり》みはせじ」という、戦に臨む歌が伝承されていた。この歌は、東儀季芳《とうぎすえよし》も明治時代に作曲しているが、昭和時代の信時潔《のぶとききよし》の作曲で広く歌われた。

大伴家持は、『万葉集』に五百首近くも入集した歌人であり、征東将軍在任中の七八五年に没した。その直後に、長岡京の造営に当たっていた藤原種継《たねつぐ》が暗殺されるという事件があり、家持はその事件の首謀者と見なされ、没後も埋葬を許されず、官籍からも除名された。大伴氏一族も多くが処罰された。隆盛する藤原氏に対して、大伴氏は衰退していった。これは戦ではないが、大伴家持を主人公とする高木卓《たく》の小説『歌《うた》と門《もん》の盾《たて》』などを読むと、万葉時代の武門出身の歌人の人生と、混乱する時代背景が浮かび上がる。

＊壬申の乱

額田王《ぬかたのおおきみ》をめぐる中大兄皇子《なかのおおえのおうじ》（天智《てんじ》天皇）と大海人皇子《おおあまのおうじ》（天武《てんむ》天皇）の人間関係は、『万葉集』の「あかねさす紫野《むらさきの》行《ゆ》き標野《しめの》行《ゆ》き野守《のもり》は見ずや君が袖振る」という和歌の背景として、人口に膾炙《かいしゃ》している。天智天皇の没後に、大海人皇子が挙兵した壬申《じんしん》の乱（六七二年）は、古代日本における最大の内乱だとされる。壬申の乱の経緯は、歴史書である『日本書紀』に詳しい。

（天武）天皇《すめらみこと》、茲《ここ》に、行宮《かりみや》を野上《のがみ》に興《おこ》して居《ま》します。此《こ》の夜《よる》に、雷電《いかづち》なり、雨ふること甚《はなは》だし。天皇、祈《うけ》ひて曰《のたま》はく、「天神地祇《あまつかみくにつかみ》、朕《われ》を扶《たす》けたまはば、雷《かみ》なり、雨ふること、息《や》めむ」とのたまふ。言《のたま》ひ訖《をは》りて、即《すなは》ち、雷《かみ》なり、雨ふること止《や》みぬ。

後の天武天皇が、まだ大海人皇子の時代に、大津京へ向かって進軍する際の一場面である。原文は漢文であるが、『新編日本古典文学全集』の訓読に従い、一部、句読点・送り仮名を改めた。『日本書紀』は歴史書であるが、勝者の側に立って、天武天皇の側には天神地祇の加護があったと、その勝利の必然性を述べている。

3. 軍記物語の成立

＊『将門記』『陸奥話記』『奥州後三年記』

軍記物語の始まりは、九三九年に起きた平将門の乱を描いた『将門記《しょうもんき》』と、前九年《ぜんくねん》の役《えき》（実際には一〇五一年から六二年までの十二年間）を描いた『陸奥話記《むつわき》』だとされる。『群書類従』第二十輯《しゅう》は「合戦部」で、両書のほか、天慶《てんぎょう》の乱を描く『純友追討記《すみともついとうき》』と、後三年《ごさんねん》の役《えき》（実際には一〇八三年から八七年までの五年間）を描く『奥州後三年記《おうしゅうごさんねんき》』を載せる。『将門記』『陸奥話記』『純友追討記』は漢文体であり、『奥州後三年記』に至って初めて、和文体となる。

『奥州後三年記』の中から、八幡太郎《はちまんたろう》（源義家《よしいえ》）が、雁が飛ぶのを見て、野に伏兵のあることを悟ったという名場面を引用しよう。

将軍の軍《いくさ》、既に金沢《かねざは》の柵《き》に到り着きぬ。雲霞の如《ごと》くして、野山を隠せり。一行《ひとつら》の斜雁、雲上を渡る、有《あ》り。雁陣、忽《たちま》ちに破れて、四方に散りて飛ぶ。将軍、遙《はる》かにこれを見て、怪《あや》しみ驚きて、兵をして野辺を踏ましむ。案《あん》の如《ごと》く、叢《くさむら》の中より、三十余騎の兵《つはもの》どもを、尋《たづ》ね得《え》たり。これ、隠し置《お》けるなり。

「将軍」は義家のことである。義家は、碩学《せきがく》として名高い大江匡房《まさふさ》から学んだ『孫子《そんし》』の兵法を思い出し、雁の飛行が突然に乱れたことを根拠に、敵の伏兵を察知したというのである。この話は、説話集である『古今著聞集《ここんちょもんじゅう》』の「源義家、大江匡房に兵法を学ぶ事」などにも載っており、たびたび絵にも描かれている。『奥州後三年記』は、成立時期・作者とも未詳であるが、玄恵《げんえ》が貞和三年（一三四七）に書いた序文が付いている。『古今著聞集』は、橘成季《なりすえ》の編纂で、建長六年（一二五四）成立である。軍記と説話の親和性が感じられる。

＊『保元物語』と『平治物語』

一一五六年に勃発した保元《ほうげん》の乱は、「院政」という政治システムの問題点が一気に噴出し、歴史の大きな転換点となった。崇徳《すとく》上皇と後白河天皇の戦いに、摂関家と武士が巻き込まれた。崇徳上皇側には藤原頼長《よりなが》・平忠正《ただまさ》・源為義《ためよし》・源為朝《ためとも》、そして、後白河天皇側には藤原忠通《ただみち》・平清盛《きよもり》・源義《よし》朝《とも》が付き、後白河天皇側が勝利した。敗北した崇徳上皇は、讃岐の白峰《しらみね》に流された。その怨念は、後に上田秋成『雨月物語』の一編『白峰』にも描かれた。また、伊豆大島に流された源為朝（鎮西八郎）の人生は、曲亭馬琴《きょくていばきん》が『椿説弓張月《ちんせつゆみはりづき》』で大胆に脚色している。

その三年後の一一五九年に起きた平治《へいじ》の乱では、平清盛と源義朝が戦い、清盛が勝利した。ここに、平家全盛への扉が開かれた。敗れた義朝は逃亡中に死亡し、その子どもの頼朝は伊豆に流され、義経《よしつね》（牛若）は鞍馬《くらま》寺に預けられた。

この二つの大乱を描いたのが、『保元物語』と『平治物語』である。美術作品にも、『平治物語絵巻』がある。『保元物語』は、合戦の描写が主眼であるが、敗北した崇徳上皇の心細さと、讃岐に流された後で無念の心境を詠んだ和歌が、心に残る。戦いを語るのが主眼である軍記に、戦の悲しみを刻印するものとして、和歌が用いられたのである。軍記は、また、軍記物語と呼称されることも多い。戦いの場面の描写だけでなく、このような和歌を含む叙述に、「軍記物語」の「物語」たるゆえんが見出せる。紀行文学でも、旅の情景の叙述に、和歌が挿入されていることが思い合わされる。

崇徳上皇の亡き後に、西行が白峰を訪ねて詠んだ、「よしや君昔の玉の床《ゆか》とてもかからむ後《のち》は何にかはせむ」という歌が、記されている。上田秋成の『白峰』にも引用されている歌だが、第六章で取り上げた『東関紀行《とうかんきこう》』にも引用されている。梶原景時《かげとき》の墓を見た『東関紀行』の作者は、讃岐で崩御した崇徳上皇を弔った西行の「よしや君……」の和歌を連想して、感慨に耽《ふけ》ったのである。源平争乱の悲劇は、勝者にも敗者にも等しく襲いかかる。江戸時代の松尾芭蕉が『おくのほそ道』の旅の途次、平泉で詠んだ「夏草や兵《つはもの》どもが夢の跡」という句にも通じている。そして、『千載和歌集』に崇徳上皇の歌として、「松が根《ね》の枕も何《なに》かあだならむ玉の床《ゆか》とて常《つね》の床《とこ》かは」があることを思えば、人間の命のはかなさと、この世での栄華の空しさとが胸に迫る。『保元物語』は、このような戦のもたらす悲哀感にも、目を注いでいる。

『平治物語』でも、敗者の側を語る際に、和歌的な抒情が入っている。たとえば、東海道への配流の途中で藤原成憲《しげのり》（『新古今和歌集』では藤原成範とあるが、同一人物）が詠んだ、「道の辺《べ》の草の青葉《あをば》に駒止《と》めて猶故郷《なほふるさと》を顧《かへり》みるかな」がある。かと思えば、覚めた目で歴史を見つめている辛辣な和歌（落首《らくしゅ》）もある。たとえば、「落ちゆけば命ばかりは壱岐の守そのをはりこそ聞かまほしけれ」という歌には、「壱岐」と「生き」、「尾張」と「終わり」とが掛詞になっている。源義朝を裏切った長田忠致《おさだただむね》が壱岐の守になったものの、尾張に逃亡したことを嘲笑している。

義朝が敗北したために、愛妾の常磐《ときわ》（常葉）御前《ごぜん》は、牛若たち、幼い三人の子どもたちを連れて、雪の中を逃げ惑った。その場面は、「宇陀《うだ》の郡《こほり》を志せば、大和大路《やまとおほぢ》を尋ねつつ、南を指《さ》して歩めども、慣《なら》はぬ旅の朝立ちに、霰《あられ》と争ふ我《わ》が涙、袂《たもと》も裾《すそ》も萎《しを》れけり。……」と続く、七五調で書かれており、『太平記』の「道行文《みちゆきぶん》」を思わせる悲壮さである。

戦の場面の激烈さと、戦のもたらす悲哀を語る部分のしめやかさ。これら二つの要素が併存することで、武士の戦いを描き上げる軍記が確立したのだった。

4．軍記の展開

＊『平家物語』

軍記の最初の傑作が『平家物語』であることは、論を俟《ま》たないだろう。ここにも、辛辣と悲哀の二つの要素が存在している。宇治川の合戦で、敗れた側の源仲綱《なかつな》が詠んだ、「伊勢武者は皆緋縅《ひをどし》の鎧《よろひ》着《き》て宇治の網代《あじろ》に懸《か》かりぬるかな」という歌がある。仲綱は、以仁王《もちひとおう》を奉じて挙兵した源三位《げんざんみ》頼政《よりまさ》の子である。結果的に敗北したのだが、この歌は平家の武士たちが、宇治川を渡りかねている状況を嘲笑している。「緋縅《ひをどし》」の部分に、「氷魚《ひを》」が掛詞になっている。氷魚《ひお》を捕る網代は、宇治川の冬の風物詩である。

その一方で、平清盛の寵愛を失った白拍子《しらびょうし》の祇王《ぎおう》が詠んだ、「萌《も》え出《い》づるも枯るるも同じ野辺《のべ》の草何《いづ》れか秋に会はで果《は》つべき」は、季節の「秋」と男心の「飽き」を掛詞にして、権力や運命に翻弄される人間の悲しさを、歌い上げている。

『平家物語』では、漢詩も和歌と協調して、しめやかな情緒を醸し出している。鹿《しし》ヶ谷《がたに》の陰謀が発覚して、鬼界《きかい》ヶ島《がしま》に流されていた藤原成経《なりつね》と平康頼《やすより》は、赦免されて都に戻ってきた。康頼が『宝物集』という説話集を編纂したことは、第十章で触れた通りだが、『平家物語』には丹波少将成経が、鳥羽にあった、父・成親《なりちか》の山荘が荒れ果てているのを見て、涙を流して悲しむ場面がある。

> 池の辺《ほとり》を見回せば、秋の山の春風に、白波頻《しき》りに折《を》り懸《か》けて、紫鴛白鷗《しゑんはくおう》、逍遥《せうえう》す。興《きよう》ぜし人の恋しさに、尽きせぬものは涙なり。（中略）少将、花の下《もと》に立ち寄つて、

桃李不言《たうりものいはず》、春幾暮《はるいくばくかくれぬる》。煙霞無跡《えんかあとなし》、昔誰栖《むかしたれかすむ》。

古里の花の物言ふ世なりせば如何《いか》に昔の事を問はまし

この古き詩歌《しいか》を、口誦《くちず》さみ給《たま》へば、康頼入道も、折節《をりふし》、哀《あは》れに覚えて、墨染《すみぞめ》の袖をぞ濡らしける。

ここには、『和漢朗詠集』の漢詩が、二つも引かれている。「桃李不言」は、『和漢朗詠集』の「仙家」に入っている菅原文時《ふみとき》の詩句である。また、「紫鴛白鷗」の部分は、同じく『和漢朗詠集』「山家」の源順《みなもとのしたごう》の詩句「紫鴛白鷗《しあんはくおう》、朱檻《しゆかん》の前に逍遙《せうえう》す」を用いている。『平家物語』の作者は、源平の争乱の歴史だけでなく、和歌や漢詩にも通じている知識人だった。『平家物語』の作者は、よくわかっていないが、『徒然草』の第二百二十六段の後半には、次のようにある。

この行長《ゆきなが》入道、『平家《へいけ》の物語《ものがたり》』を作りて、生仏《しやうぶつ》と言ひける盲目《まうもく》に教へて、語らせけり。然《さ》て、山門《さんもん》の事を、殊《こと》に由々《ゆゆ》しく書けり。九郎判官《くらうはうぐわん》の事は、詳しく知りて、書き載《の》せたり。蒲《かば》の冠者《くわんじや》の事は、良く知らざりけるにや、多くの事どもを、記《しる》し漏《も》らせり。武士《ぶし》の事・弓馬《きゆうば》の業《わざ》は、生仏《しやうぶつ》、東国《とうごく》の者にて、武士に問ひ聞きて、書かせけり。かの生仏《しやうぶつ》が生れつきの声を、今の琵琶《びは》法師《ほふし》は学《まな》びたるなり。

「九郎判官」は源義経、「蒲の冠者」は、その異母兄である源範頼《のりより》のことである。今引用した第二百二十六段の前半には、信濃前司《しなののぜんじ》行長が「慈鎮和尚《じちんおしょう》」こと慈円《じえん》の庇護下にあったと記されている。『愚管抄』の著者である慈円の兄は、鎌倉幕府に近かった関白の九条兼実《かねざね》である。この段の前半には、博学で知られていた行長が、後鳥羽院の下問に答えられなかったのを恥じて出家したとある。

この段の直前の『徒然草』第二百二十五段には、義経の愛妾だった静御前《しずかごぜん》のことが書かれている。

また、『徒然草』第百四十六段には、天台座主《ざす》だった明雲《めいうん》（一一一五〜八三）の突然の死と、その前兆が語られる。明雲の死は、木曾義仲が後白河法皇を攻めた法住寺合戦《ほうじゅうじかっせん》の流れ矢に当たったのが原因だった。明雲は、『平家物語』の描く時代の混乱に翻弄された人物である。

『徒然草』の著者である兼好は、『平家物語』を通して歴史の必然性ではなく、否応なく歴史に巻き込まれてしまう人間のあり方を見つめているように思われる。

＊『太平記』

『太平記』は、小島法師の作とする伝承があるが、作者は未詳である。後醍醐天皇の即位から、約五十年間の激動が描かれる。この間に、鎌倉幕府の滅亡、建武《けんむ》の新政、足利尊氏と後醍醐天皇の離反、南北朝の対立があった。登場する人物も多い。

その中で、隠岐の島に流される後醍醐天皇を、児島高徳《こじまたかのり》が慰め、励ました箇所は、よく知られている。高徳は、「天莫空勾践、時非無范蠡」（天、勾践《こうせん》を、空《むな》しうすること莫《なか》れ。時に、范蠡《はんれい》、無《な》きにしもあらず）という漢詩を、桜の幹を削って書き付けた。天皇を警備していた武士には、この漢詩の意味がわからなかったが、天皇には高徳の心が通じた。

『太平記』は、ここから古代中国の呉越《ごえつ》の戦いについて語り始める。越王の勾践と、呉王の夫差《ふさ》との壮絶な戦いである。「臥薪嘗胆《がしんしょうたん》」「会稽《かいけい》の恥を雪《すす》ぐ」の故事を生み、西施《せいし》という美女も登場する戦いの勝敗を決したのは、勾践に仕えた范蠡という賢人だった。范蠡は、呉を滅ぼしたあと、「功成《こうな》リ、名遂《なと》ゲテ、身退《みしりぞ》クハ、天ノ道ナリ」と唱えて、世を遁れた。「功成り、名遂げて……」という言葉は、謡曲でもしばしば引用されている名言である。

この箇所は、軍記と説話との距離の近さを示すだけでなく、古代中国と中世日本とで、歴史の流れと人間絵巻が類似しているという点に、作者の目が注がれていることを明らかにしている。

なお、『太平記』には、兼好が登場するが、『徒然草』の作者としてではなく、歌人としてである。足利尊氏の執事として権力をふるった高師直《こうのもろなお》が人妻に恋慕した際に、その「艶書《えんしょ》」を兼好が代筆したというのである。しかも、その代筆は、失敗に終わったと書かれている。『太平記』の成立した十四世紀後半における兼好のイメージは、情けない扱いだったし、『徒然草』自体への言及もない。その後、十五世紀半ばに成立した歌論書『正徹物語《しょうてつものがたり》』で、歌人の正徹が、『徒然草』第百三十七段の冒頭文「花は盛りに、月は隈無《くまな》きをのみ、見る物かは」を引用し、その美意識を絶賛するまで、『徒然草』は文学史の蔭でひっそりと眠っていたのである。

なお、江戸時代には、兼好は南朝の後醍醐天皇に心を寄せている人物とされ、わざと北朝の尊氏や師直に取り入って、情報を入手したり、混乱させたりしていたとする、「兼好南朝忠臣説」が唱えられ、それに基づく創作としての、兼好伝記が流布していた。ともあれ、『太平記』は、戦を描く軍記であるが、南朝に心を寄せる心性を形成する大きな契機となった。

＊『信長公記』と『太閤記』

江戸時代には、『太平記』を語り、講釈する「太平記読み」と言われる講釈師を生み出した。これが、「講談」の起こりだとされている。彼ら「太平記読み」たちが講釈した作品には、『信長公《しんちょうこう》記《き》』や『太閤記《たいこうき》』もあった。

『信長公記』は、織田信長の戦の日々を、信長に右筆《ゆうひつ》（文書作成に当たる役目）として仕えた太田牛一《ぎゅういち》が纏《まと》めたものである（一五九八年）。これを基に、小瀬甫庵《おぜほあん》が加筆して、同じタイトルで刊行している（一六一一年）。

豊臣秀吉の戦の日々を描いた軍記にも、太田牛一の『太閤様軍記《たいこうさまぐんき》の内《うち》』や、小瀬甫庵の『太閤記』（通称『甫庵太閤記』）がある。ほかにも、『川角《かわすみ》太閤記』『絵本太閤記』などがある。ちなみに、浄瑠璃・歌舞伎の『絵本太功記《えほんたいこうき》』の主人公は、明智光秀をモデルとする武智光秀である。

さて、『甫庵太閤記』には、『徒然草』からの引用がしばしば見られる。中でも、「八物語」という政道論の中に含まれる、「万《よろづ》、其《そ》の道知る者に随《したが》へば安らかなる事」という項には、宇治の里人が大井川の水車を見事に造ったという『徒然草』第五十一段のほとんど全文が引用されている。このことは、近世初期に『徒然草』が政道論の書として、教訓的に読まれていたことを反映している。なおかつ、『甫庵太閤記』の政道書としての側面も反映している。甫庵の「八物語」の『徒然草』引用は、他にも「要道」という項では、「兼好曰《いは》く、人毎《ひとごと》に、我《わ》が身《み》に疎《うと》き事をのみぞ好むめる」と、『徒然草』第八十段を引用した後で、家の存続と君臣それぞれの役割の遂行を基盤として、政治秩序を安定させねばならないと説いている。

近代になっても、「太閤記物」が書き継がれている。矢田挿雲《やだそううん》の『太閤記』は、吉田健一の愛読書だったし、吉川英治にも『新書太閤記』がある。ちなみに、吉田健一は、昭和二十年代の終わり頃、新聞の文化欄の短いエッセイで、ゲーテの『ファウスト』、プルーストの『失われし時を求めて』、ロレンスの『息子と恋人』、そして『千夜一夜』とともに、矢田挿雲の『太閤記』を取り上げて、「何十人、どころか何百人という人物」が、「何《いず》れも負けず劣らずそれぞれの世界で闊達《かったつ》に行動している」ことに着目している（『おたのしみ弁当』所収）。心理描写よりも、行動を通して人間を描き分ける点に、魅力を感じたのだろう。

＊軍記のゆくえ

『曾我《そが》物語』は、鎌倉時代に起きた曾我兄弟の敵討《かたきう》ちを題材としている。父の仇《あだ》である工藤祐経《すけつね》を、兄の曾我祐成《すけなり》（十郎）と、弟の曾我時致《ときむね》（五郎）とが討つ。祐成の恋人である大磯の遊女・虎《とら》御前《ごぜん》も、人気が高い。また、『仮名手本忠臣蔵』などの赤穂浪士物も、広義の軍記物語の系譜に含めることは可能だろう。明治維新後の近代戦争を描いた文学作品は、大岡昇平の『レイテ戦記』などのように、「戦記」と呼ばれることが一般的かもしれないが、戦記文学の系譜は、現代まで続いている。

引用本文と、主な参考文献

・『大和物語』『土佐日記』『源氏物語』は、『新日本古典文学大系』『新編日本古典文学全集』などで読める。
・『群書類従・第二十輯』（続群書類従刊行会、昭和七年）には、『将門記』『純友追討記』『陸奥話記』『奥州後三年記』などのほか、鎌倉時代の『承久記』、室町時代の『明徳記』『嘉吉記』『文正記』『応仁記』なども収められている。
・柳瀬喜代志・他校注・訳『将門記・陸奥話記　保元物語　平治物語』（新編日本古典文学全集、小学館、二〇〇二年）
・永積安明・島田勇雄校注『保元物語・平治物語』（日本古典文学大系、岩波書店、一九六一年）
・市古貞次校注・訳『平家物語』（全二巻、新編日本古典文学全集、小学館、一九九四年）
・長谷川端校注・訳『太平記』（全四巻、新編日本古典文学全集、小学館、一九九四〜九八年）
・奥野高広・岩沢愿彦校注『信長公記』（角川文庫、一九六九年）。
・檜谷昭彦・江本裕校注『太閤記』（『甫庵太閤記』）（新日本古典文学大系、岩波書店、一九九六年）
・吉田健一『おたのしみ弁当』（島内裕子編・解説、講談社文芸文庫、二〇一四年）

発展学習の手引き

・紀行と軍記には、親和性がある。新編日本古典文学全集の『中世日記紀行集』に収められている『道行きぶり』（今川了俊）、『九州道の記』（細川幽斎）、『九州の道の記』（木下勝俊＝木下長嘯子《ちょうちょうし》）は、ジャンルとしては紀行文であって、軍記物語ではないが、三人とも歌人として知られる武将の遠征日記である。戦と風雅が入り交じる作品として、一読をお勧めする。

12 劇

《目標・ポイント》日本文学史における舞台芸術と演劇の位相の全体像を、「劇」という名称によって統合し、古代から近現代までを通観する。『枕草子』や『源氏物語』に描かれた神楽や舞楽、室町時代の能・狂言、江戸時代の歌舞伎や浄瑠璃、近代の戯曲などを、相互の影響関係や演劇論などの観点から掘り下げる。

《キーワード》神楽、『枕草子』、『源氏物語』、能、狂言、歌舞伎、浄瑠璃、虚実皮膜論、戯曲、森鷗外

1．神楽・舞楽

＊演じる者と、鑑賞する者

「劇」は、演じる者と、それを鑑賞する者との共同関係において成立し、感動が発生する。神と人が一体となって行われる点に、劇の特徴がある。神前で行われる芸能の鑑賞者は「神」であり、宮中で行われる際の鑑賞者は「天皇」である。むろん、どちらの場合にも、その場に参列する人間が、鑑賞者に陪席《ばいせき》していることになる。観客が、神々しさや、神秘的だと感じるのは、劇の発生に理由が求められるだろう。

神社には、「神楽殿《かぐらでん》」（神楽堂、舞殿《まいどの》）という建物があって、ここで舞楽が行われる。宮中では、

建物の中の場合もあれば、庭で行われることもある。また、雅楽は、本書の第四章で取り上げた「歌謡」とも、深く関わっている。

＊『枕草子』に描かれた神楽

『枕草子』の「猶《なほ》、世《よ》にめでたき物《もの》」の段は、「臨時《りんじ》の祭《まつり》の御前《おまへ》ばかりの事《こと》は、何事《なにごと》にか有《あ》らむ。試楽《しがく》も、いと、をかし」と始まり、賀茂神社と石清水八幡宮の「臨時の祭」（例祭ではない祭）を、舞楽の素晴らしさを通して描いている。賀茂神社の例祭は四月（葵祭《あおいまつり》）、臨時祭は十一月である。神事（社頭《しゃとう》の儀《ぎ》）に先立って、宮中で行われるのが「試楽」である。賀茂の臨時祭では、社頭の儀の後で、宮中に戻って再び「還立《かへりだち》の御神楽《みかぐら》」が奏される。

賀茂《かも》の臨時《りんじ》の祭《まつり》は、還立《かへりだち》の御神楽《みかぐら》などにこそ、慰《なぐさ》められ。庭火《にはび》の煙《けぶり》の、細《ほそ》う上《のぼ》りたるに、神楽《かぐら》の笛《ふえ》の、面白《おもしろ》う慄《わなな》き、細《ほそ》う、吹《ふ》き澄《す》ましたるに、歌《うた》の声《こゑ》も、いと哀《あは》れに、いみじく面白《おもしろ》く、寒《さむ》く冴《さ》え凍《こほ》りて、擣《う》ちたる衣《きぬ》も、いと冷《つめ》たう、扇《あふぎ》、持《も》たる手《て》の、冷《ひ》ゆるも覚《おぼ》えず。

十一月の夜の冷気の中で執り行われる神楽は、見守っている宮廷女房たちの着ている服も冴《さ》え冴《ざ》えとし、扇を持った手が寒さで震えているのだが、感動のあまり、寒さも忘れる、と実感を込めて清少納言は書いている。

また、この同じ段で、「少将《せうしやう》と言《い》ひける人《ひと》の、年毎《としごと》に舞人《まひびと》にて、めでたき物《もの》に、思《おも》ひ沁《し》みけるに、亡《な》くなりて、上《かみ》の御社《みやしろ》の、一《いち》の橋《はし》の許《もと》に有《あン》なるを、聞《き》けば、忌々《ゆゆ》しう、切《せち》に、物《もの》、思《おも》ひ入《い》れじと思《おも》へど、猶《なほ》、此《こ》のめでたき事《こと》をこそ、更《さら》に、え思《おも》ひ捨《す》つまじけれ」とあるのは、「少将」という人物が、毎年、祭の舞人に選ばれて、本人も素晴らしいことだと、深く心に沁みて思っていたのだが、亡《な》くなってから、上賀茂神社の「一の橋」のところに、その魂が留まっているそうだ、という噂《うわさ》を書いている。そのような噂を聞くと、とても恐ろしい気がするが、「少将」は、祭の花形だったのだから、執着心はよくないと思っても、素晴らしさを忘れがたいのもやむをえないだろう、と清少納言は同情している。

ちなみに、『徒然草』の第六十七段には、「賀茂《かも》の岩本《いはもと》・橋本《はしもと》は、業平《なりひら》・実方《さねかた》なり」、「実方《さねかた》は、御手洗《みたらし》に影の映《うつ》りける所《ところ》と侍《はべ》れば、橋本《はしもと》や、猶《なほ》、水の近ければ、と覚え侍《はべ》る」とある。『枕草子』の「少将」は、上賀茂神社の境内にある橋本社に祀《まつ》られている藤原実方なのだろうか。実方は、風流貴公子として名高い歌人である。

＊文学作品における「五節の舞姫」

「五節《ごせち》の舞姫《まいひめ》」は、大嘗祭《だいじょうさい》（おおなめまつり）や新嘗祭《にいなめさい》の「豊明《とよのあかり》の節会《せちえ》」の際に、宮中で舞を披露する未婚女性である。『小倉百人一首』の僧正遍昭《そうじょうへんじょう》の、「天《あま》つ風《かぜ》雲の通《かよ》ひ路《ぢ》吹き閉《と》ぢよ乙女《をとめ》の姿暫《しば》し留《とど》めむ」は、五節の舞姫の魅力を詠んで、華やいだ情景が浮かぶ和歌である。

『源氏物語』少女《おとめ》巻では、光源氏の乳兄弟である惟光《これみつ》の娘が、舞姫の一人として選ばれ、後に、光源氏の子である夕霧《ゆうぎり》の妻となった。光源氏自身も、少女巻で、「昔、御目《め》留《と》まり給ひし少女《をとめ》の姿、思《おぼ》し出《い》づ」と、「五節の君」（「筑紫《つくし》の五節」）との関係を懐かしく回想している。彼女とは、須磨巻でも和歌を贈答している。ちなみに、森鷗外の『舞姫』はドイツが舞台の小説で、ここでの「舞姫」は踊り子の女性を指す。けれども、この小説は文語文で書かれていて、作品全体に漂う香気は、『舞姫』という題名が醸し出す雰囲気による側面もあろう。主人公の太田豊太郎は、エリスと歩む人生を断念して帰国し、悲劇的な結末となるので、光源氏と「五節の舞姫」の交流とは異なるが、男女のかりそめの恋という面では、通底するのではないだろうか。

2．能・狂言

＊『新猿楽記』

藤原明衡《あきひら》は、第二章で述べたように、漢詩文集として名高い『本朝文粋《ほんちょうもんずい》』の編者であるが、『新《しん》猿楽記《さるがくき》』という著作も残しており、そこで「猿楽《さるがく》」（サルゴウ、とも）などの演芸について言及している。猿楽は、我が国古来の滑稽な民間芸能と、大陸から渡来した「散楽《さんがく》」とが融合したものである。そのほか、農耕と深く関わる「田楽《でんがく》」という芸能もあった。

これらの芸能を起源として、高い芸術性を獲得したのが、室町時代に盛んになった能（能楽）である。能の詞章《ししょう》を「謡曲」と言う。能は、室町幕府三代将軍の足利義満《よしみつ》の庇護を受けた観阿弥《かんあみ》・世《ぜ》阿弥《あみ》父子によって、大成された。大和猿楽から、観世《かんぜ》座・宝生《ほうしょう》座・金剛《こんごう》座・金春《こんぱる》座の四座が発展し、金剛から喜多《きた》流が別れ、現在の「四座一流」となった。

＊内容の分類

能楽には、主人公の「シテ」、その相手をする「ワキ」、シテとワキを助ける「ツレ」などが登場する。謡曲は、シテの種類によって、いくつかに分類される。神をシテとする脇能《わきのう》、武士をシテとする修羅物《しゅらもの》、美女をシテとする鬘物《かずらもの》、物狂いをシテとする狂女物（狂い物）、鬼や天狗をシテとする切能《きりのう》などである。

題材は、神話・物語・説話・軍記など、いろいろなジャンルから得ている。それらの題材を、和歌や漢詩をちりばめた文体で纏《まと》め上げたのが、謡曲の詞章である。和歌を散文に近づけ、散文を和歌に近づけた、独自の文体である。

『舟弁慶《ふなべんけい》』という作品を例に取ってみよう。最後に出てくる「跡白波《あとしらなみ》」という言葉は、船が通った「跡《あと》の白波」と、「跡も知らず」の掛詞《かけことば》になっている。「跡の白浪」は、『和漢朗詠集』の「無常」の項目に配置されている、「世の中を何《なに》に喩《たと》へむ朝ぼらけ漕ぎ行《ゆ》く舟の跡《あと》の白浪」（沙弥満誓《しゃみまんせい》）などに詠まれている、和歌的修辞である。また、『舟弁慶』には、源義経・武蔵坊弁慶・静御前《しずかごぜん》・平知《とも》盛《もり》などが登場するので、『平家物語』や『義経記《ぎけいき》』が最も大きな骨格となっている。表現面では、『和漢朗詠集』「行旅《こうりょ》」の「渡口《とこう》の郵船は、風静《しづ》まつて出《い》づ。波頭《はとう》の謫所《たくしょ》は日晴《は》れて見ゆ」（小野篁《たかむら》）も引用される。第十一章で述べたように、呉越の戦いの故事や、「功成《な》り、名遂《と》げて、身退《しりぞ》くは、天の道」という句も織り込まれている。

また、謡曲特有の言い回しは、松尾芭蕉の句にも好んで用いられた。「あら何《なん》ともなや昨日《きのふ》は過ぎて河豚汁《ふくとじる》」は、謡曲『舟弁慶』の「頼みても頼み無《な》きは、人の心なり。あら何《なん》ともなや候《ざうらふ》」の「あら何ともなや」（ああ、いったい、これはどうしたことだ）という句を用いている。ただし、「河豚《ふぐ》を食べても、何ともなくて、大丈夫だった」という意味に、ずらしている。

芭蕉の『おくのほそ道』に、斎藤実盛《さねもり》を詠んだ、「無慚《むざん》やな甲《かぶと》の下《した》のきりぎりす」という句がある。自分が老人であることを隠し、白髪を黒く染めて奮戦し、戦死した実盛を悼んだ句である。この句の「無慚やな」（ああ、何とも痛ましいことだ）は、謡曲『実盛』の「あな無慚やな、斎藤別当にて候《さうら》ひけるぞや」を用いている。

＊近世謡曲と『徒然草』

『舟弁慶』も『実盛』も、『平家物語』に題材を得ている。『小原御幸《おはらごこう》』『俊寛』『千手《せんじゅ》』『清経《きよつね》』『忠度《ただのり》』なども、『平家物語』を題材としている。『源氏物語』を題材としている謡曲には、『葵上《あおいのうえ》』『野宮《ののみや》』『玉鬘《たまかずら》』『浮舟』『夕顔』『半蔀《はじとみ》』『源氏供養』などがあり、『伊勢物語』を題材とする謡曲には、『井筒《いづつ》』『杜若《かきつばた》』などがある。

古典文学を積極的に取り込んで創作する謡曲の姿勢は、意外なことに、『徒然草』にも及んでいる。田中允《まこと》編『未刊謡曲集』(古典文庫)は、正続合わせて五十巻を越えるが、その中に『徒然草』や兼好を題材とする謡曲が、少なからず見出される。ただし、この場合の謡曲というのは、実際の能舞台で演じられる格調高い能楽のことではなく、謡曲のスタイルで書かれた江戸時代の「近世謡曲」を指す。けれども、そのような謡曲スタイルの創作作品に『徒然草』が使われていることは、『徒然草』自体の古典化を示す点で、貴重な文学資料と言える。実例を挙げてみよう。

『名月《めいげつ》賀茂《かも》』という謡曲には、「今宵《こよひ》は、曇り、月も見え分《わ》かず候《さうらふ》。然《さ》りながら、花は盛りに、月は隈無《くまな》きをのみ見るものかはにて候程《さうらふほど》に、よし、晴れずとも、此処《ここ》にて、御明《あ》かし候《さうら》へ」とある。この表現は、『徒然草』第百三十七段の冒頭を引用している。また、『江戸鹿子《えどかのこ》』には、「色好まざらむ者は、玉の卮《さかづき》の当無《そこな》き心地《ここち》すと、吉田の捨坊《すてばう》も、申せしなり」と、『徒然草』第三段を引用している。「吉田の捨坊」というのはかなり砕けた言い方であるが、江戸時代には、兼好の呼び名を、「吉田兼好」あるいは「吉田の兼好」と言い慣わしていたので、「世捨て人の吉田の兼好」という意味になる。

表現の引用だけでなく、『兼好法師』(別名『徒然草』)、『兼好法師』(別名『兼好』)、『御室《おむろ》』、『種《たね》生《お》』、『土大根《つちおおね》』など、作品全体の筋立てや主題が『徒然草』や兼好と深く関わる謡曲も作られた。なお、「種生」は、兼好が没したという伝説のある伊賀の地名である。

＊能楽論

和歌を論じたのが歌論であるように、能楽を論じたものが能楽論である。能楽論では、世阿弥《ぜあみ》の『風姿花伝《ふうしかでん》（花伝書《かでんしょ》）』や『花鏡《かきょう》』が有名である。

『花伝書』には、「男時《をどき》・女時《めどき》とて、あるべし」（人生には、運勢が上昇する時と、運勢が下降する時とがある）、「秘すれば花なり、秘せずは花なるべからず」などの名言がある。「初心、忘るべからず」は、『花鏡』にある言葉である。世阿弥は、初心者だった頃の未熟さを、芸に達した後になっても忘れてはならない、という意味で用いている。「先《ま》づ聞かせて、後《のち》に見せよ」ともある。「序破《じょは》急《きゅう》」という言葉は、元は雅楽《ががく》の言葉だったが、世阿弥の能楽論によって、よく知られるようになった。「序破急」は、導入、展開、結末という、三段階の作品構成のことである。

＊狂言

猿楽の文芸性を芸術に高めたのが能（謡曲）であったとすれば、猿楽の滑稽さを洗練させたのが狂言である。江戸時代には、大蔵《おおくら》・和泉《いずみ》・鷺《さぎ》の三流があったが、近代になって鷺流が滅んだ。狂言の種類には、大名がシテである「大名狂言」（『靭猿《うつぼざる》』など）、太郎冠者《たろうかじゃ》がシテである「小名《しょうみょう》狂言」（『附子《ぶす》』など）、婿や女性がシテである「聟《むこ》・女《おんな》狂言」（『右近左近《おこさこ》』など）、鬼や山伏がシテである「鬼《おに》・山伏《やまぶし》狂言」（『柿山伏』など）などがある。

狂言の最後には、「やるまいぞ、やるまいぞ」（「逃さないぞ」の意）という常套句《じょうとうく》が用いられる。夏目漱石が明治四十三年、伊豆で喀血《かっけつ》して仮死状態に陥った「修善寺《しゅぜんじ》の大患《たいかん》」の前後のことを書き記した随筆『思い出す事など』には、漱石の滞在している旅館の隣室に「裸連《はだかれん》」と自称する泊まり客がいて、「素人《しろうと》落語大会」を企画している、というくだりがある。「昨日の午《ひる》襖越《ふすまごし》に聞いていると、太郎冠者《たろうかじゃ》がどうのこうのと長い評議の末、そこん所でやるまいぞ、やるまいぞにしたら好いじゃねえかと云うような相談があった」と、具体的に記述されている。ちなみに、「能狂言」というタイトルの落語がある。この落語には、太郎冠者も出てくるし、「やるまいぞ」の常套句もある。「裸連」の人々は、そのような狂言仕立ての落語のオチを、皆で相談していたのであろうか。漱石は落語を好んだので、隣室の人々の話し声をはた迷惑に思いながらも、思わず引き込まれて聞いていたのだろう。

3. 歌舞伎・浄瑠璃

*歌舞伎と浄瑠璃

出雲《いずも》の阿国《おくに》の「歌舞伎踊り」から始まったとされる歌舞伎は、江戸時代の元禄期以降に名優を輩出し、庶民の娯楽として隆盛を見た。歌舞伎には、過去の時代の出来事を描いた「時代物《じだいもの》」と、同時代の庶民の生活を描いた「世話物《せわもの》」とがある。前者の代表は、曾我兄弟の討ち入りを扱った「曾我物《そがもの》」や、源義経の「判官物《ほうがんもの》」などである。この区別は、現代の文壇における「歴史小説」(歴史上の英雄を描く)と「時代小説」(市井《しせい》の人々の喜怒哀楽を描く)の並立とも対応する。

歌舞伎の名台詞《めいせりふ》は、そこだけ独立して使われることがある。「絶景かな、絶景かな」(『楼門《さんもん》五三《ごさん》桐《きり》』)、「こいつァ、初春《はる》から縁起がいいわえ」(『三人吉三《さんにんきちさ》廓初買《くるわのはつかい》』)、「知らざァ言つて、聞かせやせう」「問はれて名乗るも、をこがましいが」(『青砥稿《あおとぞうし》花紅彩画《はなのにしきえ》』=『白浪《しらなみ》五人男』)、「死んだと思つたお富たァ、お釈迦様でも気がつくめえ」（『与話情浮名横櫛《よわなさけうきなのよこぐし》』）、「暫《しばら》く」（『暫《しばらく》』）などである。『仮名《か な》手本忠臣蔵《でほんちゅうしんぐら》』も、「遅かりし、由良之助《ゆらのすけ》」という成句を生んでいる。

浄瑠璃は、「御曹司《おんぞうし》」源義経（牛若丸）と、遊女・浄瑠璃御前《じょうるりごぜん》との愛を語る『浄瑠璃十二段草《じゅうにだんぞう》子《し》』を起源とする。江戸時代に近松門左衛門《ちかまつもんざえもん》によって、大成された。近松は、数々の心中物を書いた。『曾根崎心中《そねざきしんじゅう》』『冥途《めいど》の飛脚《ひきゃく》』『心中天《しんじゅうてん》の網島《あみじま》』などである。これらの心中物は、『太平記』の「道行文《みちゆきぶん》」の密度を極限まで高めた、死への「道行」を格調高く描いている。

＊歌舞伎・浄瑠璃から見た『徒然草』の古典化

ところで、近松門左衛門は、『つれづれ草』（一六八一年）という浄瑠璃を書いている。後宇多院《ごうだいん》皇女菅《すげ》の宮《みや》と、侍従《じじゅう》の局《つぼね》という、二人の女性から好意を持たれた兼好が出家し、庵を訪れた菅の宮に『徒然草』を伝授するという内容である。兼好を「恋の訳知《わけし》り」として描く一方で、教養人として人を教えさとす教訓色が顕著である。ところが、同じ近松の『兼好法師物見車《ものみぐるま》』（一七〇六年）では、啓蒙性や教訓色は色を薄め、『太平記』の世界を借りた仇討ちがテーマである。

この『兼好法師物見車』は、与謝蕪村の「花の幕兼好を覗《のぞ》く女あり」という俳句に影響を与えたのではないかと、推測される。この句は、兼好が艶めかしい女性に言い寄られたという、『徒然草』第二百三十八段の千本釈迦堂《せんぼんしゃかどう》での出来事と関連づけて解釈されることが多いが、むしろ『兼好法師物見車』で、女性たちが兼好を一目見ようと大騒ぎする場面を踏まえていると考えた方がよいのではないかと思う。

劇において、古典が摂取されることが多いのは、先に謡曲に関して述べた通りである。このことは、『伊勢物語』『源氏物語』『平家物語』などが、古典として認定されたことを示している。けれども、『徒然草』の場合、室町時代の謡曲に引用されたり、脚色された例は、知られていない。それが江戸時代の浄瑠璃で摂取されたのは、『徒然草』が古典となったことの証しであろう。

ちなみに、近松の『つれづれ草』と『兼好法師物見車』の影響を強く受けた作品として、江島其《えじまき》磧《せき》の浮世草子『兼好一代記』（一七三七年）がある。

＊虚実皮膜論と『源氏物語』

『難波土産《なにわみやげ》』という本の中に、穂積以貫《ほづみいかん》が近松門左衛門から聞いた芸術論が、書き留められている。「芸と言ふ物は、実《じつ》と虚《うそ》との皮膜《ひにく》の間《あひだ》に有《あ》る物なり」、「虚《うそ》にして、虚にあらず。実《じつ》にして、実にあらず」と述べられている。「虚実皮膜論《きょじつひにくろん》」（「キョジツヒマクロン」とも）が、これである。『荘子《そうじ》』に、「荘周《そうしゅう》の夢」の故事が載る。荘周（荘子）が、蝶《ちょう》になった夢を見た。彼は、目が覚めた後で思った。人間である自分が「現実＝真実」で、蝶である自分が「夢＝虚構」だという常識とは逆に、もしかしたら、蝶である自分が「現実＝真実」で、人間である自分の方が「夢＝虚構」なのかもしれないのだ、と。

この「荘周の夢」は、中世において『源氏物語』の本質を考える際にも使われた。「作り物語」である『源氏物語』の本質は、虚構である。それにもかかわらず、「准拠《じゅんきょ》」という考え方があって、桐壺《きりつぼ》帝には醍醐《だいご》天皇、光源氏には源高明《たかあきら》、北山には鞍馬寺、「某《なにがし》の廃院《はいいん》」には河原院というように、実在した人物や地名が重ね合わされている。帚木《ははきぎ》巻のタイトルの由来となっている「帚木」とは、遠くからは姿がはっきりと見えるが、近づいてみると見えなくなってしまう、不思議な木である。これが、真実と虚構とが重なり合う『源氏物語』の本質を示すものとされた。

近松の虚実皮膜論も、そのような『源氏物語』の研究史と関連するものだと思われる。『日本国語大辞典』には、「日本文芸史における虚構論の先駆」だと説明されているが、このような虚構論の背景には、室町時代の『源氏物語』研究の蓄積があるのである。

4. 近代以降の演劇・戯曲

＊明治・大正の文学者と劇

近代の文学者と劇について概観しよう。評論書『小説神髄』を書いて、近代小説の理論的支柱となった坪内逍遙《しょうよう》は、シェイクスピアの戯曲を翻訳しただけでなく、豊臣氏滅亡への道を描いた『桐一葉《きりひとは》』や、鎌倉時代初期の北条氏の内紛に題材を取った『牧の方《まきのかた》』などの戯曲を書いている。泉鏡花の戯曲の『天守物語《てんしゅ》』や『海神別荘《かいじんべっそう》』は、幻想文学として人気が高い。鏡花の『婦系図《おんなけいず》』は、もともと小説として書かれたが、早瀬主税《ちから》と芸者だったお蔦《つた》の悲恋は、舞台化されて、新派《しんぱ》の人気作となった。芥川龍之介にも、数々の謡曲に登場する小野小町を描いた『二人小町《ふたりこまち》』という戯曲がある。芥川の友人だった菊池寛には、『父帰る』『恩讐の彼方《かなた》に』などの戯曲がある。倉田百《ひゃく》三《ぞう》が親鸞を描いた『出家とその弟子』は当時のベストセラーとなり、『平家物語』に題材を得た『俊寛』もある。

＊森鷗外『生田川』と謡曲『求塚』

森鷗外は、ゲーテ（ギョオテ）の戯曲『ファウスト』を翻訳したが、鷗外自身も戯曲を書いている。『生田川《いくたがわ》』も、その一つである。蘆屋《あしや》の里に住む菟原処女《うないおとめ》は、二人の男性から求婚され、どちらとも決めかねた。彼女の母親が、「川に浮かんでいる水鳥を二人の男に矢で射させ、当たった方の男と結婚したらよい」と言ったところ、二人の男とも鳥を射貫いてしまった。困った彼女は、生田川に入水《じゅすい》して死んだという。『万葉集』で高橋虫麻呂《むしまろ》と田辺福麻呂《さきまろ》が長歌に詠み、歌物語である『大和物語』にも載っている。二人の男の名前は、高橋虫麻呂では「菟原壮子《うないおとこ》と血沼壮子《ちぬおとこ》」。田辺福麻呂では一人だけ名前が挙がっていて「小竹田壮士《ささだおとこ》」。『大和物語』には、男たちの名前は出ない。彼女の墓は、「乙女塚《おとめづか》」と呼ばれたが、いつしか「求塚《もとめづか》」という名称になった。この伝説を謡曲にしたのが、『求塚』である。

この伝説は、夏目漱石にも影響を与えている。『草枕』で、「長良《ながら》の乙女」の伝説が語られている。ヒロインである那美《なみ》の運命を暗示する重要な伝説である。長良の乙女は、「ささだ男」と「ささべ男」という二人から求婚され、川に身を投げて死んだという。ここに、「ささだ男」とあるのは、漱石が『万葉集』の田辺福麻呂の「生田川伝説」を踏まえていることの痕跡であろう。

謡曲『求塚』では、『万葉集』や『大和物語』にはなかった仏教的色彩が、色濃く滲《にじ》み出ている。自分の躊躇《ちゅうちょ》と不決断のために、罪のない水鳥が命を奪われ、二人の男たちも差し違えて死んでしまった。この罪深さのゆえに、彼女の魂は成仏できずに苦しむ。それを救ってほしい、と旅の「沙門」（僧）に訴えるという構成になっている。

森鷗外の『生田川』にも僧が登場するが、それは没後の菟原処女の亡魂を救済するためではない。二人の男のどちらと結婚するかを決めかね、自分がこの世に生きる意味を見出しかねている女に、世界の真実を教えるために現れたのである。僧が唱えているのは、『唯識三十頌《ゆいしきさんじゅうじゅ》』という仏典である。この仏典は、世界とは、人間の認識が生み出した仮のものであるとする唯識論《ゆいしきろん》の教えを説いている。三島由紀夫が「豊饒《ほうじょう》の海《うみ》」四部作の最終作『天人五衰《てんにんごすい》』で探究した世界認識である。世界のすべては、人間である自分の主観が生み出した仮象《かしょう》に過ぎない。この真実を僧から教えられた菟原処女は、深く悟るところがあって、家を出た。母親が、娘の後を追いかけるところで、幕となる。この後は、どうなるのか。生田川伝説は、菟原処女の入水と死を、強く暗示している。けれども、世界のすべては、苦しみも悩みも、自分の心の迷妄が生み出した仮象でしかないことを知った彼女には、自分の望む喜ばしい仮象の世界を作り上げて、そこで生き続けることもできるはずである。このあとの菟原処女の生き方は、観客（読者）の世界観に委ねられている。

思えば、作者である森鷗外も、医学と文学という二つの人生に、心を引き裂かれていた。しかし、どちらか一つを選んで、どちらか一つを捨てるという決断をしなかった。鷗外が『生田川』で描いた二人の男は、文学と医学の擬人化だったのかもしれない。乙女のこれからの人生は、乙女自身が決める。それが、鷗外の戯曲『生田川』の結論ではないだろうか。そこから、読者や観客の人生も、新しく始まる。

劇は、いみじくも近松門左衛門が言ったように「虚実皮膜の間」にあるのであり、虚構の舞台によって人生の真実が観客にもたらされ、それが感動を生むのである。

＊戯曲を書く文学者

昭和の時代の文学者と劇について概観しよう。戦後まもなく、太宰治は、戯曲の『冬の花火』『春の枯葉』を発表している。三島由紀夫には、『鹿鳴館《ろくめいかん》』『朱雀家《すざくけ》の滅亡』などの戯曲がある。三島は、少年時代から能と歌舞伎に親しんでおり、『近代能楽集』『鰯売恋曳網《いわしうりこいのひきあみ》』などは、謡曲や歌舞伎を現代化した戯曲である。『近代能楽集』は、ドナルド・キーンによって英訳され、世界各地で上演された。安部公房《こうぼう》も、小説と戯曲の双方に力を注ぎ、戯曲『友達』『未必の故意』は、やはりドナルド・キーン訳で翻訳され、世界に向けて発信された。評論家の中村光夫は、評論活動を主として行った文学者であるが、『雲をたがやす男』などの戯曲があり、小説もある。

本章では、近代以前の謡曲・歌舞伎・浄瑠璃について、それぞれの作品をいくつか挙げて、それらが内包する、先行作品や先行する文学ジャンルとの関わりという側面から概観した。劇は、舞台芸術として、実際に上演されるものであるが、「劇文学」という言い方もあるように、文字で書かれた文学作品として読むと、作品間にどのような繋がりがあり、どのような点が新しいかが見えてくるであろう。

引用本文と、主な参考文献

・島内裕子校訂・訳『枕草子』（上下、ちくま学芸文庫、二〇一七年）

・謡曲・狂言・能楽論・歌舞伎・浄瑠璃は、『日本古典文学大系』『新日本古典文学大系』『日本古典文学全集』、『新編日本古典文学全集』などに、主要作が収録されている。

・田中允編『未刊謡曲集』（古典文庫）は、市販されていないが、図書館などで所蔵されていることが多い。

・『森鷗外全集・第六巻』（岩波書店、一九七二年）に、『生田川』が収録されている。

発展学習の手引き

・劇は、舞台で上演されているのを観るのが一般的であろうが、詞章・台本・戯曲・シナリオなども読んでみよう。

・本章では、芭蕉や夏目漱石における謡曲との関連に触れたが、井原西鶴の作品などにも、謡曲の影響は顕著であると言われているので、西鶴の作品を読んで、謡曲との関連を調べてみよう。

13 連歌と俳諧

《目標・ポイント》 複数の人間が交互に句を詠み合うのが、連歌である。近世に入ると、俳諧が生まれる。連歌と俳諧の新しさは、先行文学である古典の摂取とも深く結びついている。和歌や物語との関連にも留意しながら、連歌と俳諧の歴史を、古代から近世まで辿る。

《キーワード》 連歌、俳諧、二条良基、宗祇、『菟玖波集』、『新撰菟玖波集』、貞門、談林、蕉風、蕪村

1．連歌の起こり

＊筑波の道

和歌のことを「八雲《やくも》の道《みち》」と呼ぶのは、スサノオがヤマタノオロチを退治した後でクシナダヒメと結婚した時に詠んだ、「八雲立つ出雲《いづも》八重垣《やへがき》妻籠《つまご》みに八重垣作るその八重垣を」が、地上で詠まれた最初の歌であると、『古今和歌集』（九〇五年成立）の仮名序に書かれているからである。順徳院（一一九七～一二四二）の『八雲御抄《やくもみしょう》』は歌学書として知られている。それに対して、連歌は「筑波《つくば》の道」と言う。『古事記』によれば、ヤマトタケルと甲斐の国の古老とが、歌を詠み合ったことに因《ちな》んでいる。

新治筑波《にひはりつくば》を過ぎて幾夜《いくよ》か寝《ね》つる　ヤマトタケル
日々並《かがな》べて夜《よ》には九夜《ここのよ》日《ひ》には十日《とをか》を　古老

「四七七」と「五七七」のやりとりである。「五七七」は片歌《かたうた》である。筑波から酒折《さかおり》の宮《みや》（現在の山梨県甲府市）までの行程を、ヤマトタケルが何日経《た》ったことだろうかと配下の者に訪ねたところ、それを聞きつけた古老が答えた、と伝えられている。

＊初期の連歌

連歌は、次第に「五七七」と「七七」の付合《つけあい》が定番となった。説話集である『撰集抄《せんじゅうしょう》』によれば、連歌の会で、「秋は猶夕《なほゆふ》まぐれこそただならね」という上の句に対して、大人たちが下の句を付けかねていたところ、まだ十三歳だった藤原義孝《よしたか》（九五四〜九七四）が「荻《をぎ》の上風萩《うはかぜはぎ》の下露《したつゆ》」と見事に詠んだので、皆は感嘆したという。義孝は、『小倉百人一首』に、「君がため惜しからざりし命さへ長くもがなと思ひけるかな」が選ばれた歌人であるが、数えの二十一歳で夭折《ようせつ》した。十三歳の時と言えば、西暦九六六年である。

『伊勢物語』第六十九段は、在原業平《ありわらのなりひら》と伊勢斎宮《さいぐう》（恬子《やすこ》内親王）との悲恋のエピソードである。斎宮が、「徒歩人《かちびと》の渡れど濡れぬ江《え》にしあれば」と詠むと、業平が「また逢坂《あふさか》の関は越えなむ」と返した。「徒歩で渡って濡れないほどの浅い江《え》――縁《えにし》でしたね」と斎宮が言ってきたので、「きっと、また、私たちは逢える日が来るでしょう」と業平が返事した。このやりとりも、連歌である。

『古今和歌集』から『新古今和歌集』まで、八集の勅撰和歌集が編まれて、「八代集」と総称される。それらにも連歌は含まれている。ただし、「上の句」に対して「下の句」を付けたり、「下の句」に対して「上の句」を付けたりしたのみの「短連歌《たんれんが》」がほとんどであり、「五七五」と「七七」を何度も繰り返して詠む「長連歌《ちょうれんが》」（鎖連歌《くさりれんが》）は少なかった。

2．連歌の隆盛

＊二条良基と「式目」の制定

二条良基《よしもと》（一三二〇～八八）は、摂政・関白を務めた貴族である。二条良基は、歌学書である『愚問賢注《ぐもんけんちゅう》』（一三六三年）を、二条為世《ためよ》門下の「和歌四天王」の筆頭である頓阿《とんあ》（一二八九～一三七二）と共同で著している。良基の質問に、年長の頓阿が答えるというスタイルである。良基は、また、連歌の詠み方のルールを定めた「式目《しきもく》」を制定したことでも知られる。『応安新式《おうあんしんしき》』（一三七二年）が、それである。連歌論書『筑波問答』などもまとめている。

ところで、室町時代以降、『源氏物語』の注釈書を著すことが文化人の証しとなるが、良基本人は『源氏物語』に関する書物を残さなかった。ただし、『源氏物語』に関する最初の本格的な注釈書である『河海抄《かかいしょう》』を著した四辻善成《よつつじよしなり》（一三二六～一四〇二）は良基の猶子《ゆうし》（養子）である。『河海抄』に次いで出現した『源氏物語』研究の大著『花鳥余情《かちょうよせい》』を著した一条兼良《かねら》（カネヨシとも、一四〇二～八一）は、良基の孫に当たる。良基を含めて、三代にわたり、文学と深く関わった。

＊『菟玖波集』

さて、二条良基の時代の連歌とは、どのようなものだったのだろうか。二条良基は、連歌師の救済（一二八四頃～一三七八頃）と共に、連歌撰集である『菟玖波集《つくばしゅう》』（一三五六年）を編纂した。救済は、キュウセイ、キュウゼイ、グサイなどと、さまざまに読まれる。『菟玖波集』は勅撰集に準じる「准勅撰集」であり、この撰集の成立によって、連歌の地位が高まった。『菟玖波集』の序文には、「業平の朝臣《あそん》は逢坂の関に情《なさけ》を停《とど》め」と、先に挙げた『伊勢物語』第六十九段に触れている。連歌撰集の『菟玖波集』の中から、いくつか具体例を挙げよう。これらは前《まえ》句付《くづけ》と言って、前句《まえく》（七七のこともあれば、五七五の場合もある）に対して付句《つけく》を付けている。

月のわづかに霞む夕暮
熊の棲《す》むうつほ木ながら花咲きて　　救済

平安時代の『うつほ物語』の俊蔭《としかげ》巻には、木の空洞《うつほ》に熊が棲むという設定がある。中世における『うつほ物語』享受として貴重な例である。前句の「月のわづかに」の部分を「月の輪」と取りなして、そこから「ツキノワグマ」を連想したので、救済は「熊の棲むうつほ」と後句を付けたのだろう。次も前句付けである。

歌の姿は今も忘れず
古《いにしへ》の夢を見し人まろねして　　良基

「見し人まろねして」の部分に、歌聖とされる「柿本人麻呂」の名前（「人まろ」）が、巧みに詠み込まれている。藤原兼房《かねふさ》（一〇〇一～六九）の夢に人麻呂が現れた伝承を踏まえている。兼房は、夢に見た人麻呂の姿を肖像画に描かせたという。その後、藤原顕季《あきすえ》がその肖像画を模写させて、歌会の時に掲げたのが「人麻呂影供《えいぐ》」の起源であるという。時に一一一八年のことである（『十訓抄』による）。

＊『水無瀬三吟百韻』と『新撰菟玖波集』

今日、連歌師の代名詞のようになっているのが、宗祇《そうぎ》（一四二一〜一五〇二）である。彼が、弟子の肖柏《しょうはく》や宗長《そうちょう》と三人で詠んだのが、連歌の最高傑作とされる『水無瀬《みなせ》三吟百韻《さんぎんひゃくいん》』（一四八八年）である。この百韻は後鳥羽院が愛した水無瀬《みなせ》離宮《りきゅう》に奉納された。一四八八年と言えば、承久の乱に敗れ、隠岐の島に流されて崩御した後鳥羽院（一一八〇〜一二三九）の二百五十回忌に当たっている。一四六七年に始まった応仁の乱の戦火で、都は荒廃した。後鳥羽院の心を鎮魂するために詠まれたのが、この百韻だったのではないだろうか。

「平和」を、三人の文学精神の「調和」によってもたらそうとする祈りが、この百韻には込められている。連歌は「座」の文学と言われることが多いけれども、むしろ「和」の文学だと定義するのが相応しい。一座に集うことが、和を醸し出すからである。

宗祇には、『源氏物語』帚木《ははきぎ》巻の「雨夜《あまよ》の品定《しなさだ》め」を論じた『雨夜《あまよ》談抄《だんしょう》』がある。宗祇は、「雨夜の品定め」が恋愛論でなく政道論であるという独自の主題把握をしている。これも、宗祇の「平和」にかける希望を反映していると考えられる。また、弟子の肖柏や宗長に『伊勢物語』を講義した記録が残っている。肖柏は、『源氏物語』の注釈書『弄花抄《ろうかしょう》』を著している。

南北朝の時代には、二条良基を始めとする貴族たちが、古典の学問を継承した。時は流れて、応仁の乱の時代になると、連歌師たちは、家学ならぬ師弟の繋がりで、古典の学問を継承してゆく。『水無瀬三吟百韻』の末尾の二句は、この世のあり方にも関わる、新しい文学宣言でもある。それは、身分にかかわらず、正しい政道を文芸（連歌）によって実現しようとする悲願だった。

　賤《いや》しきも身を修むるは有《あ》りつべし　　宗祇
　　人におしなべ道ぞ正しき　　宗長

宗長の句は、後鳥羽院の「奥山のおどろが下《した》も踏み分けて道ある代《よ》ぞと人に知らせむ」を踏まえている。加えて、勅撰和歌集である『風雅和歌集』の仮名序は、花園院《はなぞのいん》によるものであるが、「葦《あし》原《はら》や乱れぬ風、代々《よよ》に吹き伝へ、敷島《しきしま》の正しき道を尋ねむ後《のち》の輩《ともがら》、迷はぬしるべとならざらめかも」と結ばれていることとも、関連しているだろう。『風雅和歌集』は、本来『正風和歌集』というタイトルが予定されていたと言われる。和歌は政道を正しくし、連歌もまた戦乱の世に平和をもたらすことが願われたのである。

順序が逆になったが、『水無瀬三吟百韻』の冒頭も、掲げておこう。

　雪ながら山本《やまもと》霞む夕べかな　　宗祇
　　行く水遠く梅匂ふ里　　肖柏
　川風に一群柳《ひとむらやなぎ》春見えて　　宗長

後鳥羽院の「見渡せば山本霞む水無瀬川夕べは秋と何《なに》思ひけむ」という和歌を踏まえている。正しき道が行われ、人々が心安らかに暮らす光景を、言葉の力で引き寄せようとして、この百韻は、開巻された。この宗祇が中心となって編纂した『新撰菟玖波集《しんせんつくばしゅう》』（一四九五年）も、二条良基の『菟玖波集』に続いて、准勅撰集となった。

＊連歌が繋ぐ古典と近代

天皇と貴族による平安時代が終わり、鎌倉時代から南北朝の時代を経て、室町時代は武士たちの世の中になった。けれども、文学の世界では、『古今和歌集』と『源氏物語』を王道とすることに変化はなかった。室町時代になっても、和歌と物語を基盤とする文学の土壌があるからこそ、そこからさらなる新しい文学が芽吹いた。前章で取り上げた「劇」における能がそうだったように。能には、古典中の古典である『伊勢物語』や『源氏物語』から生まれたものが多い。と同時に、近い時代の『平家物語』も、王朝文学に劣らぬくらい、大きな基盤として機能した。前代、前々代の文学が、当代の文学を生み出す。そのことは、当代の文学によって、それ以前の古典が、消滅することなく、生き続けるということでもある。同様のことは、連歌撰集に関しても言える。

先にも引いた『菟玖波集』の巻一には、藤原公任《きんとう》と清少納言との短連歌も掲載されている。「少し春ある心地《ここち》こそすれ」という句を公任から示された清少納言は、「空冴《さ》えて雪は花にや紛《まが》ふらむ」と応えた。『枕草子』に出てくる記述が、連歌撰集に採取されているのは意外なようでもあるが、文学作品は、固定したジャンルの中にだけ収まっているのではなく、自在な移動をするものであり、そこに面白さもあり、文学の命脈が絶えない理由もあろう。

現代においてこそ、『源氏物語』と並び称される『枕草子』は、長い間、文学の表舞台に登場することはなかった。それでも、このように少しずつ他の作品の中で言及されたり、原文の一節が引用されたりすることによって、次第にその存在が明確になってきたのである。

和歌を論じた歌論があるように、連歌を論じた連歌論も数多く書かれた。中でも、心敬《しんけい》（一四〇六～七五）の『ささめごと』は名高い。「氷ばかり艶《えん》なるは無《な》し」という言葉は、中世文学の真髄を象徴する名言として知られている。心敬は、『徒然草』の文学的な価値をはっきりと見定めた歌人・正徹《しょうてつ》（一三八一～一四五九）の弟子で、和歌から連歌へという流れを決定づける役割を果たした。心敬の著作には、『徒然草』への言及もあるが、『方丈記』を踏まえた文章も見られる。

『方丈記』に関連して言えば、先に触れた宗祇の弟子の肖柏は、『方丈記』の略本の書写をしている。現在よく知られている『方丈記』は、前半が鴨長明自身も体験した五つの「災害記」、後半が方丈の庵での生活を描く「閑居記」から成るが、肖柏が書き写した『方丈記』は、前半の「災害記」を欠き、後半の「閑居記」だけである。このような『方丈記』は略本と呼ばれる。肖柏が書写した略本『方丈記』は、連歌師による『方丈記』への注目として貴重である。

連歌の付合の実際例として、ここでは『新撰菟玖波集』から、『徒然草』と関わるものを挙げてみよう。専順《せんじゅん》（一四一一～七六）は、宗祇の師であった連歌師である。

　老い果《は》つる身をも心に慰めて
　千年《ちとせ》も夢と思ふ世の中　　専順

専順は、前句（作者不明）の「老い果つる身」という言葉から、『徒然草』第七段の「住み果《は》てぬ世に、醜き姿を待ち得て」という一節を連想し、そこから同じ第七段の、「千年《ちとせ》を過《す》ぐすとも、一夜《ひとよ》の夢の心地《ここち》こそせめ」の部分を釣り上げて圧縮したのが、「千年も夢と思ふ世の中」という付句なのだと思われる。『徒然草』第七段から、そのあたりの原文を、引用しよう。

命ある物を見るに、人ばかり久しきは無《な》し。蜻蛉《かげろふ》の夕《ゆふ》べを待ち、夏の蟬《せみ》の春《はる》・秋《あき》を知らぬも有《あ》るぞかし。つくづくと一年《ひととせ》を暮らすほどだにも、こよなう長閑《のどけ》しや。飽《あ》かず惜《を》しと思はば、千年《ちとせ》を過《す》ぐすとも、一夜《ひとよ》の夢の心地《ここち》こそせめ。住み果《は》てぬ世に、醜き姿を待ち得《え》て、何《なに》かはせむ。命永《いのちなが》ければ辱《はぢ》多し。永《なが》くとも、四十《よそぢ》に足《た》らぬ程《ほど》にて死なむこそ、目安《めやす》かるべけれ。

文学史の中で、『枕草子』や『徒然草』は、その存在が、長い間、人々の目を惹かなかった作品である。もちろん、全く知られていなかったわけではないが、江戸時代以前には、他の作品の中に引用される頻度が、『古今和歌集』『伊勢物語』『源氏物語』などと比べると、格段に少なかった。けれども、室町時代の連歌師たちは、当時最高の教養人であり、古典和歌や古典物語の豊富な知識を、自分たちが生きている時代の中で、活用しようと試みた。その際に、『枕草子』の機知や、『徒然草』の人生観を、的確に読み取ることができた。それが、『枕草子』『徒然草』という新しい古典の発見に繋がったのだと考えられる。江戸時代に入ってから『徒然草』や『枕草子』が流布してゆく基盤は、連歌が隆盛した時代に固められたと考えてよいだろう。

＊旅する連歌師

宗祇の肖像画は、笠をかぶって馬に乗った姿で描かれることが多い。宗祇には「旅する人」というイメージがある。亡くなったのも、箱根湯本だった。宗長が宗祇の臨終を看取った『宗祇終焉記《そうぎしゅうえんき》』には、宗祇が「眺むる月に立ちぞ浮かるる」という前句にうまく付けられないと沈吟しているうちに、「燈火《ともしび》の消ゆる様《やう》にして、息も絶えぬ」と描写されている。『源氏物語』の薄雲《うすぐも》巻で、藤壺の死が「燈火《ともしび》などの消え入るやうにて、果《は》て給ひぬれば」とある箇所を、宗長は重ねたのだろう。『源氏物語』を愛した宗祇を追悼するのにふさわしい修辞である。

旅する宗祇のイメージは、能因や西行、さらには芭蕉へも繋がってゆく。第六章で概観した「紀行文学」においても、中世の連歌師たちの書き記した紀行文学が、後世に大きな影響を及ぼしていた。また、連歌師の旅によって、都で育まれた文化が、全国各地へと浸透していった。室町時代の守護大名は、都の文化への憧れが強く、連歌師たちを歓迎した。『新撰菟玖波集』は、大内政弘《まさひろ》が発起したものであったし、『河越千句《かわごえせんく》』（一四七〇年）は、太田道真《どうしん》・道灌《どうかん》が、宗祇や心敬《しんけい》たちを招いて催したものだった。

現代でも、連句や連詩を共同製作することがある。文学ジャンルが個人の創作を主流において発展した中で、連歌や連句の世界は異色と言ってもよいと思うが、「集団創作」への回帰は、現代でも試みられている。他人の詠んだ前句《まえく》に触発されて、自分でも思ってても見ない付句《つけく》が浮かんでくる。また、自分の句に付けられた後句によって、自分の句の意味が大きく変容してゆく。自分と他者との鬩《せめ》ぎ合いと融和。それが、連歌を大成した宗祇が求めた「和」の精神なのではないだろうか。

連歌や連句が、集団製作の一形態であることを改めて思う時、軍記の語りも、劇も、ひいては、文学の全体像も、発信する側と受信する側の両者があってこそであると、思いは広がってゆく。

3. 連歌から俳諧へ

＊古今伝授から貞門俳諧へ

中世和歌の主流は、「古今伝授」の系譜を形成していった。すなわち、約言すれば、古今伝授という文化伝達システムによって、和歌の伝統が、歴代の二条家の歌人たちを担い手として、継承されたのである。東常縁《とうのつねより》から宗祇へ、宗祇から三条西実隆《さんじょうにしさねたか》へ、そして細川幽斎《ゆうさい》を経て松永貞徳《ていとく》（一五七一～一六五三）が、古今伝授を継承し、時代は近世に入った。貞徳は、『徒然草』の本格的な注釈書である『なぐさみ草《ぐさ》』を著しているが、『源氏物語』や『伊勢物語』の研究についても重要な役割を果たした古典学者だった。彼が中心となった俳諧を、「貞門《ていもん》俳諧」と言う。古典的教養に裏打ちされた、知的な言語遊戯が特色である。貞徳の句を、二句挙げてみよう。

萎《しを》るるは何《なに》かあんずの花の色

雪月花一度に見する卯木《うつぎ》かな

一句目は、「何か案ず」と「杏《あんず》の花」の掛詞が印象的である。杏の花が萎れているのは、可憐な女性が何事かを思案しているような姿に見える、というのである。二句目は、白楽天（白居易）の「雪月花《せつげつくわ》の時、最も君を憶《おも》ふ」という有名な漢詩句を踏まえたうえで、もう一趣向工夫を凝らしている。冬の雪、秋の月、春の花は、三つの季節のことだが、四季の美しさの代表でもある。そうなると、もう一つ、夏の季節も欲しくなるのが人情である。「卯木」は「卯《う》の花《はな》」とも言い、雪のように白い花を咲かせる。また、旧暦四月を「卯月《うづき》」と言うのは、卯の花が咲く時節だからとも言われる。「卯木」イコール「卯月」でもあるのだ。「雪」のように白い「花」が咲く卯「月」には、雪月花がすべて揃っている、と貞徳は興じている。しかも、卯の花が咲く卯月は、夏であるから、これで名実ともに、春夏秋冬、すべてが揃った句になった。

　貞徳の弟子が、北村季吟《きぎん》（一六二四〜一七〇五）である。「古今伝授」の文学伝統による古典研究を集大成した注釈書を、次々に著した。『源氏物語湖月抄《こげつしょう》』『伊勢物語拾穂抄《しゅうすいしょう》』『枕草子春曙抄《しゅんしょしょう》』『八代集抄《はちだいしゅうしょう》』『徒然草文段抄《もんだんしょう》』などである。季吟の俳諧の弟子に、伊賀上野の侍大将・藤堂蟬吟《とうどうせんぎん》がおり、この蟬吟に仕えていたのが松尾芭蕉（一六四四〜九四）だった。芭蕉は、季吟から『誹諧埋木《はいかいうもれぎ》』という秘伝書を授かったという伝承がある。

　芭蕉の俳諧（誹諧）の系譜の源流には、古今伝授の宗祇がいた。芭蕉の『笈《おい》の小文《こぶみ》』には、「西行の和歌における、宗祇の連歌における、雪舟の絵における、利休が茶における、其《そ》の貫道《くわんだう》する物は一《いつ》なり」とあり、宗祇の名前を出して顕彰している。『誹諧埋木』の冒頭にも、「宗祇云《いは》く」として、宗祇の説く「誹諧」の定義が掲げられている。

＊『犬筑波集』から談林俳諧へ

　時代は少し遡るが、室町時代後期に山崎宗鑑《やまざきそうかん》（？〜一五四〇頃）という連歌師がいた。宗祇の唱える古典的で知的な作風と異なる、滑稽で軽快な笑いを志し、『犬筑波集《いぬつくばしゅう》』という俳諧撰集をまとめた。また、伊勢内宮の神官、荒木田守武《あらきだもりたけ》（一四七三〜一五四九）は、宗祇や宗鑑に連歌を学んだ。宗鑑と守武は、連歌から俳諧を独立させた、俳諧の始祖とされる。

手をついて歌申《まう》し上《あ》ぐる蛙《かはづ》かな　　宗鑑
青柳《あをやぎ》の眉描《か》く岸の額《ひたひ》かな　　守武

この二句は、どちらも古典を踏まえており、知的な句である。けれども、どこかしら滑稽味がある。そこが新しい。宗鑑の句は、『古今和歌集』仮名序に、「花に鳴く鶯《うぐひす》、水に棲《す》む蛙《かはづ》の声を聞けば、生きとし生けるもの、いづれか歌を詠まざりける」とあるのを受け、蛙が手をついて鳴いているのは、あれは和歌を申し上げているのだ、と洒落《しゃれ》ている。守武の句は、「岸の額」という語句がわかりにくいが、古典を踏まえているのである。『和漢朗詠集』「無常」の冒頭句に、「身を観ずれば岸の額《ひたひ》に根を離れたる草」とある。また、『枕草子』にも「草は」の段で、「あやふ草は、岸の額に生ふらむも、げに頼もしげなく、哀れなり」と書かれており、岸の突き出た場所を指す言葉である。これらの二つの古典に出てくる「岸の額」という言葉から受ける、危うげな語感から転じて、守武は、どこか愛敬のある顔立ちの女性が、きれいに眉を描く仕草に、ほのかなおかしみを漂わせているのだろう。宗鑑や守武は、宗祇の連歌と異なる文学世界を目指して、俳諧の祖となったが、ここに挙げた宗鑑の句も守武の句も、彼らのおかしみは、文学的な教養を基盤としている。

＊談林俳諧

松永貞徳と対立して、俳諧に新風を起こしたのが、西山宗因《にしやまそういん》（一六〇五～八二）であり、彼を中心とするのが、談林俳諧《だんりん》（談林派）である。滑稽で軽妙な作風が、特色である。井原西鶴は談林派から出発し、貞門俳諧から出発した芭蕉も、一時期は談林派に学んでいる。

世の中よ蝶々《てふてふ》とまれかくもあれ　宗因

『荘子《そうじ》』に「胡蝶の夢」という言葉がある。荘子（荘周）が蝶々になった夢を見たが、ふと、自分の本体は蝶々で、その蝶々が人間になった夢を見ているのが、この自分なのかもしれないと思った、という内容である。人生は、まさに胡蝶の夢のようなものだという哲学的な内容から、この句は始まっている。けれども、「蝶々（花に）止まれ」から「とまれかくもあれ」（とまれかくまれ、とにもかくにも）という言葉の展開になるあたり、知的でありながら軽妙である。

＊蕉風の確立、そして蕪村から近代へ

貞門から出発し、談林にも接近した芭蕉は、やがて「蕉風《しょうふう》」という独自の境地を切り拓く。『芭蕉七部集《しちぶしゅう》』に、彼と弟子たちの発句と俳諧（歌仙）が収められている。連歌師たちが旅に生きたように、芭蕉もまた旅に生き、数々の紀行文学の名作を残した。芭蕉の旅は、没後にも続き、世界中で「ハイク」が広まっている。近代文学でも、芭蕉を主人公とする作品が書かれている。芥川龍之介の『枯野抄』、中山義秀の『芭蕉庵桃青』などである。

江戸時代に俳諧は隆盛を見た。芭蕉と近代俳句を繋ぐのは、与謝蕪村《ぶそん》（一七一六〜八三）と小林一茶（一七六三〜一八二七）であろう。正岡子規は、蕪村を高く評価していた。詩人の萩原朔太郎にも、『郷愁の詩人　与謝蕪村』という評論がある。

春風のつまかへしたり春曙抄《しゅんしょせう》（『蕪村遺稿』）

蕪村晩年の句である。春風が女性の着物の褄《つま》をふわりと吹き返した、と詠み掛けて、実は『枕草子』の注釈書である『春曙抄』の冊子の端《つま》を、春風が吹き返したという、一瞬の転換が鮮やかである。まるで鈴木春信《はるのぶ》（一七二五頃～七〇）が描くような、若い女性像が目に浮かぶ。蕪村は、そこに王朝文化の枠として『春曙抄』を重ねている。時は、十八世紀。西洋では、モーツァルト（一七五六～九一）が活躍する時代であり、十九世紀の扉も、あと少しで開かれようとしていた。子規や朔太郎も、蕪村の持つ近代性に共感したのであろう。

近代詩歌の展開については、次章で取り上げることとしたい。

引用本文と、主な参考文献

・『新編日本古典文学全集』や『新日本古典文学大系』に、連歌や俳諧の代表的なテキストが注釈付きで収められている。中でも、島津忠夫・他校注『竹林抄』（新日本古典文学大系、岩波書店、一九九一年）は、詳細な注があり、連歌の醍醐味を満喫できる。

発展学習の手引き

・本章では、連歌から俳諧への流れを概観することに力点を置いたので、芭蕉とその弟子たちに関する具体例は、新日本古典文学大系『芭蕉七部集』（岩波書店）を参照していただきたい。

14 近代の詩歌

《目標・ポイント》近代の詩歌の大きな流れを、短歌・俳句・詩のそれぞれに即して概観する。短歌については、旧派和歌、『アララギ』、『明星』などの対立が意味するものを考える。俳句については、有季定型と無季自由律との対立に触れる。詩については、文語定型詩から口語自由詩へという変化を辿る。

《キーワード》旧派和歌、『アララギ』、『明星』、正岡子規、高浜虚子、河東碧梧桐、新体詩、文語定型詩、口語自由詩、翻訳詩

1. 和歌から短歌へ

＊詩歌の潮流

九〇五年に最初の勅撰和歌集として『古今和歌集』が成立して以来、日本文学の中心は、和歌だった。和歌よりも早く漢詩の勅撰集が成立したことは、本書の第二章で述べ、准勅撰集として、連歌の撰集があったことは前章で述べた。漢詩・和歌・連歌、いずれも詩歌（韻文）である。なぜ、勅撰散文はなかったのか。詩歌こそが遍《あまね》く、人々の心を潤すからであろうか。勅撰集の最後は、永享十一年（一四三九）成立の『新続古今和歌集』である。十五世紀も半ば近くなったこの時期は、日本文学の一つの大きな転換期だったと考えられる。

さて、本章では、明治時代以降の近代詩歌を、結社や文学グループの動向・消長の側面から通観する。文学精神はすぐれて個人的なものであるから、歌人・俳人・詩人の名前と共に、人々に愛唱された個々の詩歌そのものが大切である。そのような詩歌の鑑賞は、読書の楽しみでもある。けれども、近代詩歌の大きな流れを把握することによって、日本文学全体の中で、近代詩歌を位置づけることは、現代に繋がる新しい潮流が生まれた時点を確認するうえで重要であろう。

それゆえ、本章の記述スタイルは、個人名ではなく、結社やグループの名前が多くなるが、優れた詩歌に触れた読者が心から感動し、自分も詩歌を作りたいと思った時、同じ志を共有する人々の集まりが発生し、それが大きな文学運動の潮流を作り出す。時代の変革期においては、いくつもの潮流が共存し、互いに刺激し合ったり、反発し合ったりして、詩歌の運動の「潮目《しおめ》」を作り出した。その種々相を、これから辿ってみよう。

＊旧派和歌

同じ題で詠まれた和歌を集めて分類した「類題集《るいだいしゅう》」（「類題和歌集」「類題歌集」とも言う）という歌集がある。平安時代には『古今和歌六帖《こきんわかろくじょう》』があり、近世には後水尾院《ごみずのおいん》の『類題和歌集』がある。和歌は、類型的なものであり、だからこそ、すべての人が和歌を詠むことが可能だった。個性よりも、多くの人々に共感され、共有される類型性が重視されてきたのである。

明治維新後も、内容の類型性と、大和言葉が生み出すなだらかな調べを重んじる和歌は続いていた。近世の香川景樹《かがわかげき》が興した「桂園派《けいえんは》」の流れを汲む歌人たちが、明治になって、宮中の「御歌所《おうたどころ》」を中心に活躍したのである。「御歌所派」と呼ばれる歌人たちは、高崎正風《たかさきまさかぜ》（薩摩藩出身）、福羽美静《ふくばよししず》（津和野藩出身で森鷗外と親しかった）、八田知紀《はったとものり》（薩摩藩出身）、近藤芳樹（長州藩出身で、

『源語奥旨《げんごおうし》』の著作あり)、大口鯛二《おおぐちたいじ》(書道家としても著名)、井上通泰《みちやす》(民俗学者の柳田国男の兄)、小《こ》出粲《いでつばら》たちである。小出粲は中島歌子の歌塾「萩《はぎ》の舎《や》」でも和歌の指導をしており、樋口一葉と面識があった。

森鷗外は親友の賀古鶴所《かこつるど》と図り、鯛二・通泰・粲たちを撰者とし、和歌を好む陸軍の山県有朋《やまがたありとも》を盟主に仰ぎ、「常磐会《ときわかい》」という歌会を開いた。竹柏会《ちくはくかい》という短歌結社を興した佐佐木信綱も、常磐会の撰者を務めた。「常磐会」は、山県有朋が没する大正十一年まで続いた。けれども、「常磐会」は、短歌の結社ではない。なぜなら、この歌会に集う人々の間に師弟関係はなかったからである。

＊子規の登場と近代詩歌の新展開

近代詩歌の新展開は、正岡子規(一八六七〜一九〇二)によって切り拓かれた。子規は近代短歌を誕生させるとともに、近代俳句も生み出した。たった一人の文学者によって、これほどの大転換が実現したことは、文学史上の画期と言ってよい。このことは子規自身が歌人であると同時に俳人でもあったことによるだろう。子規以前に同様の人物を求めるとすれば、室町時代に和歌と連歌の双方で優れた作品や文学理論書を残した心敬がいる。心敬以後は、子規にいたるまで、和歌と俳句の双方に優れた作品を残した文学者は見当たらない。

しかも、子規のように、短歌と俳句の刷新を同時に行い、歌人・俳人双方に優れた弟子が育ち、その弟子たちに続く歌人・俳人の系脈が現代まで繋がるという現象は、珍しい。子規以後になると、歌人と俳人は、それぞれに専門化し、再び分離する傾向があるように思われる。それだけに、近代詩歌の出発点における子規の存在感や影響力には、測り知れないものがある。

＊正岡子規と『アララギ』

旧派和歌への痛烈な批判は、正岡子規の『歌よみに与《あた》ふる書』（一八九八年）から始まった。子規は、「貫之は下手な歌よみにて、『古今集』はくだらぬ集《しふ》に有之候《これありさうらふ》」と、旧派和歌の根源を攻撃した。御歌所派の八田知紀の名歌とされる「芳野山霞の奥は知らねども見ゆる限りは桜なりけり」についても、「これが下手と申すものにて候」、「極めて拙く野卑なり」などと酷評している。

子規は、外国の文学思想の脅威から日本文学を守るためには、大和言葉（雅語）だけでなく、漢音や俗語、さらには洋語なども、積極的に歌の用語として用いるべきだと主張する。そして、これまでの和歌の中からは、『万葉集』、源実朝《さねとも》（鎌倉幕府三代将軍）、田安宗武《たやすむねたけ》（徳川幕府八代将軍吉宗の子）などの雄渾な歌風を称揚する。子規は、西洋文明に対抗しうる新時代の文化として、近代短歌を創出したかったのだろう。

正岡子規は、『歌よみに与ふる書』の翌年、一八九九年「根岸《ねぎし》短歌会」を興した。後に『アララギ』という短歌結社に発展する。伊藤左千夫《さちお》（一八六四～一九一三）・島木赤彦《しまきあかひこ》（一八七六～一九二六）・斎藤茂吉（一八八二～一九五三）という歌人たちが求めた理念は、「写生」という言葉に象徴される。しかも、「写生」を成し遂げるために、赤彦は「鍛錬道」、茂吉は「実相観入《じっそうかんにゅう》」という方法論を唱えた。彼らは、目に見える真実ではなく、「心の真実」を見抜こうとしたのである。茂吉の歌集『赤光』は、近代短歌の金字塔となった。藤を詠んだ彼らの短歌を挙げてみよう。

瓶《かめ》にさす藤の花ぶさみじかければたゝみの上にとゞかざりけり　正岡子規

池水は濁りににごり藤なみの影もうつらず雨ふりしきる　伊藤左千夫

谷川の音さやかなり高木より咲きて垂りたる藤波の花　島木赤彦
愁《うれ》ひつつ去《い》にし子ゆゑに藤のはな揺《ゆ》る光さへ悲しきものを　斎藤茂吉

伊藤左千夫に師事した土屋文明（一八九〇～一九九〇）は、第一高等学校以来、芥川龍之介の友人であるが、その門下からは歌誌『未来』を興した近藤芳美や、歌誌『塔』を興した高安国世《たかやすくによ》が出た。近藤の弟子からは、岡井隆が出た。一方、茂吉の弟子からは、佐藤佐太郎が出て、歌誌『歩道』を興した。有力な歌人を輩出し続けた『アララギ』は、紛れもなく近代短歌の主流であった。現代短歌でも、『アララギ』系列は大きな流れである。

＊『明星』

落合直文《おちあいなおぶみ》（一八六一～一九〇三）は、一八九三年、大町桂月《おおまちけいげつ》、金子薫園《くんえん》、尾上柴舟《おのえさいしゅう》らと共に、「浅《あさ》香社《かしゃ》」を興した。自由な運営がモットーだったが、ここから「新詩社」の与謝野鉄幹《よさのてっかん》（寛《ひろし》、一八七三～一九三五）が出た。鉄幹は、閉塞した現状を敢然と突き破り破壊しようとするロマン精神の持ち主だった。鉄幹が創刊し、弟子で、後に妻となった与謝野晶子（一八七八～一九四二）と共に活躍した『明星』は、我が国にロマン主義の旋風を巻き起こした。『アララギ』が、現実重視の写実精神を唱えたのと対照的に、鉄幹は現実打破を唱えた。

緋縅《ひをどし》のよろひをつけて太刀《たち》はきて見ばやとぞおもふ山ざくら花　落合直文
大空の塵とはいかが思ふべき熱き涙のながるるものを　与謝野鉄幹
いとせめてもゆるがままにもえしめよ斯《か》くぞ覚ゆる暮れて行く春　与謝野晶子

晶子の「いとせめて」は、いささか言葉足らずであるが、『古今和歌集』小野小町の「いとせめて恋しき時はむば玉の夜《よる》の衣《ころも》を返してぞ着る」を踏まえ、恋の情熱のあらん限りを燃やし尽くそうという歌である。

『明星』からは、北原白秋・石川啄木・木下杢太郎《もくたろう》・吉井勇《いさむ》・山川登美子《やまかわとみこ》などが巣立った。白秋は、晩年に歌誌『多磨』を興し、そこから歌誌『形成』を興した木俣修や、歌誌『コスモス』を興した宮柊二《しゅうじ》が育った。短歌に社会性を導入した石川啄木も、『明星』が彼の文学人生のスタートラインだった。啄木が確立した「三行分かち書き」は、短歌と近代詩の境界を取り除く画期的な試みだった。

ロマン主義は、現実の超克を願う文芸精神である。『アララギ』の現実直視は、必ずしも現実肯定ではないが、世界の本質をあるがままに見ようとする『アララギ』と、現実を根底から覆そうとするロマン主義精神とは、相容《あいい》れない性格のものだった。

ところが、森鷗外は明治四十年（一九〇七）から、千駄木《せんだぎ》の自宅を開放して「観潮楼歌会《かんちょうろうかかい》」を開き、『心の花』の佐佐木信綱、『アララギ』の伊藤左千夫、斎藤茂吉、『明星』の与謝野鉄幹、石川啄木たちを招いて、近代日本の「あるべき短歌」の母胎たらしめようとした。鷗外の本質は、「常磐会」のような旧派和歌にあったが、西洋文学にも触れ、日本の詩と西洋の詩との融和と統合を願うようになったのだと思われる。

＊『国民文学』と迢空・牧水

御歌所派と『アララギ』と『明星』だけで、近代短歌を語りうるわけではない。『国民文学』を興した窪田空穂《くぼたうつぼ》や、『潮音《ちょうおん》』を興した、日本的象徴主義の太田水穂《みずほ》、酒と旅を愛し、『創作』を興した若山牧水など、近代短歌には綺羅星のような才能が集った。

その中で、ひときわ異彩を放ったのが、釈迢空《しゃくちょうくう》である。民俗学的国文学者としては折口信夫《おりくちしのぶ》の名義で、数々の古代文学論を発表した釈迢空は、句読点と一字空白を多用する独自の文体を確立し、短歌を散文詩に近づけた。次には、遙かな思いを込めた、旅情漂う短歌を集めてみた。

鉦《かね》鳴らし信濃の国を行き行かばありしながらの母見るらむか　窪田空穂
みんなみの海のはてよりふき寄する春のあらしの音ぞとよもす　太田水穂
白鳥はかなしからずや空の青海のあをにも染まずただよふ　若山牧水
葛の花　踏みしだかれて、色あたらし。この山道を行きし人あり　釈迢空

＊第二芸術論の衝撃と前衛短歌

戦後まもなく発表された桑原武夫の「第二芸術」という論文は、「現代俳句について」という副題があるように、俳句では人生の真実や深みを描くことができないという否定論だった。けれども、同じ短詩形文学である短歌もまた、第二芸術論への対応を余儀なくされた。ここから興ったのが、文明批評を目指した「前衛短歌」である。塚本邦雄、寺山修司たちは、中井英夫や三島由紀夫のような批評家的側面の強い文学者たちからの共感に支えられ、俳句の高柳重信《じゅうしん》や、詩人の大岡信《まこと》たちとも連繋しながら、第二芸術論の問題提起を乗り越えようとした。

二十一世紀の現代短歌は、文語と口語、歴史的仮名づかいと現代仮名づかいなど、すべてが許容される自由な表現空間となっている。和歌以来の千四百年近い伝統の蓄積が、すべて生きており、

そこから歌人は現代に最もふさわしいスタイルを選択できるし、また、これまでにないスタイルを模索することもできる。近代から現代に至る短歌の潮流は、複雑に絡み合いながらも、常に新しい歌人たちの登場と集合によって、古典以来の強い文学生命が息づいている。

2．発句から俳句へ

＊子規から虚子へ

和歌から連歌が派生し、その連歌が俳諧へと展開し、俳諧の最初の句（発句《ほっく》）が独立して俳句となった。短歌は「五七五七七」であり、下の句の「七七」で、歌人の構想力が千差万別に展開される。一方、俳句は「五七五」の十七音しかないので、さまざまな実験を行いやすい側面がある。正岡子規の短歌革新は、後継者である『アララギ』の歌人たちによって「写生」理論が深化したが、子規の目指した短歌のみが近代短歌や現代短歌となったわけではない。

ところが、『ホトトギス』を主宰した高浜虚子の唱えた「有季定型《ゆうきていけい》」と「花鳥諷詠《かちょうふうえい》」理論は、現代俳句の主流というよりは、俳壇のほとんどに及んでいる。必ず季語を含み、「五七五」を守りながら、自然と人事を詠むという禁欲的な姿勢によって、無限に想像力が広がり、表現空間が拡大するのである。虚子の代表句としては、「遠山に日の当たりたる枯野かな」「白牡丹《はくぼたん》といふといへども紅《こう》ほのか」などが有名である。

＊碧梧桐と自由律俳句

虚子の有季定型は、子規のもう一人の弟子である河東碧梧桐《かわひがしへきごとう》の唱えた「無季自由律」に対抗するものだった。荻原井泉水《おぎわらせいせんすい》、尾崎放哉《ほうさい》（「一日物云《い》はず蝶の影さす」）、種田山頭火《たねださんとうか》（「分け入っても分け入っても青い山」）、中塚一碧楼《いっぺきろう》たちが、「五七五」や季語にとらわれない句を発表した。

自由律俳句が盛んになる頃、虚子は「写生文」に力を注いでいた。『ホトトギス』に、夏目漱石『吾輩は猫である』や伊藤左千夫『野菊の墓』などの小説が掲載されたことは、虚子の視野の広さを物語っている。だが、虚子は、やがて俳句に全力を傾注するようになり、前述した「有季定型」と「花鳥諷詠」の理論を確立し、なおかつ「吟行《ぎんこう》」というスタイルも確立した。

大正や昭和期の俳人たちの多くは、虚子の『ホトトギス』から育っていった。飯田蛇笏《だこつ》、村上鬼《き》城《じょう》などである。昭和初期には、水原秋桜子《しゅうおうし》（「滝落ちて群青世界とどろけり」）、山口誓子《せいし》（「夏雲の壮子時《をさかり》なるを見て泪《なみだ》す」）、阿波野青畝《あわのせいほ》（「宝冠のごとくに枯るる芒《すすき》かな」）、高野素十《すじゅう》（「くもの糸一《ひと》すぢよぎる百合の前」）の「四Ｓ」が活躍した。また、日野草城《そうじょう》（「高熱の鶴青空に漂へり」）も同時代に活躍した。杉田久女《ひさじょ》、中村汀女《ていじょ》、星野立子《たつこ》などの女性俳人も、精彩を放っている。

水原秋桜子に師事した加藤楸邨《しゅうそん》（「雉《きじ》の眸《め》のかうかうとして売られけり」）と石田波郷《はきょう》（「勿忘草《わすれなぐさ》わかものの墓標ばかりなり」）は、虚子門下の中村草田男《くさたお》（「父となりしか蜥蜴《とかげ》とともに立ち止《ど》まる」）と共に、「人間探求派」と呼ばれた。また、西東三鬼《さいとうさんき》（「熱さらず遠き花火は遠く咲け」）、篠原鳳作《ほうさく》（「しんしんと肺碧きまで海の旅」）、渡辺白泉《はくせん》（「街灯は夜霧にぬれるためにある」）たちの「新興俳句」運動もあった。高柳重信たちの「前衛俳句」は、塚本邦雄たちの「前衛短歌」と連繫した。

現在でも、多くの俳句結社が活発な活動を展開しているが、特筆すべきは、外国における「ハイク」ブームだろう。虚子もフランスを訪れて講演しているが、簡潔であるとともに、余韻が広がる俳句の世界は、国や地域を越えて、世界に広がっている。文学の領域にとどまらぬ文化現象であり、十七音という極小の表現形態でありながら、自然と科学、文明と人間など、大きな視点とも結びつく俳句は、日本文学が世界に発信し、世界に受け止められたことを象徴している。

3．文語詩から口語詩へ

＊新体詩と文語定型詩

明治の近代詩は、新体詩から出発した。外山正一《とやままさかず》らの『新体詩抄』、森鷗外らの『於母影《おもかげ》』が有名である。『於母影』から、井上通泰が訳したと推測される「花薔薇《はなさうび》」（カール・ゲーロック原作）を紹介しよう。井上通泰は御歌所派の歌人である。旧派和歌から近代詩の黎明《れいめい》がもたらされたのは、意味深い。

わがうへにしもあらなくに／などかくおつるなみだぞも
ふみくだかれしはなさうび／よはなれのみのうきよかは

「うき」は、生きるのが辛《つら》いという意味で、古典文学で頻出する。「憂《う》き世《よ》」は、生きるのが辛い世の中、の意。ドイツの宗教的な原詩が、大和言葉に移しかえられた。

新体詩の次には、文語定型詩が流行した。島崎藤村『若菜集』から、「初恋」の第一聯。

まだあげ初《そ》めし前髪の／林檎のもとに見えしとき
前にさしたる花櫛の／花ある君と思ひけり

「前にさしたる花櫛の」は、「花ある君」に掛かる序詞《じょことば》のような機能を果たしている。つまり、和歌的なレトリックの文語詩である。ただし、「林檎」は、『聖書』のアダムとイブを踏まえているという説もあり、西洋的な内容も取り込まれている。

＊翻訳詩

西洋の近代詩を大和言葉に移しかえるという方法論は、上田敏《びん》『海潮音《かいちょうおん》』でも採用された。カール・ブッセ「山のあなた」を掲げよう。

山のあなたの空遠く／「幸《さいはひ》」住むと人のいふ。
噫《ああ》、われひと、尋《と》めゆきて、／涙さしぐみ、かへりきぬ。
山のあなたになほ遠く／「幸」住むと人のいふ。

「尋めゆく」という動詞は、『万葉集』や西行などの和歌で用いられている。「涙さしぐみ」の部分は、『後撰和歌集』に収められ、『源氏物語』にも引歌されている、「いにしへの野中の清水《しみづ》見るからにさしぐむ物は涙なりけり」を意識しているのではないだろうか。それらの大和言葉の文脈の中に、「幸」という抽象名詞が入っているのが、翻訳詩らしい工夫である。

けれども、上田敏の『海潮音』にも、漢語の用いられた翻訳詩がある。大和言葉と文語定型詩だけでは、人生や運命、さらには近代文明のただ中を生きる近代人の苦悩が表せないと、詩人も読者も思うようになった時点で、漢語や外来語を用いる口語自由詩が隆盛に向かい始める。

なお、近代詩では、翻訳詩集が重要な役割を果たした。『海潮音』を含めて、永井荷風『珊瑚《さんご》集《しゅう》』、堀口大學《だいがく》『月下の一群』、吉田健一『葡萄酒《ぶどうしゅ》の色』を、四大翻訳詩集と呼ぶことができるだろう。『葡萄酒の色』から、シェイクスピアのソネット第十八番の一節を掲げる。

そしてどんなに美しいものもいつも美しくはなくて、／偶然の出来事や自然の変化に傷けられる。／併《しか》し君の夏が過ぎることはなくて、／君の美しさが褪せることもない。／この数行によって君は永遠に生きて、／死はその暗い世界を君がさ迷ってゐると得意げに言ふことは出来ない。

言葉によって人間は永遠に生きるという、この詩は、本書でこれまで述べてきた文学の根幹と通底している。『枕草子』で清少納言が、中宮定子を始めとする人々の姿を、「げにぞ千歳《ちとせ》もあらまほしげなる、御有様《ありさま》なるや」と書いたことが、そのまま千年後の今に生きているように。

＊口語自由詩

口語自由詩は、萩原朔太郎『月に吠《ほ》える』や、高村光太郎『道程』などから始まり、たちまち詩壇を席捲《せっけん》した。朔太郎は、日本の詩の文体を一変させるほどの衝撃を与えた。ただし、朔太郎も、文語詩で表現することがある。人口に膾炙《かいしゃ》する佐藤春夫の『秋刀魚《さんま》の歌』も、日本浪曼派の伊東静雄『わがひとに与ふる哀歌』も、文語詩である。三好達治『測量船』、中原中也、立原道造などの詩にも、文語表現が交じる。

なお、詩人として出発した室生犀星《むろうさいせい》は、晩年は小説家として活躍した。『若菜集』の詩人・島崎藤村も、『破戒』以後は自然主義の小説家となった。三島由紀夫の小説は、外国語に翻訳されて世界で読まれているが、彼は少年時代には「詩を書く少年」だった。このように、詩人から散文家へという歩みは、何を意味するのだろうか。

翻って考えれば、紀貫之、藤原公任《きんとう》、藤原定家以来、優れた歌人は一流の歌論を散文で書く批評家でもあった。また、二条為世《ためよ》門下の和歌四天王の一人だった兼好は、『徒然草』によって、誰でも書ける散文を発明して、散文表現の可能性を飛躍的に高めた。

浅香社を興した歌人の落合直文には、新体詩の「孝女白菊《こうじょしらぎく》の歌」があり、『明星』の歌人、与謝野鉄幹の「人を恋ふる歌」、与謝野晶子の「君死にたまふことなかれ」も新体詩である。『明星』の歌人から出発した北原白秋には詩集『邪宗門《じゃしゅうもん》』があり、歌謡・俗謡も多く残した。石川啄木にも、「飛行機」「ココアのひと匙《さじ》」などの詩がある。

さらには、『春と修羅』の詩人・宮沢賢治には、『銀河鉄道の夜』などの散文作品がある。小説家の高見順には、闘病詩集である『死の淵より』がある。詩歌（韻文）と散文の関係には深いものがあるが、詩でしか訴えられないもの、短歌でしか歌えないもの、散文でしか思索できないものが何なのか。これは、永遠の課題であろう。

＊現代の詩人たち

人は誰しも、忘れられない詩との出会いを体験しているのではないだろうか。西脇順三郎『旅人かへらず』、中原中也『山羊《やぎ》の歌』『在《あ》りし日の歌』、立原道造『萱草《わすれぐさ》に寄《よ》す』、谷川俊太郎『二十億光年の孤独』などは、高い人気を誇っている。詩誌『荒地《あれち》』に拠った「荒地派」の詩人たち（田村隆一、加島祥造、鮎川信夫）は、戦後詩の原点とされる。金子みすゞの再評価があったように、これからも現代人は近代の詩歌を求めつつ、新たな未来の詩歌を切り拓いてゆくことだろう。

本章では、近代における短歌・俳句・詩の三つの分野を通覧してきた。近代詩歌の出発点としての子規の影響力の広がりという観点から、歌人と俳人を概観した。

明治時代以後、現代においても、短歌と俳句は、作品制作の基盤を結社に置く場合が多いが、その一方で、短歌・俳句・詩が相互に交流しながら新たな文学活動の場を広げる機会も増えているのではないか。日本現代詩歌文学館（岩手県北上市）のように、短歌・俳句・川柳・詩の総合文学館が開館し、機能していることは、近現代における韻文の蓄積と、今後の文学の方向性を考えるよすがとなろう。

引用本文と、主な参考文献

・『日本秀歌秀句の辞典』（小学館、一九九五年）は、古典から現代までの詩歌の名作が、研究者の解説付きで網羅されている。「四季」「恋愛・結婚」「人間」などのテーマ別に編集されているので、読み物としても楽しめる。また、『コレクション日本歌人選』（第三期まで全六十冊、第四期が進行中、笠間書院、二〇一一〜）にも、近現代の詩歌が解説付きで収められている。

・『現代短歌全集』（全十七巻、筑摩書房、一九八〇〜二〇〇二）は、近現代短歌の主要歌集を網羅している。

・山本健吉『現代俳句』（角川文庫、一九六四年）などのほか、各種の「歳時記」で俳句作品に触れることができる。

・伊藤信吉『現代詩の鑑賞』（上下、新潮文庫、一九五二〜五四）は、詩人の書いた現代詩の鑑賞である。『日本の詩歌』（別巻を含み三十一冊、中央公論社、一九六七〜七〇）は、詩歌を解説する脚注が付いている。西原大輔『日本名詩選』（三巻、笠間書院、二〇一五年）は、最新のアンソロジーで、近現代詩の発表順に配列され、鑑賞も優れている。

発展学習の手引き

・短歌・俳句・詩は、実作者も多く、詩歌ジャンルの豊かな広がりを支えている。北原白秋の詩を作曲した山田耕筰《こうさく》などもいて、歌われる詩歌も多い。日常の中の読書として、小説やエッセイと比べると、歌集・句集・詩集を読む機会は、それほど多くないかも知れないが、これらを読む楽しみに触れていただきたい。

15 近代の文学と、そのゆくえ

《目標・ポイント》 近代の散文は、どのような変貌を遂げて、現代に至ったのか。江戸から明治、大正、昭和の文体の変遷を概観し、文学の器である文体の変遷がもたらしたものを、考察する。

《キーワード》 近藤芳樹、夏目漱石、尾崎紅葉、山田美妙、樋口一葉、森鷗外、正岡子規、吉田健一

1．近世から近代へ

＊近代文学の展開

近代文学を小説という観点から眺めると、尾崎紅葉の硯友社《けんゆうしゃ》、島崎藤村・田山花袋《かたい》などの自然主義、森鷗外・夏目漱石の余裕派、芥川龍之介の新理知派、永井荷風《かふう》・谷崎潤一郎の耽美《たんび》主義（悪魔主義）、志賀直哉・武者小路実篤《むしゃのこうじさねあつ》の白樺派、小林多喜二などのプロレタリアート文学、横光利一《りいち》・川端康成の新感覚派、太宰治の無頼派《ぶらいは》などが、次々と興隆した。評論も、坪内逍遙の『小説神髄《しんずい》』以来、さかんに発表された。第十二章で見たように、戯曲の名作も書かれた。けれども、本章では、それらの変遷を辿ることよりも、近代散文の「文体」の変遷に焦点を当てて、「近代」の意味を考えることにしたい。

＊近藤芳樹の文体

近藤芳樹《よしき》（一八〇一～八〇）は、長州藩士であり、藩校である明倫館の教授となった国学者である。歌学にすぐれ、『万葉集』の研究や歌論書『寄居歌談《ごうなのうたがたり》』などがある。明治十三年に八十歳で没した。近藤芳樹は、文章家としての評価も高く、明治四十四年（一九一一）に池辺義象《よしかた》が編んだ『近世八家文選』にも登場する。このアンソロジーは、清水浜臣《はまおみ》、伴蒿蹊《ばんこうけい》、村田春海《はるみ》、中島広足《ひろたり》、石川雅望《まさもち》、賀茂真淵、上田秋成、近藤芳樹の八人を、近世を代表する八人の名文家として認定し、彼らの文章を集めたものである。このうち、近藤だけは明治維新の後まで活躍し、明治維新後は宮内省に出仕して、「御歌所《おうたどころ》」で御用掛《ごようがかり》を勤めた。明治天皇の巡幸にも同行し、その記録を書き残している。近藤芳樹は、近世から近代への変化を、経験した文学者だった。

＊和歌と散文の融合

まず最初に、近藤芳樹が江戸時代に書いた「名文」を、『近世八家文選』から紹介しよう。「月の瀬の梅」というタイトルで、奈良の月ヶ瀬《つきがせ》梅林《ばいりん》をテーマとしている。

二十一日、暁月夜《あかつきづくよ》の、窓深く差し入りたるに、驚きて、板戸、押し開《あ》けたれば、吹き入る風、そぞろ寒くて、しめやかに打ち薫《かを》れる花の香《か》、言《い》へばえに、をかしき曙なり。「夜半《よは》の嵐の吹き溜《た》めて」と詠《よ》みたりけむ言《こと》の葉《は》、ふと思ひ出《い》でらる。

「言へばえに」とは、口に出そうとしてもうまく言えずに、という意味で、『伊勢物語』や『源氏物語』などに用例がある。「夜半の嵐の吹き溜めて」は、『後拾遺和歌集』の「梅が香を夜半の嵐の吹き溜めて真木《まき》の板戸のあくる待ちけり」（大江嘉言《よしとき》）の引用である。この歌は、嵐を擬人化して、梅の香りを吹き集めておいて、板戸が開くのを待っていたのだ、とするところが意表を衝《つ》く。「あくる」も、板戸を「開くる」と、夜が「明くる」の掛詞である。近藤は、この歌の表現を印象深く心に留めていて、実景を見て、思い出したのだろう。『伊勢物語』や『源氏物語』に出てくる表現、そして勅撰和歌集の和歌。これらを綴り合わせた、典型的な古文である。和歌も含み込んだこのような散文の書き方が、江戸時代後期まで継承されていた。

＊明治時代の近藤芳樹

先にも述べたが、近藤芳樹は明治天皇の巡幸に同行して、その記録を綴った。『北陸路《くぬがぢ》の記《き》』（明治十三年）は、明治十一年の北陸巡幸の記録である。古語では「北陸」を「くぬが」と言ったところからの命名である。『北陸路の記』の冒頭部を、原文通りに引用しよう。

八月三十日《みそかのひ》。空清く晴たり。天皇《すめらみこと》、みやこをたゝせ玉ひて。北陸《くぬがぢ》・東海《うみつぢ》とめぐらせ玉はんよしにて。おのれも御供つかうまつる員《かず》のうちなれば。しのゝめの頃より起出て。いそぎどもし。まづ御所《うち》にまうでゝ。人あまた立さわぐ中《なか》をわけつゝ。宮内省に出ぬ。おほん出立の祝とて。御酒《みき》みさかなたまへり。

今引用した部分の句読点の用法は、読点「、」が、ほとんど句点「。」になっているのが、現代の目からは、奇異に感じるかもしれない。「いそぎ」は準備という意味の名詞。「みさかな」は、御肴。明治十三年の時点でも、本格的な文語文が書かれていたことがわかり、貴重である。近藤はこの年に没したので、江戸から明治へという大きな変化は、彼に近代的な文体を模索させるには至らなかった。池辺義象が『近世八家文選』に、近藤芳樹を収めたゆえんである。

2. 試行錯誤する明治の文体

＊漱石の学生時代の作文

夏目漱石（一八六七～一九一六）は、第一高等中学（後の第一高等学校）で正岡子規と同級となり、友情を培った。前章で概観したように、子規は、近代俳句と近代短歌の改革者であったが、「写生文」という散文の創始者ともなった。彼らは、第一高等中学で、小杉榲邨《すぎむら》という古典学者に作文を習った。漱石は近代を代表する「小説家＝散文家」となったが、『漱石全集』に彼の学生時代の散文が収録されている。一見すると韻文のように見えるかもしれないが、散文である。

夢路《ゆめぢ》おとなふ風の音《おと》にも目に見えぬ秋は軒端《のきば》ふかくなりぬと覚《おぼ》しく、いとものさみし。

ここから、漱石の散文家としての道のりが始まった。『古今和歌集』の「秋来《き》ぬと目にはさやかに見えねども風の音《おと》にぞ驚かれぬる」（藤原敏行《としゆき》）を踏まえており、和歌的な散文を書く能力を身につけるのが、当時の模範的な作文だった。「散文家」としての夏目漱石の出発点には、このような作文の基盤があった。ちなみに、今引用した文章の語順を倒置して助詞を補うと、「目に見えぬ秋は軒端に深くなり夢路おとなふ風の音にも」という三十一文字の和歌のようになる。

＊尾崎紅葉の『金色夜叉』

尾崎紅葉（一八六七〜一九〇三）は、漱石と同じ年に生まれ、第一高等中学で学んでいる。紅葉は、漱石と同じように、文語文でも口語文でも書くことができた。代表作である『金色夜叉《こんじきやしゃ》』から、その冒頭近くの文章を引用してみよう。

「何だ、あれは？」
例の二人の一個《ひとり》はさも憎さげに呟《つぶや》けり。
「可厭《いや》な奴！」
唾《つば》吐くやうに言ひて学生はわざと面《おもて》を背《そむ》けつ。

地の文は文語、会話文は口語という使い分けである。『金色夜叉』は明治三十年に『読売新聞』で連載が開始した。当時の新聞読者は、文語の助動詞である「り」や「つ」が散文の中に鏤《ちりば》められていても、違和感を抱かなかったのである。尾崎紅葉は、「である」体を完成させたことでも知られる。『多情多恨《たじょうたこん》』は、愛する妻に先立たれた男の悲しみを、綿々と語り続ける小説である。

彼は今其妻《そのつま》に死別《しにわか》れた。則《すなは》ち彼は第二の生命《せいめい》を奪《うば》はれたのである。

現代と比べて送り仮名が少なく、一見したところ漢字が目立つが、明治二十九年の時点で、現代文と言っても通用する「である」体が完成している。紅葉は、文語と口語、そして両者の融合した文体という、複数の可能性を模索したのである。

＊山田美妙

山田美妙《びみょう》（一八六八〜一九一〇）は、幼少期からの友人である尾崎紅葉と共に、硯友社《けんゆうしゃ》を興した。美妙も、新しい文体の発見に意を注いだ文学者である。美妙の『言文一致　文例』（明治三十五年）の巻頭には、「序　簡略なことば、あきらかな意味、あらはれたるまごゝろ、この三つをそなへたのを、言文一致体、ことに普通の通信文の主眼とする。序としての一言右のとほり。美妙」という序文が掲げられている。

美妙は、通信文以外の小説でも、斬新な文体を試みた。明治二十一年、数えの二十一歳の美妙は、『夏木立《なつこだち》』という短編集を世に問うた。中でも『武蔵野』は名高い。「まえがき」では、新しい文体を模索したことを具体的に述べ、「此の中の文の性質の仔細は此の点にあるのです。どうぞ看客がたもその御心得に願ひます」とある。現代文と見まがうような「です・ます」体である。

＊樋口一葉の『たけくらべ』

樋口一葉（一八七二〜九六）の代表作『たけくらべ』の一節を、原文通りに引用してみよう。

見るに気の毒なるは雨の中の傘なし、途中に鼻緒を踏み切りたるばかりは無し、美登利は障子の中ながら硝子ごしに遠く眺めて、あれ誰れか鼻緒を切つた人がある、母《かか》さん切れを遣つても宜う御座んすかと尋ねて、針箱の引出しから友仙ちりめんの切れ端をつかみ出し、庭下駄はくも鈍《もど》かしきやうに、馳せ出で、椽先の洋傘《かうもり》さすより早く、庭石の上を伝ふて急ぎ足に来たりぬ。

明治二十八年の執筆だから、死の前年、数えの二十四歳だった。「あれ誰れか鼻緒を切つた人がある」のような会話文は口語、「急ぎ足に来たりぬ」のような地の文は文語である。しかも、尾崎紅葉の『金色夜叉』と違って、会話文の最初と最後を示す引用符（「」）がないので、文語と口語の交響が、独自の雰囲気を醸し出している。

＊森鷗外の『舞姫』と『山椒大夫』

森鷗外（一八六二〜一九二二）の文学的な出発は、『舞姫』（明治二十三年）だった。エリスが、豊太郎の裏切りを知って絶叫する場面の文体を、例に挙げよう。

「我豊太郎ぬし、かくまでに我をば欺き玉ひしか」と叫び、その場に僵《たふ》れぬ。

短い一節であるが、ここにある会話文も、地の文も、文語である。しかも、タイトルの『舞姫』は、『源氏物語』少女《おとめ》巻にも出てくる古語である。平安時代の言葉と文法で、近代人が日本とドイツ、政治と恋愛に引き裂かれる苦悩を、あますところなく表現できた。そのことが、何よりも驚きである。けれども、日本の近代は、このような文学スタイルと決別し、言文一致へと進み、話すように書くことを目指した。鷗外も、口語文で、『山椒大夫』（大正四年）を書いた。

泉の湧《わ》く所へ来た。姉は樏子《かれいけ》に添えてある木の椀《まり》を出して、清水を汲んだ。「これがお前の門出《かどで》を祝うお酒だよ」こう言って一口飲んで弟にさした。

弟は椀を飲み干した。「そんなら姉えさん、ご機嫌よう。きっと人に見つからずに、中山まで参ります」

厨子王は十歩ばかり残っていた坂道を、一走りに駆け降りて、沼に沿うて街道に出た。そして大雲川の岸を上手へ向かって急ぐのである。

安寿は泉の畔《ほとり》に立って、並木の松に隠れてはまた現われる後ろ影を小さくなるまで見送った。そして日はようやく午《ひる》に近づくのに、山に登ろうともしない。幸いにきょうはこの方角の山で木を樵《こ》る人がないと見えて、坂道に立って時を過す安寿を見とがめるものもなかった。

後《のち》に同胞《はらから》を捜しに出た、山椒大夫一家の討手が、この坂の下の沼の端《はた》で、小さい藁履《わらぐつ》を一足《そく》拾った。それは安寿の履《くつ》であった。

静謐《せいひつ》な中に、安寿と厨子王の息づかいまでを精妙に感じさせるのは、文章の長短や、文末表現の多様性などが相俟《あいま》って、全体のリズムが単調にならず、自然な緩急があるからだろう。近代口語文の一つの達成を見る思いがする。その後も、鷗外の文体は深まり続け、その到達域は、晩年に書かれた『渋江抽斎《しぶえちゅうさい》』などの長編史伝によって実現された。

3．文体と思想

＊文体と思想との関連

ここまで、明治時代におけるさまざまな文体を紹介してきたのは、新しい文学を生み出すために、新しい文体が必要だと考えた人々の試行錯誤があったからである。江戸時代後期までは、どんなに時代が移り変わっても、平安時代の『源氏物語』と『古今和歌集』と『伊勢物語』の語彙と文脈で、散文表現が可能であり、実際、各時代の散文作品に、これらの作品の痕跡は明確に組み込まれている。さらに加えて、中世の『徒然草』が果たした役割も大きく、近代以前の散文表現の構成要素が、出揃ったことになる。これらの共通古典の確立が、文章を読む人々に共有されていた。

ただし、江戸時代の後期から、万葉語や記紀の古代語を用いることで、押し寄せる外国思想に対抗する人々が出現した。国学者たちである。

明治時代の正岡子規は、古代語だけでなく、洋語（外来語）も加えて、短歌の革新を企図した。そして、散文の世界でも、小説や評論をどのような文体で書き記すかが、問題となった。漱石も、紅葉も、美妙も、一葉も、そして鷗外も、『源氏物語』、『古今和歌集』、『伊勢物語』の言葉を知っていた。それらで、十分に、自分が生きている世界の問題点を突きつめ、思索する力があった。にもかかわらず、新しい文体を開発して、そこに新しい思想を盛り込もうとした。それが、近代の散文世界である。

「言文一致」は、書き言葉を消滅させて、話し言葉だけにすることではない。『源氏物語』が成立してから、江戸幕府が倒れるまで、文章表現の生命力だった『源氏物語』と『古今和歌集』の磁場からの離脱、言わば古典の相対化を意味していたのである。

＊現代における表現の可能性

正岡子規が改革した近代短歌は、現代短歌の母胎となった。現代短歌では、何が起きているだろうか。表記の面では、「歴史的仮名づかい（旧仮名）」と「現代仮名づかい（新仮名）」が併存している。近年は、「縦書き」と「横書き」も併存している。文体の面では、「文語」と「口語」が併存している。用語の面では、「古代語」「王朝語」「近代語（現代語）」「外来語」が併存している。作風の面では、「写生（写実）」「ロマン」「幻想」などが併存している。

つまり、現代文学は、百花繚乱の世界であり、言葉、文体、思想のすべてにわたって、豊饒《ほうじょう》な選択肢が用意されている。その中から、自分はどういう言葉で、どういう文体で、どういう思想を表現するか。それが確定した段階で、人は表現者となる。それが、その文学者の個性的な文学世界として確立するのである。むろん、一人の文学者の年齢によっても、変遷がある。

個々の文学者の摑み取った用語、文体、思想が、集積して、時代の潮流となる。現代では、ジャンルよりも、むしろ文体の方が、表現者にとって本質的な問題意識となっているのではないか。

4．日本文学における古典と近代

＊日本文学における詩歌と散文

日本文学において、作品の創造を実現してきた人々は、圧倒的に韻文詩人たちだった。散文作品の作者たちもほとんどが、まずは歌人や連歌師であり、俳人や新体詩人だった。『方丈記』は歌人長明が書き、『徒然草』も、歌人兼好が作者である。西鶴は談林《だんりん》俳人だったし、樋口一葉も歌塾「萩《はぎ》の舎《や》」で和歌を習った。一葉と同い年の島崎藤村は新体詩人だった。和歌・連歌・俳諧の源には、『古今和歌集』があり、「源氏見ざる歌詠みは、遺恨のことなり」という藤原俊成《しゅんぜい》の一言は、『源氏物語』を歌人の必読書とした。詩歌から散文へという通路が、明治時代の半ば頃までごく一般的なことだったのは、このような文学状況があったからである。

ところが、近代になると、次第に詩歌作者としての経験を経ずして、散文作家として文学活動を始める人々が出現してくる。それは、もはや『古今和歌集』と『源氏物語』が文学者に必須の教養ではなくなることを意味していた。平安時代以来の和文体で散文を書き綴るからこそ、「古今・源氏」の語彙が、その表現基盤であったのだが、言文一致の文体では、「古今・源氏」の古語はむしろ不要になってくる。文体は、語彙と文法を両輪とする。古語による和文体が、急速に遠のいた十九世紀末は、それまでにない文学の変革期であり、文化の転換期であった。そのような認識のもと、現代から未来に向けての文学の未来を遠望して、本書のまとめとしたい。

＊古典と近代

本書は、日本文学の全体像を「古典と近代」という観点から、さまざまな文学作品をジャンルごとに統合して取り上げてきた。観点の立て方によっては、本書が記述してきた日本文学の全体像とは異なる相貌が立ち顕れることもあろう。けれども、古典によって新しい近代が生まれるという、ひと繋がりの視点によって、文学における変化と持続が、明瞭になってくるのではないか。それが、「日本文学における古典と近代」という観点を立てた出発点だった。

日本文学は一千三百年の流れの中に、三つの大きな文学潮流、あるいは文学系譜を形成して、現代に至っている。そのような文学の潮流は、ほぼ百年間をかけて形成されるのが常だった。すなわち、画期となる作品が誕生した後、百年ほど時間が経過する中で、新たな潮流が、明らかな流れとなって動き出し、一つの大きな文学成果が生まれる、という現象が見られるのである。

第一の文学潮流は、平安時代だった。九〇五年に最初の勅撰和歌集である『古今和歌集』が成立し、それから百年経った頃、『源氏物語』が書かれて、この時代の文学が統合され、この一作の中にこの時代の文学が集約された。この第一の潮流は、時代の変化の中で、消滅することなく近代初期まで、文学創造の原動力として機能し続けてきた。

第二の潮流が生まれるのは、鎌倉時代である。一二〇五年に八番目の勅撰和歌集である『新古今和歌集』が成立し、藤原定家や鴨長明が新しい文学を創り出した。その後、百年余りが経過した頃、『徒然草』が書かれた。この第二の潮流の特徴は、第一の潮流に取って代わったのではなく、それと併存することによって、文学潮流に幅を持たせたことである。文学創造を担う人々に注目すれば、平安時代以来、貴族たちの文学活動は続いているものの、鎌倉時代以降の新傾向として、出家者や武士たちの存在が目立ってくる。韻文の世界では、和歌から連歌へと隆盛が変化し、散文の世界でも、長編物語の低迷から短編の御伽草子《おとぎぞうし》の隆盛へという変化が見られる。『方丈記』『愚管抄』『徒然草』『神皇正統記』のような思弁的・論理的な散文作品が登場する。それらの中で、簡潔明晰にして、しかも軽妙な面もある『徒然草』の文体は、散文執筆の新しい手本として多くの人々に迎え入れられた。近世への影響力が大きかったゆえんである。また御伽草子に象徴的な短編による創作は、近世の仮名草子《かなぞうし》・浮世草子《うきよぞうし》・黄表紙《きびょうし》などへと繋がっていることを思えば、十九世紀半ばまでを、大きく一続きに把握することができよう。

この時期は、平安時代の文学から既に遠い地点まで来てはいるが、平安朝や中世期の文学蓄積は、文学創造の基盤として十二分に機能し、たとえば『伊勢物語』は『仁勢《にせ》物語』となり、『源氏物語』は『偐紫田舎源氏《にせむらさきいなかげんじ》』を生み出す原動力であった。

そして第三の文学潮流が、近代から現代に生まれた。近代文学は「古今・源氏」から離陸して文学を創造しようとしたことが、最大の変化である。第一の文学潮流を明確にして、その後の永きにわたって日本文学を領導したのが『源氏物語』であることは、論を俟《ま》たない。そして、第二の潮流を明確にし、始動させて、近世文学にまで影響力を及ぼしたのが『徒然草』であったと認定するならば、十九世紀後半以降の時代の文学を新たな潮流として、その特徴と達成を明確化する文学者として誰を選べばよいのか。近現代の文学状況の充実度は、二十世紀の文学の全体像を体現する文学者の有無に懸《か》かっている。

＊文学者の統合集約力

本書で概観してきたのは、かつて私が『日本文学概論』で述べた、「蓄積・集約・浸透」を踏まえつつも、「古典と近代」を一体化できる文学力に、新たに注目することであった。自分の前には、膨大な書物があるというのが、いつの時代にも現実であって、夏目漱石もロンドン留学中に、一年経って、読んだ本よりも読まない本の方が圧倒的に多いことに愕然《がくぜん》とした。しかし、普段はそのことに気づかずに過ごしがちであることを思えば、漱石はこの時、自分が読んでいない本の膨大さを脳裏に浮かべることによって、その膨大さをまるごと統合して、胸に納めたと言えよう。無限とも形容できるような書物の世界。その中での文学の領域。さらにその中で自分の目に触れ、その存在を、たとえ題名と作者名だけであったとしても、心の内に収納する統合力を持つことが、集約を可能にするのであって、集約作用は、その背景に多くのものがあってこそ有効性を発揮する。

日本文学は、古来、諸外国や諸地域からの文化的・文学的な流入によって、新しさも、豊かさも実現させてきた側面がある。それが、文化統合力であり、文学統合力である。さまざまな異質なものを併存させつつ、自分自身の中に棲息させ続ける。それがいつしか集約されてくる過程が、文学の生成と展開に必須である。

近代文学の百年あまりを閲《けみ》する時、近代西欧社会との接触がもたらした衝撃・影響は測り知れない。むしろ西欧文化・西欧文学を摂取することが、新たな近代日本文学の推進力であった。その原点に、留学体験を持つ鷗外・漱石がおり、また、ほぼ同時期にヨーロッパの写実主義や自然主義文学を導入した、坪内逍遙《しょうよう》や二葉亭四迷、田山花袋《かたい》たちがいた。大正から昭和にかけて数々の近代小説を生み出した、志賀直哉・芥川龍之介・谷崎潤一郎・川端康成などの文学者がいる。そのような数多くの文学者たちの個性と達成が、近代文学を形成した。

最後に、西欧文学の導入という近代の新展開の中にあって、近代日本文学を統合集約し、翻訳・評論・小説・エッセイから文明論にいたるまでの文学活動を実現した、吉田健一に触れて、本書の締めくくりとしたい。

吉田健一（一九一二〜七七）は、幅広い文学ジャンルにわたる作品を著した文学者である。シェイクスピアやヴァレリーの翻訳、『ヨオロッパの世紀末』などの評論、『舌鼓ところどころ』などのエッセイ、『金沢』のような小説などがある。昭和十年のポーの『覚書（マルジナリア）』以来、四十年余りの文筆生活で、最晩年の四編の長編評論『覚書』『時間』『昔話』『変化』は、それまでの文業の達成域として位置づけられる。

その中でも、『昔話』の融通無碍《ゆうずうむげ》な語り口は、西欧と東洋、過去と現在、歴史と文学などが、統合集約されており、吉田文学の到達点と言えるような、優れた文明批評となっている。鷗外・漱石によって切り拓かれた近代は、鷗外が生まれた一八六二年から、吉田健一が亡くなった一九七七年までの百年余りのうちで、近代文学の輪郭を明確にしたのである。

『昔話』では、日本の古典と日本の歴史が渾然《こんぜん》一体となり、その統合体は、ヨーロッパやアラビアや中国の文化とも、文明の体現という点で通底して把握されている。『枕草子』に文明を見る吉田健一の視点は、ヨーロッパの十八世紀と同質の人間の振る舞いを、そこに見るからだった。

吉田健一の著作を通じて、現代の読者は、平安時代の宮廷人たちが白楽天の漢詩に通暁していたことと、二十世紀のアーサー・ウエーリが『源氏物語』や『枕草子』や白楽天の詩を英訳して西欧社会に紹介したことが繋がることに、眼を啓《ひら》かれる。そのような視野の広がりと、酒や食べ物の味わいを楽しむ人間生活へのまなざしが渾然一体となって、吉田健一の文学世界を形作る。古典は近代であり、近代がいつのまにか古典となり、さらなる時間の流れが進んでゆく。

文学の世界は、時間と空間が縦横に繋がっており、さまざまな作品に触れることが、時空を広げる。そのことが、自ずと精神の自在さを形成してゆくのではないだろうか。

引用本文と、主な参考文献

・島内裕子『日本文学概論』（放送大学教育振興会、二〇一二年）
・吉田健一『昔話』（講談社文芸文庫、二〇一七年、解説・島内裕子）

発展学習の手引き

・本章の前半では、近代の散文について取り上げたが、明治後期以後、現代に至る具体的な近代小説や近代戯曲への理解を深めるために、次の二冊を紹介したい。
安藤宏『近代小説の表現機構』（岩波書店、二〇一二年）
林廣親『戯曲を読む術《すべ》　戯曲・演劇史論』（笠間書院、二〇一六年）

●ら行

●わ行

●や行

●ま行

●は行

●な行

●た行

●か行

索引

●配列は五十音順（現代仮名遣いの発音順）。＊は人名（フルネームを原則とする）を示し，数字は原則として各章の初出ページを示す。作品名にはジャンルを付記した場合もある。『源氏物語』で巻名を明記した場合には，巻名で索引に立項した。

著者紹介

島内　裕子（しまうち・ゆうこ）

一九五三年　東京都に生まれる
一九七九年　東京大学文学部国文学科卒業
一九八七年　東京大学大学院人文科学研究科博士課程単位取得退学
現　在　放送大学教授、博士（文学）（東京大学）
専　攻　中世を中心とする日本文学
主な著書　『徒然草の変貌』（ぺりかん社）
『兼好――露もわが身も置きどころなし』（ミネルヴァ書房）
『徒然草文化圏の生成と展開』（笠間書院）
『徒然草をどう読むか』（左右社）
『徒然草』（校訂・訳、筑摩書房）
『枕草子　上下』（校訂・訳、筑摩書房）
『方丈記と住まいの文学』（左右社）
『美しい時間――ショパン・ローランサン・吉田健一』（書肆季節社）
主な編著書　『吉田健一・ロンドンの味』『おたのしみ弁当』『英国の青年』（編著・解説、講談社）

放送大学教材　1740075-1-1811（ラジオ）

日本文学における古典と近代

発　行　2018年3月20日　第1刷
　　　　2021年7月20日　第3刷
著　者　島内裕子
発行所　一般財団法人　放送大学教育振興会
　　　　〒105-0001　東京都港区虎ノ門1-14-1　郵政福祉琴平ビル
　　　　電話　03（3502）2750

市販用は放送大学教材と同じ内容です。定価はカバーに表示してあります。
落丁本・乱丁本はお取り替えいたします。

Printed in Japan　ISBN978-4-595-31854-2　C1393